Barfuß in Köl

Reinhard Rohn, 1959 in Osnabrück geboren, lebt seit fast dreißig Jahren in Köln und arbeitet als Verlagsleiter in einem Berliner Verlag. Er hat zahlreiche Kriminalromane ins Deutsche übersetzt und mehrere Spannungsromane geschrieben. Unter dem Pseudonym Arne Blum veröffentlichte er eine Krimiserie über das Detektiv-Schwein Kim (»Saubande«, »Rampensau« und »Schöne Sauerei«). Im Emons Verlag sind bisher drei Romane um die Kommissare Birte Jessen und Jan Schiller erschienen: »Falsche Herzen«, »Kölnisch Wasser« und »Kölner Lichter«.

Dieses Buch ist ein Roman. Handlungen und Personen sind frei erfunden. Ähnlichkeiten mit lebenden oder toten Personen sind rein zufällig. Bei der Schilderung real existierender Schauplätze habe ich mir einige kleinere Freiheiten gestattet.

REINHARD ROHN

Barfuß in Köln

KÖLN KRIMI

emons:

Bibliografische Information der Deutschen Nationalbibliothek
Die Deutsche Nationalbibliothek verzeichnet diese Publikation in der Deutschen Nationalbibliografie; detaillierte bibliografische Daten sind im Internet über http://dnb.d-nb.de abrufbar.

MIX
Papier aus verantwortungsvollen Quellen
FSC® C083411

Umschlagmotiv: photocase.de/dogbert
Umschlaggestaltung: Tobias Doetsch
Druck und Bindung: CPI – Clausen & Bosse GmbH, Leck
Printed in Germany 2012
ISBN 978-3-89705-992-4
Köln Krimi
Originalausgabe

»Schlechte Menschen werden nicht immer aus einem guten Grund ermordet.«

Graham Greene

1. Teil

1.

Er sagte sich, dass er gar nicht in Köln aussteigen müsste; er könnte weiterfahren, über die Brücke, die Augen schließen und den Dom nicht anschauen. Der Zug fuhr weiter nach München. In München war er nur kurz für einen harmlosen Auftrag mit Juri gewesen; München sollte viel schöner sein als Köln.

Aber er wusste, dass er es nicht tun würde. Er war gekommen, um auszusteigen.

Er wollte das Grab seiner Mutter sehen, wollte an den Ort zurück, wo er sein Leben weggeworfen hatte. Kurz dachte er an die Prinzessinnengärten in Berlin. Zum ersten Mal hatte er etwas Vernünftiges in seinem Leben getan. In einer Bar an der Oranienstraße hatte er vor sechs Wochen Nora getroffen, eine blasse, wortkarge Frau mit einem Rosen-Tattoo auf der Schulter; sie hatte ihn noch am selben Abend mit in ihre Wohnung genommen. Wenn man das Fenster aufmachte, konnte man die U-Bahn, die hier nicht unter der Erde verlief, vorbeifahren sehen. Sie hatten zusammen geschlafen, und dann hatte sie ihm von den Gärten erzählt, mitten in der Stadt, am hässlichen Moritzplatz. Bis dahin hatte er sich nie für irgendwelche Pflanzen interessiert; er wusste, wie eine Sonnenblume aussah, aber sonst? Sie bauten Gemüse an, züchteten Bäume, kümmerten sich um Bienen, und mittags kochten sie und boten ein billiges Essen an. Sechs Wochen hatte er beinahe jeden Tag in den Gärten gearbeitet, eine einfache, sinnvolle Arbeit getan. Er war so glücklich gewesen wie noch nie in seinem Leben. Nora machte sich etwas aus ihm. Er war praktisch bei ihr eingezogen, ging nur noch zum Wäschewechsel in sein winziges Zimmer am Kottbusser Tor.

Sie hatte ihn Boris genannt.

Doch plötzlich, vor zwei Nächten, hatte er gewusst, was er tun musste.

Er musste zurückkehren.

Er war ein Mörder und würde es immer bleiben.

Noras Geruch war eine Erinnerung, die er wie einen Schatz hüten wollte. Morgens hatte sie ihn im Halbschlaf kurz angesehen.

»Ich komme bald zurück«, hatte er ihr zugeflüstert und ihr Tattoo geküsst. Eine Lüge. Er würde nicht zurückkommen – oder wenn, würde es Jahre dauern.

Sie hatte kurz genickt und die Augen sofort wieder geschlossen. Er hatte ihr einen Briefumschlag mit zwanzigtausend Euro dagelassen, den sie vermutlich nicht anrühren würde.

Als er ausstieg, ging er sofort zum Dom hinüber. Er hatte nur seinen Rucksack dabei. Es war kurz vor eins. Die Sonne schien. Im Dom war es wohltuend kühl.

Seine Mutter hatte an Gott geglaubt, sein Vater nur an den Alkohol, eine Flasche Wodka war für ihn wie ein Gott gewesen. Kasachstan war ein vom Alkohol verfluchtes Land. Sein Vater hatte geflucht und geprügelt, wenn er betrunken nach Hause gekommen war. Bis er eines Tages zurückgeschlagen hatte. Da war er fünfzehn gewesen. Nun war er achtundzwanzig. Zeit, Ordnung in sein Leben zu bringen.

Im Dom zündete er vier Kerzen an; eine für Nora, eine für seine Mutter, eine für Violetta, die Polin, die geglaubt hatte, dass er sie heiraten würde, und eine für den ersten Mann, den er getötet hatte.

Nein, fiel ihm dann ein, er musste auch eine Kerze für sich selbst aufstellen. Für das, was er vorhatte, würde er all seine Kraft brauchen.

Juri würde ihn nicht finden.

2.

Sie hatte geschrien, so laut, dass ihre Stimme von den Wänden widerhallte. Für einen Moment hatte sie sich erschreckt. Früher, mit Martin, hatte sie gestöhnt, geseufzt, hatte sanft seinen Namen geflüstert, aber nie hatte sie geschrien, wenn sie sich geliebt hatten. Aus schlechten Filmen kannte man diese Lustschreie, hatte sie gedacht. Doch nun war es ihr mit diesem Mann passiert, den sie gar nicht kannte.

Er war spät abends im Lapidarium am Eigelstein aufgetaucht, irgendwann hatte er neben ihr gestanden und hatte sie müde angelächelt. »Ich heiße Ben«, hatte er ihr ins Ohr geflüstert. »Wer bist du? Ich habe dich hier noch nie gesehen.«

»Ich gehe auch nie in solche Kneipen«, hatte Birte Jessen entgegnet.

»Und warum bist du jetzt hier?« Er hatte gelächelt, ein großer, dünner, schwarzhaariger Mann, den ein Geheimnis umgab. Ja, so hatte er auf sie gewirkt – geheimnisvoll und gleichzeitig ehrlich. Er war attraktiv, hatte ein paar interessante Falten um die dunklen Augen und den Mund. Ein Schweiger, dachte sie. So einer redet nicht viel.

»Ich habe mich gelangweilt«, erwiderte sie und nahm das Glas Kölsch, das er ihr reichte.

Er hatte nur die Augenbrauen in die Höhe gezogen. Im Hintergrund hatte ein Mann Gitarre gespielt, kölschen Blues. So etwas gab es in dieser Stadt. Es musste halb vier gewesen sein, als sie die Kneipe zusammen verließen.

Irgendwie war klar gewesen, dass sie in seine Wohnung fahren würden.

Ich bin sonst nicht so, hatte sie ihm nicht gesagt. Ich habe mich nur einmal zu einem One-Night-Stand hinreißen lassen, und diese Nacht ist in einer Katastrophe geendet. Doch seit sie ihr Kind verloren hatte, war alles anders.

Das Gefühl der Leere trieb sie in solche Kneipen – um der Stille und Leere zu entgehen, tat sie Dinge, die ihr früher im Traum nicht eingefallen wären.

Birte Jessen war überrascht gewesen, als das Taxi sie in die Südstadt fuhr, vorbei an den superschicken Kranhäusern. Wohnte Ben etwa hier? Medien, hatte er ziemlich vage auf ihre Frage erwidert, mit was er sein Geld verdiene. Sie hatte sich als Geigenbauerin ausgegeben, eine Lüge, die ihr plötzlich gefiel. Und weil sie die Lüge noch größer machen wollte, hatte sie hinzugefügt, ihr Mann baue auch Geigen.

Ben hatte sie zu den alten Speicherhäusern geführt. Ihr Gerede von einem Ehemann hatte ihn nicht abgeschreckt. Mit dem Fahrstuhl waren sie hinaufgefahren, und plötzlich hatte sie sich gegen seine Brust gelehnt und mit den Tränen gekämpft, aber er hatte es nicht gemerkt.

Die Wohnung war groß und vollkommen leer. Nur die Küche war eingerichtet – Chrom und Glas und eine silbern schimmernde Kochinsel inmitten des Raumes. Im Wohnzimmer standen als einziges Mobiliar ein riesiger Flachbildschirm und ein teures, nagelneues Ledersofa. Im Schlafzimmer befanden sich eine Matratze mit zerwühltem Bettzeug und ein eingebauter Spiegelschrank. Jeder andere Mann hätte sich sogleich für den Zustand der Wohnung entschuldigt oder ihr eine Erklärung geboten. Ben jedoch hatte ihr ein Glas Wasser gereicht, als wäre sie eine Verdurstende, und dann hatten sie sich auf der Matratze gegenseitig im Dunkeln ausgezogen. Vor einer lang gestreckten Fensterfront schwebte ein sanftes Licht, das von einem halben Mond oder einer Laterne stammen konnte. Es roch nach Diesel; von irgendwoher war das Tuckern eines Schiffsmotors zu hören. Sein magerer Körper hatte ihr gefallen und auch die Art, wie er sie an den Hüften packte und wie er ihre Brust mit seiner Zunge liebkoste.

Er war so anders als Hinrichs, der Pressesprecher der Kölner Polizei, ihr erster One-Night-Stand – eine Art Gegengift. Ja, so redete sie sich ein, sie tat das alles, um endlich diesen verdammten Schatten loszuwerden, den Hinrichs auf sie warf. Er verfolgte sie, lief ihr nach, bedachte sie mit verdeckten Komplimenten und Beschimpfungen. Und nun hatte er auch noch durch eine unbedachte Bemerkung von Nele Kracht, ihrer Assistentin, erfahren, dass sie schwanger gewesen war und ihr Kind bei dem letzten großen Einsatz verloren hatte.

Als Ben eine Zigarette geraucht hatte, war sie eingeschlafen. Lüge, hatte sie gedacht, irgendwie ist alles Lüge und falscher Schein. Sie war ein wenig betrunken, aber nicht so sehr, wie sie es sich wünschte.

Gegen sieben war Birte aufgewacht und hatte sich aus der Wohnung geschlichen, und nun ging sie an den Kranhäusern vorbei und blickte auf den schmutzig grauen Rhein. Vielleicht sollte sie einmal auf den Strom hinausrudern, nicht immer nur auf den Fühlinger See; allein in einem Skiff, gegen die Wellen ankämpfen, die von den Lastkähnen verursacht wurden, und sich völlig verausgaben, wie damals in ihrer Jugend, als sie mit drei Freundinnen Regatten gefahren war und fast immer gewonnen hatte.

Wenn sie ehrlich war, war neben dem Dom der Rhein das Einzige, was ihr wirklich an Köln gefiel. Wie oft hatte sie schon daran gedacht, nach Hamburg zurückzukehren, sich in St. Georg oder im Schanzenviertel eine Wohnung zu nehmen, aber Martin war tot, und vor Kurzem war auch seine Mutter gestorben. Ihre Wohnung und das Atelier auf St. Pauli, wo sie ihre Geigen gebaut hatten, existierten nicht mehr.

Birte überlegte, auf der Rheinuferstraße ein Taxi anzuhalten. Sie kam sich ungewaschen vor und brauchte dringend einen Kaffee. Als ihr Mobiltelefon klingelte, dachte sie sofort an Ben. Er vermisste sie, dann fiel ihr ein, dass sie ihm ihre Nummer gar nicht gegeben hatte. Er wusste nichts von ihr, nicht einmal ihren richtigen Vornamen. Sie hatte sich Heidi genannt – wie dieses blonde, geschäftstüchtige Fotomodell, das immer in der Zeitung stand.

»Hallo, Bella«, sagte eine dunkle, unausgeschlafene Stimme. Auch Jan Schiller hatte offenbar eine kurze, schwierige Nacht verbracht. »Wieso bist du nicht zu Hause?«

Birte räusperte sich. »Ich mache einen Spaziergang«, sagte sie unfreundlich. »Sehe mir die Stadt an. Ist Samstag – mein freier Tag.«

Sie hörte, wie er einen Schluck Kaffee trank – er war ein Kaffeesüchtiger und kippte an manchen Tagen, wenn sie Dienst hatten, ein, zwei Liter von dieser schwarzen Brühe in sich hinein.

»Tut mir leid«, sagte er ein wenig spöttisch. »Wird heute nichts mit Shoppengehen oder Schönheitsschlaf. Warst du schon mal im Theater?«

Sie schwieg. Ein erster Jogger rannte an ihr vorbei, und im Innern des Olympiamuseums sprangen die Lichter an.

»Da müssen wir hin«, fuhr Jan fort. »Schauspielhaus – wir haben eine Tote.«

3.

Jan Schiller fühlte sich beobachtet, als er auf die Straße trat. So war es ihm in den letzten Tagen häufiger gegangen, als würde ihn jemand verfolgen und beschatten.

Die Paranoia greift um sich, dachte er bitter.

Carla und er wohnten wieder unter einem Dach in ihrer gemeinsamen Wohnung in der Sülzburgstraße, doch von neuer Liebe und Zweisamkeit konnte keine Rede sein.

Carla war krank. Seit ein Mörder sie in einem alten Rauchhaus in der Eifel tagelang in völliger Dunkelheit gefangen gehalten hatte, konnte sie kaum mehr auf die Straße gehen. Nachts musste er das Licht brennen lassen; jede Art von Dunkelheit ließ sie zittern und verursachte ihr Schweißausbrüche. Sie war eine andere geworden. Ein Besuch im Cinenova in Ehrenfeld, ihrem Lieblingskino, war zur Katastrophe geworden. Kaum war das Licht gelöscht worden, hatte sie neben ihm Atemnot bekommen; er hatte gehört, wie sie zu keuchen und zu würgen begann. Andere Paare in ihrer Nähe hatten entrüstet gezischt, und dann war Carla förmlich über sie gesprungen und hatte sich im Foyer übergeben müssen.

Seit fünf Wochen ging das schon so, und nun hatte sie, die erfolgreiche Kindertherapeutin, selbst eine Therapie beginnen müssen.

Außerdem hatte er sie zweimal dabei ertappt, wie sie mit Gabriel Hagen redete, dem alten Schriftsteller, der über ihnen gewohnt hatte. Gemeinsam mit Hagen hatte Carla einen vermeintlichen Kinderschänder zur Strecke bringen wollen – Hagen hatte es mit dem Leben bezahlt. Nun machte sie sich Vorwürfe, an seinem Tod schuld zu sein. Schiller versuchte es ihr auszureden, aber vergeblich. Manchmal meinte er, dass sie jedes tröstende Wort, das er ihr sagte, wie eine weitere Verwundung empfand.

Verdammt, er war kein Therapeut – er wollte einfach nur mit ihr zusammenleben und glücklich sein.

Als der Anruf aus dem Präsidium kam, dass man im Schauspielhaus eine Leiche gefunden hatte, war er beinahe froh, die

Wohnung verlassen zu können. Er hatte auf dem Sofa im Wohnzimmer geschlafen – im Dunkeln.

Schiller hatte keine Ahnung, wann er das letzte Mal im Theater gewesen war. Carla hatte ihn einmal mitgeschleppt. Peer Gynt – die Geschichte eines eitlen, halb wahnsinnigen Norwegers, die von der Regisseurin in ein Altenheim verlegt worden war. Er wäre am liebsten in der Pause an der Bar stehen geblieben, aber Carla hatte ihm unbedingt die Szene mit der Zwiebel zeigen wollen, die ihn dann jedoch nicht besonders beeindruckt hatte. Der irre Norweger schälte eine Zwiebel und stellte fest, dass sie nur aus Hüllen besteht, aber keinen Kern besitzt. Eine fulminante Erkenntnis!

Schiller fuhr über die Nord-Süd-Fahrt heran, drehte am 4711-Haus und parkte direkt vor dem Schauspielhaus, einem hässlichen, unscheinbaren Bau, der eigentlich abgerissen werden sollte. Nun hatte man sich offenbar dazu entschieden, das Haus lediglich zu renovieren. Zwei uniformierte Beamte standen vor der Tür und nickten ihm zu. Einer begleitete ihn am Aufgang zu den Zuschauerräumen vorbei hinter die Bühne. Sie gingen einen dunklen Betongang entlang, in dem es muffig roch und der von nackten Neonröhren erleuchtet wurde.

»Der Hausmeister hat die Leiche entdeckt«, sagte er. »Er hat noch den Notruf absetzen können, dann ist er zusammengebrochen. Er liegt in der Uniklinik.«

Schiller nickte. Verstohlen schaute er sich nach einem Kaffeeautomaten um. So früh am Morgen würde er ohne einen Kaffee kaum auf Touren kommen.

Bert Cremer, neben Birte Jessen der Dritte in ihrem Team, war schon da; er stand an der Tür und wischte sich müde über das Gesicht. Eigentlich war er der Frühaufsteher unter ihnen.

»Sieht übel aus, die Lady«, sagte er und machte einen Schritt zur Seite.

Schiller blickte in ein mittelgroßes, fensterloses Büro. Zuerst sah er einen vollgekritzelten Wandkalender, daneben gerahmte Fotos – manchmal lächelnde, manchmal ernst schauende Schauspieler. Einige Gesichter meinte er zu kennen. Dann glitt sein Blick zu einem sehr aufgeräumten, fast leeren Schreibtisch, auf dem ein zugeklappter Laptop stand, schließlich zu der Person, die daneben lag: eine schöne, schlanke Frau, schwarzhaarig, Anfang vierzig. Ihre dunklen Augen blickten starr zur Decke, sie trug ein schwarzes Kleid und lag mit verdrehten Beinen da; aus ihrer Brust ragten zwei Pfeile.

»Sie ist wahrscheinlich verblutet«, sagte Cremer und deutete in das Zimmer. »Der Hausmeister hat gemeint, die Armbrust hat an der Wand gehangen.« Er seufzte. »Da musste der Täter nicht lange nach einer Waffe suchen.«

Eine antik aussehende Armbrust war sorgsam drei Meter neben der Leiche abgelegt worden. Schiller schloss für einen Moment die Augen. Das Bild des Tatorts hatte sich bereits in sein Gehirn eingebrannt. Die Leiche lag in einem Theater, und wie inszeniert sah dieser Mord aus, als würde der Täter sich in diesem Metier bestens auskennen.

»Sie ist barfuß«, fuhr Cremer fort. »Trägt keine Schuhe, aber vielleicht gehörte sie zu diesen Leuten, die am liebsten barfuß laufen.«

Schiller öffnete die Augen wieder. Für einen Moment dachte er an Carla. Er musste sie anrufen. Er hatte ihr nicht Bescheid gesagt. Wenn sie aufwachte, würde sie sich in einer leeren Wohnung wiederfinden.

»Wer ist die Frau?«, fragte er.

Cremer schnaubte, und eine Frauenstimme sagte: »He, Jan, du hast wirklich keine Kultur. Sie ist Inka Boog, die Intendantin, ein Genie und eine Hexe – so steht es jedenfalls in der Zeitung.«

Birte Jessen stand hinter ihnen in der Tür.

Sie sieht krank aus, dachte Schiller, als er sich zu ihr umwandte, fast so krank wie Carla. Es war seltsam. Dass sie ihr Kind, das sie eigentlich nicht hatte haben wollen, verloren hatte, schien sie aus der Bahn geworfen zu haben. Wo habe ich dich am Telefon erwischt?, wollte er sie fragen. Zu Hause in ihrer schicken Wohnung am Hermeskeiler Platz war sie jedenfalls nicht gewesen.

»Seit wann kennst du dich mit Theater aus?«, fragte er unfreundlicher, als er klingen wollte.

Birte verzog das Gesicht. Hinter ihr tauchte Schultke von der Spurensicherung mit zwei Männern auf. Sie hatten schon ihre obligatorischen weißen Papieranzüge übergestreift. Nun musste nur noch Schroeter, der Rechtsmediziner, erscheinen. Und wahrscheinlich würde sich auch jemand von der Staatsanwaltschaft blicken lassen.

»Eigentlich sollte ich heute mit meinen Kindern Schuhe kaufen gehen – mit allen sieben«, sagte Schultke und lächelte. »Was für ein Glück, dass ihr mich gerufen habt!«

Im nächsten Moment klingelte ein Handy. Sofort dachte Schiller an Carla. Sie wollte wissen, wo er abgeblieben war, doch das Summen drang vom Schreibtisch. Neben dem Laptop lag ein iPhone, wie ihm erst jetzt auffiel. Mit drei Schritten war er im Zimmer. Gegen seinen Willen warf er einen Blick auf die Tote, die trotz der blutigen Pfeile in der Brust ungeheuer schön war, und ging an den Apparat.

Er brachte ein tonloses »Ja?« heraus.

»Was soll das?«, sagte eine aufgebrachte Männerstimme. »Wo bist du? Bist du mit zu ihm gegangen? Du hättest diese Nacht mit mir verbringen müssen …« Der Mann verstummte, es hörte sich an, als würde er an einer Zigarette ziehen. »Ich wünschte«, setzte er dann hinzu, »ich könnte ohne dich leben.«

»Wer sind Sie?«, fragte Schiller. Er spürte die Blicke der anderen auf sich gerichtet, und irgendwie hatte er das Gefühl, auch die Tote würde ihn anschauen.

»Was ist los?«, fragte der Mann, nun überrascht. »Habe ich mich verwählt? Spreche ich gar nicht mit dir, Inka?«

»Nein«, erwiderte Schiller. »Hier spricht Jan Schiller, Hauptkommissar bei der Kölner Polizei.«

4.

Jan machte sich tatsächlich auf, um irgendwo im Haus einen Kaffee zu besorgen. Birte beobachtete von der Tür, wie Schroeter an die Arbeit ging. Grauer von der Spurensicherung begann Fotos zu machen, und später würde vermutlich auch Hinrichs auftauchen. Als Pressesprecher der Kölner Polizei nutzte er jede Gelegenheit, sich ihr zu nähern.

»War das Kind von mir?«, hatte er sie gestern Abend am Telefon gefragt. Als sie aus dem Fenster geblickt hatte, hatte sie gesehen, dass er in ihrem Innenhof stand, an dem künstlich angelegten Teich, und zu ihr heraufschaute. Ein Schauer war ihr über den Rücken gefahren.

»Nein«, hatte sie gesagt. »Nicht von dir …«

»Von wem dann?« Er hatte die Worte förmlich ins Telefon gespien.

Es geht dich nichts an, hatte sie erwidern wollen. Wie kommst du darauf, dass du irgendwelche Rechte hast, etwas über mich zu wissen, nur weil wir einmal zusammen ins Bett gestiegen sind? Aber sie fühlte sich zu schwach, um ihm auf die harte Tour zu kommen.

»Es gibt noch einen anderen Mann – in Hamburg«, hatte sie beinahe schuldbewusst geflüstert.

Dann war sie durch die Tiefgarage zur Straßenbahnhaltestelle gelaufen und in die Stadt geflohen. Das Licht in ihrer Wohnung hatte sie brennen lassen.

Als ihr Handy klingelte, fürchtete sie, Hinrichs habe schon von diesem neuen, spektakulären Fall erfahren. Manchmal schien er ihre Gedanken lesen zu können.

»Bella«, sagte Jan, »du siehst so traurig aus. – Komm mal auf die Empore. Hier hat offenbar eine Party stattgefunden.«

»Bin schon auf dem Weg«, erwiderte Birte. Sie unterbrach die Verbindung und sah Schroeter, den Rechtsmediziner, mit seinem Metallkoffer den Gang entlangkommen. Er nickte stumm, bevor er in das Büro der Intendantin eilte. Plötzlich fragte Birte sich, warum sie nicht mit ihm ins Bett gegangen war. So ein Mann, groß, blond und selbstbewusst, hätte ihr nicht solche Schwierigkeiten gemacht, aber dann wischte sie diesen absurden Gedanken beiseite. Was war los mit ihr – wieso kam ihr überhaupt so eine Frage in den Sinn?

Vor dem Eingang standen drei Frauen mit blassen, ratlosen Gesichtern. Eine trug ein Kopftuch und war offenbar Türkin.

»Sie sind einbestellt worden – sollten hier heute früh putzen«, rief einer der beiden Polizisten ihr zu, der ihren fragenden Blick bemerkt hatte und zur Sicherung des Tatorts abgestellt war.

»Schicken Sie die Frauen nach Hause«, erklärte Birte. »Sie sollen am Nachmittag wiederkommen.«

Vor dem Haus hatten sich die ersten Schaulustigen eingefunden. Lange würde es nicht mehr dauern, dann würde auch die Presse von diesem Mord Wind bekommen. Eine tote Intendantin war eine fette Schlagzeile wert.

Mit einem Kaffeebecher in der Hand stand Jan am Ende der Treppe und blickte zu einer langen Theke hinüber, an der für gewöhnlich die Theatergäste in der Pause mit Sekt und Mineralwasser versorgt wurden. Nun sah die Szenerie wie ein Schlachtfeld aus: überall Flaschen und leere Gläser, umgeworfene Aschenbecher, ein vergessener Schal und sogar eine blaue Bluse. Auch vor der Theke, auf kleinen Tischen und zwischen Sesseln waren überall Flaschen verstreut.

»Kein Wunder, dass unten drei Putzfrauen warten«, erklärte Birte.

Jan nickte und trank von seinem schwarzen, süßen Kaffee, dann hielt er ihr den Pappbecher hin. Dankbar nahm sie einen Schluck.

»Hier wurde richtig gesoffen – merkwürdiger Ort für eine Party.« Jan blickte hinter sich, als hätte er gespürt, dass ihn jemand anschaute. Ein Mann schleppte sich die Treppe hinauf, die Hand am Geländer, als hätte er Angst zu stürzen. Birte glaubte, ihn schon einmal gesehen zu haben. Der Mann blieb auf der letzten Stufe stehen und blickte in den weitläufigen Raum, aber anscheinend, ohne sie zu registrieren. Er war offenkundig außer Atem, ein Raucher mit grauer Haut, schütteren blonden Haaren, vielleicht Anfang sechzig.

»Wo ist sie?«, fragte er heiser. »Wo ist Inka?«

»Ich bin Hauptkommissar Schiller«, sagte Jan.

»Edgar Blaschek«, erwiderte der Mann tonlos, immer noch ohne jeden Blick für sie. Mit einiger Mühe nahm er die letzte Stufe.

Birte begriff, dass er der Anrufer war, mit dem Jan am iPhone der Toten gesprochen hatte.

»Der Mord ist in ihrem Büro passiert«, sagte Jan leise. »Leider haben wir noch keine Spur …«

Blaschek lehnte sich gegen die Wand und zog eine Schachtel Zigaretten aus seiner gelben Cordhose, die so verknittert aussah, als hätte er in ihr geschlafen. Er inhalierte tief.

»Ich habe es immer geahnt«, sagte er, »dass jemand irgendwann einmal seine Wut an ihr auslässt … Sie war einfach zu extrem, zu egomanisch … Aber doch nicht an ihrem fünfzigsten Geburtstag.« Er nahm einen weiteren tiefen Zug.

Jan deutete in den Raum. »Das hier war eine Geburtstagsfeier?«, fragte er.

Blaschek zog erneut an seiner Zigarette. Er nickte. Birte bemerkte, dass seine Augen rot unterlaufen waren und seine Hände zitterten.

»Nicht die eigentliche Feier, die sollte am nächsten Wochenende stattfinden … im Alten Wartesaal … Inka wollte alle Mitglieder des Ensembles begrüßen. Die neue Spielzeit beginnt in drei Wochen, aber dann …« Er brach ab und drückte seine Zigarette auf dem Geländer aus, bevor er sie achtlos zu Boden warf.

»Dann?«, versuchte Jan ihm auf die Sprünge zu helfen. Von unten waren Stimmen zu hören. Offenbar hatte Schultke noch mehr Leute angefordert; aber wenn sie auch hier Spuren sichern müssten, würden sie noch ein paar Tage zu tun haben.

»Dann ist alles aus dem Ruder gelaufen … Wir hatten alle schon ziemlich getrunken, und Inka hat eine ihrer berüchtigten Reden gehalten. ›Ich bin die Sonnenkönigin, und die anderen sind alles Stümper.‹ So etwas hat sie gern gemacht. Hat sich die Kollegen in den anderen Häusern vorgenommen – den schleimigen Koneffke in Berlin, den Großkotz Stiegler in Hamburg und dann die Stadttheater der Republik. Das war ihre liebste Beleidigung – besonders für Schauspieler und Dramaturgen. ›Geh doch ans Stadttheater nach Osnabrück!‹ Wer das dreimal gehört hatte, wusste, dass er auf der Abschussliste stand, und schaute sich besser nach einem neuen Engagement um.«

Blaschek fingerte fahrig nach der nächsten Zigarette. Birte fiel auf, dass überall Verbotsschilder hingen.

»Wieso ist alles aus dem Ruder gelaufen?«, fragte Jan ungeduldig.

Blaschek lächelte. »Ich bin übrigens aus Osnabrück – habe da am Theater angefangen. Mein Vater war Kapellmeister, hat sogar mal eine Oper komponiert, die allerdings nur zehnmal aufgeführt worden ist, weil sie zu schwierig zu spielen war. Nun ja … So war jede Beleidigung auch immer gegen mich gerichtet.« Er schob sich die Zigarette kalt zwischen die Lippen.

Was hat dieser Mann mit einer schönen und zumindest in ihren Kreisen mächtigen Frau wie Inka Boog zu tun?, fragte Birte sich und glaubte, die Antwort schon zu kennen. Er war der geborene Lakai, der Kofferträger und Seelentröster, ohne den auch eine Frau wie die Intendantin nicht auskam.

»Irgendwann hat Inka sich den jungen Becker vorgenommen; sie hat ihn ausgezogen, und dann … Nun, wenn ich sage, dass sie übereinander hergefallen sind, ist das wohl eine glatte Untertreibung. In einem Pornoschuppen muss man für so etwas richtig viel Geld bezahlen, aber hier bei uns … Die Party war schlagartig zu Ende. Es macht irgendwie keinen Spaß, Leuten beim Vögeln zuzusehen.« Blaschek verzog für einen Moment das Gesicht, als hätte er Schmerzen.

»Wie viele Leute waren hier?«, fragte Jan. Er hatte ein Notizbuch hervorgenommen.

»Achtzig, neunzig … Keine Ahnung.« Blaschek hatte plötzlich Mühe zu atmen. »Wo ist sie?«, fragte er heiser. »Ich muss sie sehen. Hat man sie erwürgt oder wie …« Er zerrte an seinem schwarzen Hemd und stöhnte.

Birte hatte das Gefühl, dass ihn allmählich das Begreifen erfasste, dass seine Chefin wirklich tot war, dass es sich nicht um ein Spiel, eine Inszenierung handelte.

»Der Rechtsmediziner und die Kollegen von der Spurensicherung sind noch bei der Arbeit«, erklärte sie sanft.

Jan war weniger rücksichtsvoll. »Wir brauchen alle Namen der

Personen, die sich hier gestern aufgehalten haben. Aber zuerst benötige ich Ihre Angaben. In welcher Beziehung standen Sie zu der Toten?«

Blaschek lächelte matt, sodass man seine nikotingelben Zähne sehen konnte. »Ich bin ihr Chefdramaturg«, sagte er. »Und ihr Ehemann – seit fast vierundzwanzig Jahren.«

Die Tränen kamen Edgar Blaschek, als sie in seinem winzigen Büro saßen. Er hockte sich hinter seinen Schreibtisch, legte die Hände vors Gesicht und begann zu schluchzen.

Jan schaute Birte an. Sie runzelte die Stirn und machte eine beschwichtigende Geste, die sagen sollte: Gib ihm ein paar Minuten. Schließlich ist seine Frau ermordet worden.

Jan zuckte mit den Achseln. Geduld war eindeutig nicht seine Stärke.

»Ich muss sie sehen«, murmelte Blaschek vor sich hin. »Wie ist sie umgebracht worden?«

Birte schaute sich in dem winzigen Büro um. Überall stapelten sich Bücher und Zeitungen. Auf einem kleinen Tisch stand eine halb volle Flasche Wein, daneben lagen Fotos, Zeichnungen von Kostümen, die jemand mit einem Bleistift angefertigt hatte, und herausgerissene Zeitungsausschnitte. Auch der Schreibtisch war mit Papieren übersät. Der Computer darauf war alt und klobig und voller Kaffeeflecken. An der Wand waren achtlos Fotos mit Reißnägeln angesteckt worden. Szenen aus irgendwelchen Theaterstücken, nur ein Foto war gerahmt. Ein junger Edgar Blaschek hielt eine schöne schwarzhaarige Frau im Arm – Inka Boog. Anders als er hatte sie sich in den letzten Jahren nicht sehr verändert.

»Wie?«, murmelte Blaschek wieder. »Wie ist es passiert?« Nun blickte er auf und sah erst Jan, dann Birte an.

»Sie ist mit einer Armbrust getötet worden«, sagte Jan ohne jede Emotion. »Zwei Pfeile in die Brust. Was hat es mit dieser Waffe auf sich? Der Hausmeister hat ausgesagt, dass sie an der Wand im Büro Ihrer Frau gehangen hat.«

Für einen Moment verharrte Blaschek stumm. Er hob die Hände, nahm sie einen Moment später wieder herunter und faltete sie dann, als wolle er ein Gebet sprechen. »Mit der Armbrust? Ihrer Armbrust?«

Ein Handy klingelte – es gehörte Jan, wie Birte registrierte. Er reagierte jedoch nicht, sondern behielt Blaschek im Blick.

»Diese Armbrust stammt aus ihrer ersten großen Aufführung – ›Wilhelm Tell‹ in München an den Kammerspielen, vor mehr als zwanzig Jahren. Es war ihr Durchbruch. Ein anderer, provozierender, protziger Tell, der die Gewalt liebte, ein Stück am Rande des Skandals. In der letzten Szene, die es bei Schiller natürlich gar nicht gibt, hält Tell die Armbrust ins Publikum und feuert. Am Premierenabend haben zwei Zuschauer einen Herzinfarkt erlitten, aber danach war Inka der Regiestar und konnte sich aussuchen, was sie inszenieren wollte.«

»Seit dieser Zeit hängt diese Waffe in ihrem Büro an der Wand?«, fragte Jan ein wenig erstaunt.

Blaschek nickte, griff nach seinen Zigaretten und steckte sich eine an. Seine Hände waren voller Altersflecken und zitterten noch immer. »Sie hat als Erstes die Armbrust an die Wand genagelt. ›Es ist wie ein Fetisch für mich‹, hat sie einmal gesagt. Ich hätte nicht gedacht, dass dieses Monstrum überhaupt funktioniert.«

Ziemlich gut sogar, hätte Birte beinahe geantwortet.

Blaschek schien sich wieder unter Kontrolle zu haben. Er schluchzte nicht mehr, sondern hielt sich an seiner Zigarette fest.

»Dass Tell ins Publikum schießen sollte, war eigentlich meine Idee«, sagte er, »aber so war es häufiger: Ich hatte die Idee, und Inka hat sich getraut, sie umzusetzen.«

Blaschek war jemand, der sich für zu kurz gekommen hielt, dachte Birte, das wahre Genie hinter dem scheinbaren.

Wieder klingelte Jans Telefon. Er warf einen sorgenvollen Blick auf das Display. Vermutlich versuchte Carla, ihn zu erreichen.

»Wir müssen auch nach Ihrem Alibi fragen«, sagte Birte, während Jan sich erhob und ohne ein Wort das Büro verließ. »Wann haben Sie in der Nacht das Theater verlassen?«

»Gegen ein Uhr«, erwiderte Blaschek. »Ich war ziemlich betrunken und bin gleich in unsere Wohnung in der Moltkestraße – zu Fuß. Und …« Er verzog das Gesicht und nahm einen Zug. »Nein, gesehen hat mich da keiner. Aber Sie sollten nicht denken, dass ich meine Frau … nur weil sie mich betrogen hat … So war unsere Beziehung nicht. Wir waren immer offen zueinander. Inka hat viele Liebschaften gehabt …« Er seufzte und hob die Hände in einer Geste der Verzweiflung.

»Aber es wird Sie nicht gefreut haben, Ihre Frau nackt auf einer Party mit einem fremden Mann zu sehen«, sagte Birte.

Jan kehrte mit missmutigem Gesicht zurück. »Die Wimschneider ist eben gekommen«, sagte er.

Birte nickte. Sie hatte es erwartet. Bei einem so spektakulären Fall würde sich die Staatsanwältin ein Bild vom Tatort machen wollen.

»Und unser werter Pressesprecher Hinrichs schleicht auch da draußen herum.« Der Sarkasmus in seiner Stimme war nicht zu überhören. Jan war zum Glück der Einzige im Präsidium, der von ihrem One-Night-Stand wusste, der nun schon vier Monate zurücklag.

Birte spürte, wie sie zusammenzuckte und sich ihre Gedanken für einen Moment verirrten. Vermutlich hatte Hinrichs mitbekommen, dass sie die Nacht nicht in ihrer Wohnung verbracht hatte.

»Wann kann ich meine Frau sehen?«, fragte Blaschek nun bestimmter.

Jan winkte ab. »Wir brauchen eine Liste mit allen, die gestern auf dieser Party waren.«

Blaschek beugte sich vor und griff nach einem schmalen Katalog, den er vor Jan auf den Schreibtisch warf. »Hier ist unser Programmheft – da haben Sie Fotos von unserem Ensemble. Die Schauspieler waren fast alle da.«

»Und dann«, Jan griff gleichmütig nach dem Heft, »brauchen wir eine Liste mit den Menschen, die etwas gegen Ihre Frau hatten.«

»Ihre Feinde?« Edgar Blaschek machte ein überraschtes Gesicht. »So eine Liste kann es nicht geben – ich glaube, da müsste die Hälfte aller Theatermacher in diesem Land draufstehen.«

5.

Sie stand vor dem Eingang zum Schauspielhaus und sah aus, als würde sie aus einer anderen Welt kommen – schwarz vermummt, mit einem schwarzen Kopftuch und ihrer größten Sonnenbrille. Schiller erschrak, als er sie sah. Das ist aus ihr geworden, dachte er, sie sah aus, als würde sie an einer Lichtallergie leiden, und das tat sie in gewisser Weise auch. Nachts konnte sie nicht im Dunkeln sein und tagsüber nicht im Licht. Fünf Tage Gefangenschaft hatten aus ihr einen anderen Menschen gemacht.

Während Birte mit Blaschek eine Liste zusammenstellte, wen sie von den Schauspielern als Ersten befragen sollten, ging Schiller auf den Vorplatz hinaus.

»Du hast mir nichts gesagt«, flüsterte Carla vorwurfsvoll. »Bist einfach so gegangen. Ich habe im Präsidium angerufen. Da hat mir jemand gesagt, wo du bist.«

Schiller versuchte sich an einer Umarmung, die Carla kühl über sich ergehen ließ.

»Ich wollte dich nicht wecken«, erwiderte er matt.

Carla nickte. Sie hatte sich geschminkt, was sie sonst fast nie tat; rote Lippen, Rouge auf den Wangen, dunkle Augenlider. Zum ersten Mal seit langer Zeit meinte er auch, den Duft von Lavendel an ihr wahrzunehmen – sie liebte diesen Geruch.

Vielleicht solltest du doch eine Weile wegfahren – nach New York –, und ich komme nach, wenn ich mit diesem Fall fertig bin, war Schiller versucht zu sagen, doch stattdessen erklärte er: »Ich bin noch eine Weile hier – die Intendantin ist ermordet worden.«

»Inka Boog?« Carla zog ihre Augenbrauen in die Höhe.

»Du kennst sie?« Schiller schien der Einzige zu sein, der keine Ahnung vom Theater hatte.

»Sie ist einmal mit ihrer Tochter bei mir gewesen – schwere Essstörungen. Aber zum zweiten Termin ist sie nicht erschienen.« Eine Erinnerung glitt über ihr Gesicht, und für einen Moment schimmerte die Zeit wieder durch, als sie anderen geholfen hatte und nicht selbst therapiert werden musste.

»Wann war das?«, fragte Schiller. Von einer gemeinsamen Tochter hatte Blaschek nichts erwähnt.

Carla zupfte an ihrem Kopftuch und blickte sich um. Ein Wagen fuhr auf das Schauspielhaus zu. Schiller glaubte, einen Reporter vom Express zu erkennen. Einen Moment später stieg Göbel aus, ein Fotograf in abgetragenen Jeans und mit einem langen grauen Zopf, und winkte Schiller lässig zu, während er den Eingang ansteuerte. Eine junge blonde Frau auf Stöckelschuhen begleitete ihn, sie hatte jedoch keinen Blick für Schiller.

»Keine Ahnung«, erwiderte Carla endlich. »Ich kann mich nicht genau erinnern. Das Mädchen war zwölf oder dreizehn – recht hübsch, aber sehr schüchtern.« Sie senkte den Kopf. »Ich habe sie heute Morgen angerufen – ich weiß, es ist Samstag, aber heute ist der richtige Tag, dachte ich …« Carla verstummte abrupt und ein wenig verschämt, wie Schiller fand.

»Sie« war Barbara Stahl, ihre Therapeutin, deren Namen sie noch nie ausgesprochen hatte, als läge ein Fluch auf ihm.

»He, Jan!«, rief Göbel vom Eingang herüber. »Der Genosse Polizist will mich nicht reinlassen. Besorg mir mal einen Passagierschein für ein paar hübsche Fotos …«

Schiller winkte ab.

»Wir sind um zehn Uhr am Haupteingang von Melaten verabredet.« Erneut zupfte Carla an ihrem Kopftuch herum.

Schiller hätte ihr gern in die blaugrünen Augen geblickt. Was hatte sie ihm neulich nachts wie eine Losung zugeflüstert? »Ich würde so gerne wieder gesund sein!« Er hatte versprochen, sie zum Melatenfriedhof zu begleiten, wenn sie zum ersten Mal das Grab von Gabriel Hagen aufsuchte.

»Ich werde dich fahren«, sagte er.

Es war kurz nach neun. Für eine Stunde würde er Birte allein lassen können.

Gabriel Hagen war Jude gewesen, aber seine Schwester hatte es vorgezogen, ihn nicht auf dem jüdischen Friedhof im abseitigen Bocklemünd, sondern auf dem altehrwürdigen Melatenfriedhof begraben zu lassen. Offenbar war Hagen hier oft aus Sülz mit seinem Fahrrad hingefahren, um zwischen den Gräbern herumzuspazieren oder an seinen Manuskripten zu arbeiten, wenn er nicht weiterkam. Viele prominente Kölner waren auf Melaten bestattet worden – angefangen von Johann Maria Farina, der das Kölnisch Wasser erfunden hatte, bis hin zu Willy Millowitsch. Auch ein jüdischer Dadaist mit dem Künstlernamen Johannes Theodor Baargeld, über den Hagen eine kurze Abhandlung geschrieben hatte, lag hier.

»Ich glaube, es wird mir guttun, an seinem Grab zu stehen«, sagte Carla. Nicht einmal in seinem Dienstpassat nahm sie das Kopftuch ab.

Schiller spürte, wie viel Kraft ihn die letzten Wochen gekostet hatten. Fünf Tage in absoluter Dunkelheit und Todesangst – er hatte versucht, es sich vorzustellen, aber es war ihm nicht gelungen. Einmal hatte Carla in ihrer Praxis in der Palanterstraße einen Termin mit einem jungen Mädchen wahrgenommen, das am Borderline-Syndrom litt, aber sie hatte das Gespräch nach einer halben Stunde wegen Konzentrationsstörungen abbrechen müssen.

Um überhaupt etwas zu sagen, sprach er über den Fall der toten Intendantin und erwähnte sogar die Armbrust, ein Detail, das er eigentlich nicht preisgeben durfte, weil es zum Täterwissen gehörte.

»Wahrscheinlich ein ehemaliger Geliebter, der sich rächen wollte«, meinte Carla mäßig interessiert.

Dreimal klingelte während der Fahrt sein Handy, doch er nahm kein Gespräch an.

Nervös begann Carla aus ihrer Wasserflasche zu trinken, die sie die ganze Zeit in der Hand gehalten hatte, als sie sich Melaten näherten. Die Sonne schien, ein später Sommertag mit wenigen Wolken – so schön war das Wetter in Köln lange nicht mehr gewesen.

»Sie wartet schon!« Carla deutete auf eine Frau in einem langen weißen Mantel, die vor dem Eingang Piusstraße stand.

Schiller war der Therapeutin noch nicht begegnet. Barbara Stahl war eine kleine, vollkommen unscheinbare Frau, die mit ihren zurückgekämmten dunkelblonden Haaren eher wie eine strenge Oberstudienrätin denn wie eine Psychotherapeutin aussah. Sie blickte ihnen ernst und ein wenig unwillig entgegen, als sie sich ihr näherten, doch dann lächelte sie, und plötzlich wirkte sie verändert. Ihre Augen leuchteten, und ihre Begrüßung zeugte von Warmherzigkeit und Einfühlungsvermögen. Obwohl Carla sie erst viermal getroffen hatte, schien es ein tiefgründiges Einverständnis zwischen den beiden Frauen zu geben.

Schiller stellte sich vor.

Barbara Stahl lächelte erneut. »Ich kenne Sie ja schon ein wenig. Sie sind der Kommissar und Marathonläufer, nicht wahr?«

»Ich bin noch nicht so recht im Training, obwohl der Lauf schon in vier Wochen stattfindet«, erwiderte Schiller. Er war überrascht, dass die Therapeutin ihn wie einen guten Bekannten behandelte.

»Ich habe mich auch für den Köln-Marathon angemeldet«, sagte sie ein wenig leiser, als würde sie ein Geheimnis verraten, dann nahm sie Carla am Arm. »Ich glaube, es ist besser, wenn Carla und ich allein einen Spaziergang machen. Finden Sie nicht auch?«

Schiller nickte, auch wenn er sich völlig überrumpelt fühlte. Selten hatte er so charmant und gleichzeitig so bestimmt eine Abfuhr erhalten. Ein paar Momente schaute er den beiden Frauen nach, wie sie den Friedhof betraten, stumm und mit ernsten Gesichtern. Carla hatte anscheinend nichts dagegen, dass er sie nicht begleitete, aber vielleicht war es tatsächlich besser, wenn sie ihre Trauer über Gabriel Hagen am Grab mit einer Fremden teilte.

Als er zu seinem Passat zurückkehrte, sah er, dass jemand auf dem Beifahrersitz Platz genommen hatte. Irritiert riss er die Tür auf.

Therese, die alte Hebamme, die nach dem frühen Tod seiner Eltern eine Art Ersatzmutter für ihn gewesen war, blickte ihn an.

»Hast vergessen abzuschließen«, sagte sie und kicherte mädchenhaft. »Solltest besser aufpassen, sonst musst du demnächst mit dem Fahrrad zum Einsatz fahren.«

Therese trug wie bei jedem Wetter ihren babyblauen Wollmantel; auch ihre abgewetzte braune Ledertasche hatte sie bei sich. Sie machte seit einigen Jahren keine Hausgeburten mehr, aber sie betreute noch immer Frauen, die nach einer ambulanten Geburt Hilfe benötigten.

Schiller schaute sie missmutig an. »Carla geht mit ihrer Therapeutin zu Hagens Grab«, sagte er, »und was tust du hier?«

»Hast du vergessen, dass Kurt hier liegt?«, erwiderte sie und tat, als wäre sie erzürnt, dabei war ihr Mann, der beim ASV Köln Sportlehrer gewesen war, seit über zwanzig Jahren tot. »Manchmal gehe ich zu ihm und erzähle ihm von meinen neuesten Ideen. Kurt hört mir immer geduldig zu.« Ihre Augen hinter den dicken Gläsern funkelten.

»Und was hast du für neue Ideen?« Schiller startete den Wagen.

Therese kicherte wieder und hielt sich verschämt die Hand vor den Mund, als müsste sie dieses Kichern einfangen. Sie war zweiundachtzig Jahre alt und eine Berühmtheit in Köln, weil sie mehr als fünftausend Kindern auf die Welt verholfen hatte, aber sie war auch der verrückteste und unbestechlichste Mensch, den er kannte.

»Wir wollen dem Oberbürgermeister und ein paar anderen wichtigen Herrschaften ein wenig Feuer unter dem Hintern machen«, sagte sie mit ernster Stimme. »Wir sind nicht damit einverstanden, was diese Leute mit unserer schönen Stadt anstellen.«

Schiller scherte aus seiner Parklücke aus. Für einen Kaffee in Franks Café am Ehrenfeldgürtel würde noch ein wenig Zeit bleiben, bevor er ins Schauspielhaus zurückkehren musste.

»Wir wollen Düx befreien«, fuhr Therese fort. »Deshalb haben wir die BFD gegründet – die Befreiungsfront Düx.«

Düx war der kölsche Name für Deutz.

»Was soll denn dieser Unsinn?« Schiller erinnerte sich, dass Therese einmal Glieder einer alten Holzpuppe, an die sie Parolen geheftet hatte, wie Leichenteile in der Stadt verteilt hatte, um dagegen zu protestieren, wie leichtfertig die Stadtoberen mit dem Einsturz des Stadtarchivs umgegangen waren.

Therese strich sich lachend über ihren langen grauen Zopf. »Ja, wir haben uns gedacht: Wenn wir Deutz wieder zu einer unabhängigen Stadt machen, dann können alle guten Kölner auf die andere Rheinseite übersiedeln. Wir gucken auf den Dom und machen unser eigenes Ding.«

»Hast du dich wieder mit Goldmann, diesem verrückten Professor, zusammengetan?« Schiller bog auf die Aachener Straße ein. Für ein paar Momente tat es gut, Therese und ihren Spinnereien zuzuhören.

»Wusstest du, dass Deutz erst 1888 eingemeindet wurde? August Bebel, der Gründer der SPD, und Jacques Offenbach wurden in Deutz geboren. Wir wollen zuerst ein paar Worte ans Rathaus malen. ›Freiheit für Düx‹, ›Befreit uns vom Klüngel‹ – solche Sachen, damit die Leute begreifen, was wir wollen. Du könntest uns dabei helfen – wir sind bisher nur zu fünft. Und bis auf einen sind alle über siebzig.«

»Ihr seid wirklich verrückt«, erwiderte Schiller. »Außerdem ist das Sachbeschädigung.«

»Keine Sorge.« Therese berührte ihn sanft am Arm. »Wir werden uns nicht erwischen lassen.«

Kurz bevor er Franks Café erreicht hatte, summte sein Telefon. Eine SMS. »Ich brauche deine Hilfe«, schrieb Birte. »Der erste Verdächtige ist da.«

6.

Er sah das brennende Auto, sah, wie der Mann auf dem Fahrersitz von den Flammen förmlich aufgefressen wurde. Sein Herz schlug ihm bis zum Hals, und am liebsten wäre er durch die Nacht gelaufen, gelaufen und gelaufen bis zum frühen Morgen, aber stattdessen stand er da und schaute zu, wie das Taxi in den Flammen verschwand. Auch der Mann war bald nicht mehr zu sehen. Erst als er Sirenen in der Ferne hörte, machte er sich davon.

Als eine Hand ihn schüttelte, schreckte er auf. Ein bitterer Geschmack klebte in seinem Mund. Ihn fror. Diesen Traum hatte er eine Zeit lang jede Nacht gehabt. Den toten Taxifahrer wurde er nicht los.

»Sie dürfen hier nicht schlafen«, sagte ein alter Mann in einem roten Gewand und lächelte dabei nachsichtig.

»Tut mir leid«, sagte er auf Russisch und erhob sich. Der Mann in Rot nickte und ging weiter, steuerte auf einen japanischen Touristen zu, der laut telefonierte.

Der Dom war fast leer. Wenig Licht fiel durch die Fenster herein. Er musste einige Zeit geschlafen haben. Irgendwo spielte jemand Orgel, aber recht leise, sodass man schon genau hinhören musste.

Im Unterschied zu seiner Mutter hatte er nie an Gott geglaubt. Wie sollte man auch, wenn man schon als Fünfjähriger von seinem Vater verprügelt worden war?

Vor dem Dom wehte ein strenger Wind. Die Sonne ging hinter den Häusern unter.

Für einen Moment dachte er daran, dass Juri ihm irgendwo auflauern würde. Plötzlich bedauerte er, dass er keine Waffe mitgenommen hatte. Er brauchte eine Bleibe für die Nacht, aber er hatte nicht vor, sich ein Hotel zu suchen. Er hatte keinen falschen Pass dabei. Er hatte sich vorgenommen, keine falschen Spiele mehr zu spielen. Er dachte an Nora – dass sie nun ihre Arbeit in den Gärten getan hatte. Vielleicht ging sie noch ins Max und Moritz an der Oranienstraße. Vermisste sie ihn schon? Er wusste es nicht. Aber bestimmt hatte sie sich über das viele Geld gewundert, das er ihr dagelassen hatte. Er vermisste sie bereits und hätte sich gern neben sie gelegt und ihr Rosen-Tattoo gestreichelt.

Dann sah er ihn: den Polizisten. Mit einer schwarzhaarigen Frau, die eine Sonnenbrille trug, ging er an ihm vorbei. Beide waren anscheinend auch im Dom gewesen. Der Polizist sah anders aus, magerer, angestrengter, aber er war es, kein Zweifel. Sieben Jahre waren seit ihrer letzten Begegnung vergangen. Noch immer trug er die Visitenkarte bei sich. Jan Schiller, Kommissar.

Ein bitterer Geschmack lag auf seiner Zunge.

Sollte er ihm folgen, ihm auflauern, alles, was er vorhatte, gleich tun? Nein, er entschied sich, zurück in den Bahnhof zu gehen. Irgendwo musste er während der Nacht unterkriechen. Erst musste er zum Grab, nach der Waffe sehen, und dann seinem Vater … vielleicht seinem Vater auflauern.

Er schlug den Weg zum Museum Ludwig ein. Früher hatte es hier Schlafplätze gegeben, einigermaßen ruhig und windgeschützt.

Als er seinen Schlafsack ausbreiten wollte, kam ein rothaariger Bursche mit einem Einkaufswagen heran, in dem leere Flaschen zu einem nervtötenden Konzert gegeneinanderschlugen.

»Das wird nichts, Kumpel«, nuschelte er. »Da schlafen Marko und ich – ist unser Platz.« Der Kerl fuchtelte mit ekelhaft schmutzigen Händen herum.

Für einen Moment war er versucht, ihm einfach die Faust ins Gesicht zu schlagen. Mit so einem Schwachkopf wurde er spielend fertig, aber dann nickte er nur.

»Alles klar«, murmelte er vor sich hin. Er wollte keinen Ärger oder Aufsehen erregen. Er nahm den Schlafsack und ging weiter. Im Museum brannte noch Licht.

»He, suchst du ein Bett für die Nacht?« Eine Frau trat vor ihn hin. Sie war jung, kaum zwanzig, hatte langes, glattes blondes Haar, und sie lächelte strahlend.

Er nickte.

»Dann komm«, sagte sie und griff nach seinem Arm, und er dachte, er wäre einem Engel begegnet.

7.

Die Schuhe blieben verschwunden. Offenkundig hatte Inka Boog keine Schuhe getragen, aber vermutlich gab es irgendwo eine Garderobe, wo sie Kleider und Schuhe aufbewahrte. Verdammt, sie hatten vergessen, Blaschek danach zu fragen. Hatte seine Frau vielleicht den Spleen gehabt, immer barfuß zu gehen? Der Dramaturg hockte allein in seinem Büro, er hatte gebeten, telefonieren zu dürfen. Er wollte der Mutter der Toten, die in einem Altenheim in der Nähe von Hamburg wohnte, die schreckliche Nachricht beibringen, bevor sie es aus den Nachrichten erfuhr.

Birte beobachtete, wie Dr. Wimschneider, die Staatsanwältin, das Schauspielhaus wieder verließ. Sie trug ein helles rotes Kleid und sah aus, als käme sie soeben von einem Kindergeburtstag. Auf dem Vorplatz hatte das erste Kamerateam Aufstellung bezogen. Ein Mann vom Lokalradio stürmte auf die Staatsanwältin zu.

Dann trugen zwei Männer aus dem Rechtsmedizinischen Institut die Leiche an ihr vorbei. Obwohl die Tote mit einem Tuch bedeckt war, konnte man an den Ausbuchtungen erahnen, wo die Pfeile in ihrem Oberkörper steckten.

Birte Jessen spürte, wie sich ihr Magen zusammenkrampfte. An den Anblick von Leichen hatte sie sich immer noch nicht gewöhnt. Plötzlich stand Hinrichs neben ihr.

»Du bist abgehauen«, zischte er ihr zu. »Regelrecht geflohen – warum?«

Bevor sie etwas erwidern konnte, eilte Cremer heran. Er hielt das iPhone der Toten in der Hand. »Das letzte Telefonat hat sie kurz vor ihrem Tod geführt – null Uhr dreizehn. Sie hat mit ihrem Lover geredet, diesem Becker. Ich habe ihn einbestellt.«

Birte nickte. »Wir brauchen einen Besprechungsraum«, sagte sie und versuchte, Hinrichs zu ignorieren.

»Vielleicht sollten wir draußen zwei Mannschaftswagen für Befragungen nutzen«, entgegnete Cremer. »In den Büros werden Schultke und seine Leute noch zu tun haben. Die pinseln und kleben sich da einen Wolf – sind überall jede Menge Spuren.«

Kein Wunder, dachte Birte, gestern Abend waren vermutlich

mehr als hundert Leute im Theater gewesen – ein Alptraum für Spurensucher.

»Ich muss mit dir reden«, flüsterte Hinrichs und wagte es tatsächlich, nach ihrer Hand zu greifen, kaum dass Cremer sich wieder abgewendet hatte.

Abrupt drehte Birte sich um. »Hör endlich auf!«, stieß sie hervor.

»Es war auch mein Kind!« Hinrichs verzog das Gesicht. Er hatte ihre Lüge nicht geglaubt.

»Gut«, sagte sie. »Wir können später darüber reden.« Sie war im Begriff, Cremer hinterherzueilen, als etwas sie innehalten ließ.

Ein Mann stand in der Tür, groß, dünn, dunkelhaarig, weißes Hemd, schwarze Jeans, keine Jacke. Sein Haar war leicht zerzaust, als wäre er eben aus dem Bett gestiegen.

Ben, der Mann von gestern Nacht.

Birte wurden die Knie weich, jetzt wurde sie nicht nur vom ersten One-Night-Stand, sondern auch von ihrem zweiten verfolgt. Aber wie hatte Ben herausfinden können, wo sie sich aufhielt?

Er sprach kurz mit dem Polizisten am Eingang, dann nickte er mit ernster Miene und lief geradewegs auf sie zu. Sein Gesichtsausdruck veränderte sich nicht. Erkannte er sie nicht? War er nicht der Mann aus dem Lapidarium? Birte spürte, wie ein Schauer über ihren Rücken lief. Nein, er war es, kein Zweifel.

»Lars Becker«, stellte er sich vor. »Ich soll mich hier bei der Kommissarin melden.«

Schweigend gingen sie ein paar Stufen hinauf, dann wandte Birte sich nach rechts, öffnete die erste Tür, die in den Zuschauerraum führte. Sie wählte die nächstgelegene Stuhlreihe und setzte sich. Verdammt, wo war Jan? Zumindest hatte sie es noch geschafft, ihm eine SMS zu schreiben.

Lars Becker nahm neben ihr Platz. »Heidi, die schöne Geigenbauerin«, sagte er mit einem ironischen Unterton vor sich hin.

»Ben, der Mann, der irgendwas mit Medien macht«, erwiderte Birte genauso ironisch, obwohl ihr gar nicht nach Ironie zumute war. Es schüttelte sie wieder.

Becker stöhnte. »Ich habe sie nicht umgebracht – auch wenn der alte Blaschek das vielleicht glaubt. Es war eine blöde Situation.« Seine Hand wanderte auf der Lehne entlang. Für einen Moment sah es aus, als wollte er nach ihrem Arm greifen.

Birte dachte an seinen mageren, makellosen Körper und daran, wie er sich über sie gelegt hatte, sanft und schön. Dabei hatte er ein paar Stunden vorher vor den Augen seiner Kollegen seine Chefin geliebt, eine fünfzigjährige Frau, die kurz danach ermordet worden war.

»Du bist der erste Verdächtige«, sagte sie. »Das ist dir doch wohl klar.«

Er nickte, dann blickte er sie an. Sie konnte ihren eigenen Schatten in seinen dunkelblauen Augen sehen.

»Ich war es aber nicht«, sagte er. »Gut, wir hatten etwas miteinander – seit ein paar Wochen, und gestern Nacht, da … Inka ist eine Egomanin, sie hat die Fresse von Blaschek gesehen, dann kam das Geschwafel von Kröber, unserer Finanzdirektorin, über Auslastung, Defizit, blablabla … Bei so etwas dreht Inka durch und wollte sich etwas beweisen, sie hasst alles Spießige.«

»Wie viele Leute waren gestern Abend hier?«, fragte Birte. Sie versuchte, Sicherheit zurückzugewinnen, sie musste sich auf ihre Rolle als Ermittlerin konzentrieren, am liebsten hätte sie ihn auch wieder gesiezt.

»Keine Ahnung – hundert bestimmt, Schauspieler, Dramaturgen, die Leute aus der Buchhaltung, von der Technik …« Er strich sich durch sein kurzes, zerzaustes Haar. Ja, in so einen Mann konnte man sich verlieben, gleichgültig, ob man eine fünfzigjährige Intendantin oder eine fünfunddreißigjährige Polizistin war. »Du meinst, ihr Mörder war auch auf dem Fest?«

»Vermutlich.«

Der Zuschauerraum war kaum erleuchtet. Jemand lief über die leere Bühne. Hinrichs stand da und blickte in den Raum, aber er suchte nicht sie, sondern hielt ein Telefon in der Hand und sprach leise hinein, ohne sie zu entdecken. Nach ein paar Momenten verschwand er wieder.

»Wie heißt du eigentlich wirklich?«, fragte Lars Becker abrupt. »Bestimmt nicht Heidi – das habe ich gleich gewusst.«

»Nein«, erwiderte sie, »ich heiße Birte Jessen. Eigentlich komme ich aus Hamburg, bin irgendwie hier gestrandet.«

Becker wiederholte ihren Namen, sprach ihn mehrmals aus, wie ein Schauspieler, der Betonungen ausprobierte. Birte – mal entschieden, mal fragend, mal heiser entrüstet, dann zärtlich und vertraut.

»Ich würde dich gerne wiedersehen«, sagte er schließlich, »privat. Übermorgen gebe ich ein kleines Konzert im Lapidarium. Ich spiele Gitarre und singe.«

Fast hätte sie genickt, aber dann fiel ihr ein, dass er Schauspieler war, ein Mann, der es gewohnt war, in Rollen zu fallen, zu täuschen und zu manipulieren.

»Ich muss an diesem Fall arbeiten«, erwiderte sie.

Er lächelte und wischte sich über das Gesicht. »Inka hatte viele Feinde. Sie war trunken von der Macht, die sie besaß«, sagte er förmlich. »Sie hat alle schikaniert, gnadenlos. Letzte Woche habe ich erlebt, wie sie Blaschek zum Biosupermarkt hier um die Ecke geschickt hat – er sollte ihr ein Lachsfilet holen und braten. Sie hatte Hunger auf Lachs, um fünf Uhr nachmittags. Natürlich ist der Schwächling losgeschlurft, hat sich an die Kochplatte gestellt und ihr das Filet gebraten. Eine Stunde später hat sie ihn wegen eines fehlerhaften Regiebuches vorgeführt.« Er zögerte einen Moment. »Und dann Wollschläger … Rolf Wollschläger war in Köln ein Theaterstar, bevor sie gekommen ist. Er hat sich seine Rollen aussuchen können. Zwei Spielzeiten hat sie gebraucht, um ihm das Rückgrat zu brechen. Letzten Sommer hat sie ihn rausgeworfen. Vor Kummer ist er immer fetter geworden. Er hält sich mit Rezitieren über Wasser, tingelt mit einem Lyrikprogramm durch die Lande. Vor ein paar Wochen hat sie mir erzählt, dass er sie bedroht. Jedenfalls hat ihr jemand Drohbriefe geschrieben …«

Ihr Handy klingelte. »Wo bist du?«, fragte Jan vorwurfsvoll, als wäre sie es gewesen, die sich vom Acker geschlichen hätte.

»Im Zuschauerraum«, entgegnete sie tonlos. »Bei der ersten Befragung … mit Lars Becker.«

»Es versammeln sich immer mehr Leute vor dem Haus – irgendetwas ist durchgesickert«, sagte Jan. »Cremer hat drei Mannschaftswagen für uns aufstellen lassen. Kannst also mit dem Lover herüberkommen.« Dann legte er auf.

»Du brauchst ein Alibi«, sagte sie zu Becker. »Wir müssen genau wissen, wann du das Theater verlassen hast, mit wem du geredet hast und so weiter ... und ...« Sie suchte nach Worten. »Wäre schön, wenn du mich aus dem Spiel halten könntest.«

Die ersten Blumen und Kerzen waren vor dem Schauspielhaus abgelegt worden; immer mehr Menschen kamen zusammen. Schnell hatte es sich herumgesprochen, dass Inka Boog ermordet worden war.

Birte führte Lars Becker zu einem Mannschaftswagen. Sie war dankbar, dass Jan sich zu ihr gesellt hatte. Seine Laune hatte sich nicht gebessert. Sie konnte auf den ersten Blick erkennen, dass er Becker nicht mochte. Er musterte ihn ein wenig abfällig.

»Wie ist das, wenn man mitten auf einer Party eine Nummer schiebt?«, fragte er, kaum dass sie sich in den Wagen gesetzt hatten.

Lars Becker warf ihr einen hilfesuchenden Blick zu, den sie ignorierte.

»Ich weiß nicht, was das mit dem Mord an Inka zu tun hat«, erwiderte er dann.

»Eine ganze Menge«, entgegnete Jan tonlos. »Wie war Ihre Beziehung zu der Toten? Haben Sie sich ausgenutzt gefühlt? Waren Sie so etwas wie ihr Schoßhündchen?«

Lars Becker schnaubte, aber er war niemand mit einem Glaskinn, wie Birte bemerkte. »Wir haben keine Nummer geschoben – wie Sie es so schön ausgedrückt haben. Ja, wir haben uns geküsst. Inka war eine attraktive Frau. Aber viel mehr war da nicht.«

»Das hat uns Blaschek ein wenig anders geschildert. Nach seinen Ausführungen hat sich die Party quasi aufgelöst, weil sie beide so beschäftigt waren und alle Gäste recht peinlich berührt waren.«

Lars Becker machte Anstalten, nach Zigaretten in seinen Taschen zu suchen, doch Jan schüttelte energisch den Kopf.

»Rauchverbot!«, sagte er dann.

Birte versuchte, sich an ihre gemeinsame Nacht zu erinnern. Hatte Becker da auch geraucht? Ja, hinterher hatte er sich eine Zigarette angesteckt. Sie wusste nicht, ob er allein im Lapidarium gewesen war. Einen betrunkenen Eindruck hatte er jedenfalls nicht gemacht.

»Was ist passiert, als alle weg waren, weil Sie sich ein wenig … geküsst haben?«, fragte Jan mit deutlicher Ironie in der Stimme. »Haben Sie Ärger mit Inka Boog bekommen? Verlief der Abend weiterhin harmonisch?«

Aus dem Fenster des Mannschaftswagens meinte Birte, Polizeidirektor Fitschen zu sehen, der mit großen Gesten einem grauhaarigen Mann etwas zu erklären schien. Der Oberbürgermeister hatte sich also auch schon aufgemacht, um sich zu informieren.

Becker schien zum ersten Mal wirklich zu begreifen, dass er in Schwierigkeiten steckte. »Ich habe Ihrer Kollegin schon erklärt, dass ich Inka nicht umgebracht habe – wir hatten ein Verhältnis, nicht mehr und nicht weniger. Wir hatten keinen Streit …« Er schnaubte wieder. »Irgendwann haben wir registriert, dass wir allein waren. Inka hat sich angezogen und mich weggeschickt. Sie wollte noch kurz in ihrem Büro etwas erledigen.«

»So nüchtern ging das bei Ihnen ab?« Jan lachte. Ihm war es augenscheinlich gleichgültig, dass ihr Diktiergerät auch dieses Lachen aufzeichnete.

»Soll ich die Wahrheit sagen? Wir sind beide nicht gekommen. Ist nicht wirklich was passiert. Bei Inka konnte von einer Sekunde auf die nächste die Laune ziemlich heftig umschlagen. Das war gestern wieder so.« Becker klang nun unwillig und so, als würde er gleich nach einem Anwalt rufen.

Birte wandte den Kopf ab und schloss die Augen, ohne dass es einer der beiden Männer bemerken konnte. Sie dachte daran, wie Lars gerochen hatte, als er sich sanft und mit einer gewissen Eleganz über sie gelegt hatte. Nein, sie hatte keinen Geruch einer anderen Frau wahrgenommen, aber sie hätte auch niemals gedacht, dass er wenige Stunden zuvor bei einer anderen gelegen hatte.

»Wir versuchen nur zu verstehen, meine Kollegin und ich, wie der Abend wohl ausgesehen hat.« Jan klang plötzlich ein wenig versöhnlicher. »Sie könnten ein Mörder sein oder eben nur ein Gelegenheitslover. Aber jedenfalls sind Sie Schauspieler, nicht wahr? Haben sogar mehrere Preise bekommen?«

Lars Becker nickte.

Birte war überrascht. Woher wusste Jan das? Aber wahrscheinlich hatte er mit Nele gesprochen, die ein paar Namen bei Google eingegeben hatte.

»Wann genau haben Sie das Theater verlassen?«, fragte Birte. Sie wollte die Befragung hinter sich bringen.

Lars Becker schaute sie an, ein wenig spöttisch, doch nüchtern und ernst berichtete er, wie er gegen ein Uhr in der Nacht noch zum Eigelstein gegangen sei. Er sei noch nicht müde gewesen – der Wirt vom Lapidarium könne seine Angaben bestätigen.

»Und dann?«, fragte Jan lauernd.

Birte begriff, dass sie jetzt etwas hätte sagen müssen – aber welche Folgen hätte das? Sie hätte den Fall abgeben müssen. Nach dem Vorfall mit Hinrichs hätte sie sich endgültig im Präsidium unmöglich gemacht.

»Irgendwann bin ich doch müde gewesen und nach Hause gefahren – das heißt, in die Wohnung eines Freundes am Rheinauhafen. Er ist zurzeit mit seiner Band auf Tour und hat sie mir zur Verfügung gestellt.« Lars Becker sah ihr für einen winzigen Moment in die Augen. Ich verrate dich nicht, sagte sein Blick.

Birte erwiderte seinen Blick nicht. Draußen waren noch mehr Menschen gekommen, ungefähr hundert vielleicht. Vier uniformierte Polizisten begannen Gitter aufzubauen, um den Eingang frei zu halten.

»Seit wann haben Sie eigentlich ein Verhältnis mit der Toten?« Jan war die Unzufriedenheit über die Befragung anzumerken.

»Seit gut zwei Monaten – es hat am 29. Juni begonnen«, erwiderte Lars Becker.

»Oh!« Jan machte ein amüsiertes Gesicht. »Daran erinnern Sie sich ja sehr genau.«

Lars Becker schwieg einen Moment. Er blickte auf die Menschenmenge, die nun zurückgedrängt wurde. Ein großer, unförmiger Kerl mit langen, zurückgekämmten Haaren begann gegen diese Behandlung zu protestieren. Er warf die Arme in die Höhe und fluchte lauthals.

»Ich erinnere mich genau – Inka hatte einen Zusammenbruch in ihrem Büro. Es war der erste Todestag ihrer Tochter.«

Selbst Jan schwieg betreten. Wenn Birte sich richtig erinnerte, hatte Blaschek kein Wort über eine gemeinsame Tochter verloren, aber vielleicht war sie auch nicht von ihm.

Der Hüne mit den langen Haaren legte sich draußen nun mit einem Polizisten an, der ihn bat zurückzugehen. Er holte aus und schlug dem Uniformierten mit der Faust gegen die Schulter. Sofort sprangen zwei andere Beamte herbei.

»Da haben Sie noch einen Verdächtigen«, sagte Lars Becker mit starrer Miene. »Wollschläger fängt an, sich mit einem Ihrer Leute zu prügeln.«

8.

Wie lange würde Carla an Hagens Grab stehen? Fünf, zehn Minuten? Viel länger wohl kaum. Schiller wurde immer unruhiger. Großer Gott, er hätte Carla nicht aus den Augen lassen dürfen. Ihr Handy war abgeschaltet, und die Nummer der Therapeutin hatte er nicht.

Als er zum dritten Mal in ihrer Wohnung anrief, nahm jemand ab, ohne seinen Namen zu nennen. Erst glaubte er, die Therapeutin sei am Apparat, doch dann erkannte er Carla an einem kurzen, zitternden Atemzug.

»Wie ist es gelaufen?«, fragte er.

»Nicht so gut«, erwiderte sie leise. »Ich konnte es nicht ... Wir sind nur bis auf zwanzig Meter an das Grab herangekommen. Mir wurde schwindlig, und dann habe ich plötzlich seine Stimme gehört – was er mir auf unserer letzten Fahrt gesagt hat.« Sie machte eine Pause und seufzte.

Schiller beobachtete, wie zwei Polizisten Wollschläger buchstäblich in den dritten Mannschaftswagen verfrachteten. Er hatte ihnen die Anweisung dazu erteilt.

»Gabriel war so glücklich«, fuhr Carla noch leiser fort. »Er sei dreiundsechzig, doch endlich habe er begriffen, was wahre Liebe ist ... Susanne Deibler ... diese Schauspielerin ... er liebte sie wirklich ...« Wieder seufzte sie.

Wo war die Therapeutin? Warum war sie nicht bei Carla geblieben?

»Es war alles ein Unglück«, sagte Schiller. »Eine Verkettung unglücklicher Umstände.«

Wie oft hatte er diese hilflosen Worte schon ausgesprochen! Zwei alte Frauen drückten sich mit Blumen an ihm vorbei, die sie dann an der Absperrung vor dem Schauspielhaus niederlegten.

»Wann kommst du?«, fragte Carla. »Ich könnte etwas kochen.«

»Bald«, erwiderte er, obwohl er wusste, dass das nicht stimmte. »Wir sind noch nicht ganz so weit.«

Birte saß noch immer mit Lars Becker zusammen, und Cremer war dabei zu koordinieren, wann sie die anderen Schauspieler, die auf der Party gewesen waren, vernehmen konnten. Obwohl sie Unterstützung aus dem Präsidium angefordert hatten, würden sie bis in die Nacht hinein zu tun haben.

»Ich werde auf dich warten«, meinte Carla. »Im Radio hat der Oberbürgermeister gesagt, dass das Theater mindestens zwei Wochen lang geschlossen bleibt. Der Täter werde aber bald gefasst werden, da sei er ganz sicher.«

»Na, wenn der Oberbürgermeister das sagt, wird es wohl stimmen.« Schiller seufzte. Lars Becker verließ den Mannschaftswagen und wandte sich, ohne einen Blick zum Schauspielhaus zu werfen, in Richtung Nord-Süd-Fahrt. »Inka Boog und ihre Tochter … kannst du dich erinnern, warum genau sie zu dir gekommen sind?«

»Sie waren nur einmal da«, erwiderte Carla unwillig. Klar, sie wollte sich nicht erinnern. Das Leben einer Therapeutin, die anderen Menschen half, schien in unerreichbarer Ferne zu liegen. »Ich weiß nicht mehr – ich glaube, es waren Essstörungen. Magersucht.«

Das Mädchen ist tot, wollte Schiller erwidern, doch stattdessen unterbrach er nach ein paar hohlen, kaum tröstenden Worten die Verbindung und ging zu dem Mannschaftswagen, in dem Wollschläger mittlerweile allein hockte.

»Das ist Freiheitsberaubung«, dröhnte der Schauspieler, nachdem Schiller die Tür geöffnet hatte. »Man hat mich hier eingesperrt – ohne Grund.« Er war unrasiert und sah müde aus, hatte rot unterlaufene Augen, als hätte er die Nacht durchgemacht.

Schiller hielt ihm seinen Ausweis hin. »Sie haben zwei Beamte angegriffen«, sagte er. »Das wird eine Anzeige zur Folge haben, es sei denn, Sie zeigen sich kooperativ.«

»Kooperativ!« Wollschläger schnaubte und reckte den Hals, als wollte er sich noch ein wenig größer machen. »Ich wollte die Schlampe tot sehen – das ist alles. Ich habe alles für sie getan, und sie hat mich rausgeschmissen.«

Schiller setzte sich.

Er kannte Wollschläger irgendwoher, ob jedoch von der Bühne oder vom Fernsehen wusste er nicht. Der Schauspieler starrte ihn feindselig an.

»Man sagt, Sie hätten Inka Boog bedroht – per Brief oder per E-Mail.«

Wollschläger beugte sich vor, eine grobe, massige Erscheinung. Seine Mundwinkel zuckten, aber es wirkte nicht aufgebracht oder nervös, sondern sah nach Schauspielerei aus.

»Ich habe ihr gesagt, was ich von ihr halte. Sie war ein durch und durch unanständiger Mensch, sie kannte nur sich. ›Alles für die Kunst!‹ Wie oft habe ich diesen Ausspruch von ihr gehört. Dabei hieß er in Wahrheit: ›Alles nur für mich!‹« Er verstummte abrupt und verschränkte die Arme. Schon wieder eine theatralische Geste!

»Warum wurden Sie gefeuert?«, fragte Schiller. Er legte sein Diktiergerät vor sich und schaltete es an.

Wollschläger betrachtete es, als hätte Schiller einen hässlichen Käfer auf dem Tisch platziert.

»Ich habe sie nach Köln geholt, ich habe dem Kulturdezernenten gesagt: Nimm die Boog, dann sind wir in Köln im deutschen Theater wieder an der Spitze. Klar, sie ist schwierig, aber ich kenne Inka. Sie wird ein paar Leute wegbeißen, doch so schlimm wird es nicht werden.« Er legte seine Stirn in Falten, und die Farbe seiner ohnehin schon dunklen braunen Augen schien noch dunkler zu werden. Leiser, fast flüsternd, fuhr er fort: »Ich hätte nie gedacht, dass sie mich abserviert, aber nun ja … Es waren besondere Umstände. Niemand wusste um unser Geheimnis … und dann war Merle plötzlich tot, und sie konnte meinen Anblick nicht mehr ertragen …« Wollschläger lehnte sich zurück und strich sich über sein zurückgekämmtes Haar.

Schiller verstand ihn nicht sofort. »Wer ist Merle?«

Wollschläger blickte aus dem Fenster. Über hundert Menschen mochten sich vor dem Schauspielhaus versammelt haben. Einige hatten die Hände gefaltet, als würden sie beten.

»Es wissen vielleicht eine Handvoll Leute, mehr nicht«, sagte er, ohne Schiller anzuschauen, »aber bevor Sie glauben, ich hätte etwas mit Inkas Tod zu tun, gebe ich dieses Geheimnis preis. Merle war ihre und meine Tochter. Und irgendwie hat sie mir die Schuld an Merles Tod gegeben, dabei habe ich das Kind kaum gesehen. Klar, ich habe auch gemerkt, dass sie immer dünner und dünner wurde.« Wollschläger hob die Hände und ließ sie sogleich wieder sinken.

»Sie sind der Vater, nicht Blaschek?«, fragte Schiller.

Wollschläger schaute ihn an, dann lachte er spöttisch. »Blaschek ist impotent. Der kriegt keinen hoch, war schon immer so und weiß auch jeder. Diese Ehe war eine Farce. Als Dramaturg hat Blaschek seine lichten Momente, aber als Mann ist er der totale Versager.«

Für einen Moment trat Stille ein. Schiller versuchte, seine Gedanken zu sortieren. Jetzt hätte er gern Birte an seiner Seite gehabt.

»Was ist mit Ihrer Tochter geschehen?«, fragte er dann. »Woran ist sie genau gestorben?«

»Inka hat sie umgebracht«, sagte Wollschläger und betonte jedes Wort. »Sie hat das Kind herumgestoßen. Mal musste die Kleine mit ihr umziehen, dann wieder war sie für eine Zeit im Internat. Ich habe alles versucht, aber offiziell war ich nicht der Vater … hatte keine Rechte.« Er legte die Hände vor sich auf den Tisch und betrachtete sie, als gehörten sie nicht zu ihm. »Auf die Dauer tötete Inka jeden, der in ihre Nähe kommt.«

»Wo waren Sie gestern Abend?«, fragte Schiller.

Wollschläger sah ihn an und verzog den Mund zu einem Grinsen. Seine Zähne waren gelb vor Nikotin. Irgendwie konnte man sich diesen fettleibigen, heruntergekommenen Mann nicht mit einer schönen Frau wie Inka Boog vorstellen, aber ihr Verhältnis mochte auch viele Jahre her sein. »Ich war spazieren, habe mich treiben lassen, und ja, ich bin auch hier am Schauspielhaus gewesen, habe zu den Lichtern hochgeblickt und habe Inka alles Schlechte zu ihrem fünfzigsten Geburtstag gewünscht.«

Er brauchte einen Kaffee. Kopfschmerzen machten ihm zu schaffen. Er musste unbedingt mit der Therapeutin reden. Wie lange konnte es dauern, bis Carla wieder gesund war? Cremer kam aus dem dritten Wagen, während er zur Opernpassage hinüberlief, und drückte ihm eine Liste in die Hand.

»Siebenundachtzig Namen haben wir«, sagte er stolz. »Waren alle gestern auf dieser Party.«

Schiller nickte. Im Vorbeigehen registrierte er, dass Birte mit einer Frau mit langen grauen Haaren in ihrem Wagen saß – Renate Kröber, die Finanzdirektorin, wie Cremer ihm verriet. Außerdem wolle Wimschneider als leitende Staatsanwältin noch am Abend eine Pressekonferenz abhalten.

Als er im Begriff war zu antworten, Birte solle mit auf das Podium gehen, klingelte sein Telefon. Carlas Apparat, aber Therese meldete sich.

»Jung«, sagte sie, »ich habe Carla eine Hühnerbrühe gebracht. Hast du deinen Fall bald gelöst?«

Fast hätte er gelacht. Therese wusste immer, wann sie gebraucht wurde – sie hatte einen sechsten Sinn dafür.

»Außerdem geht es heute Nacht los«, fügte sie hinzu. »Mit unserer Befreiungsfront. Ist gar nicht schlecht, wenn ihr Polizisten mit was anderem beschäftigt seid.« Ein mädchenhaftes Kichern war zu hören, dann unterbrach sie die Verbindung, ohne ihm die Chance zu geben, überhaupt etwas zu entgegnen.

Was hätte er getan, wenn er fünf Tage in Todesangst im Dunkeln gehockt hätte? Einmal war er für einen halben Tag mit einer Binde durch die Wohnung gelaufen, um dieses Gefühl nachzustellen. Unsicher war er durch die Räume getappt, war ständig gegen Wände und Möbel gestoßen und hatte diesen Versuch dann entnervt aufgegeben.

In der Opernpassage hatte sich der Mord offenbar noch nicht herumgesprochen. Hier flanierten ein paar wenige Passanten wie an einem gewöhnlichen Samstagvormittag. Schiller bestellte sich in einem Bistro einen schwarzen Kaffee, dann ging er die Liste durch. Bei den meisten Namen hatten Cremer oder Nele Kracht, ihre Assistentin, auch die Funktion vermerkt. Viele Schauspieler, drei Dramaturgen, Bühnenbildner, Techniker. Bei einem Namen zuckte er zusammen – Susanne Deibler, Hagens letzte Freundin. Er hatte gewusst, dass sie Schauspielerin war, aber gemeint, sie gehöre dem Ensemble schon länger nicht mehr an.

Als er aufblickte, stand sie plötzlich vor ihm und starrte auf ihn herab. Sie trug ein Kopftuch, das ihre dunkelrot gefärbten Haare verdeckte, und eine Sonnenbrille. Sie wirkte noch bleicher als gewöhnlich.

»Ich bin Ihnen gefolgt«, sagte Susanne Deibler mit ihrer Flüsterstimme.

Er deutete auf den Stuhl neben ihm. Seit Hagens Beerdigung hatte er sie nicht mehr gesehen. Sie war eine der Frauen, die Schmerz und Sorgen attraktiver machten.

Nachdem sie sich geräuschlos gesetzt hatte, nahm sie die Sonnenbrille ab. Ihre Augen schimmerten in einem durchdringenden Grün.

»Es war ein Schock«, sagte sie, und Schiller wusste für einen Moment nicht, ob sie über Hagens Tod sprach oder den Mord an Inka Boog. Er fragte sich, ob sie noch mit ihrem Mann zusammen war, dem wortkargen, grauhaarigen Greis.

»Waren Sie gestern auch auf dieser merkwürdigen Party?«, fragte er.

Sie nickte.

Sein Kaffee wurde gebracht. Er schob ihn Susanne Deibler hinüber und bestellte gleich einen neuen.

»Ich habe mich nie bei Ihnen bedankt«, sagte sie mit ihrer ruhigen, gehauchten Stimme, die so gar nicht zu einer Schauspielerin passte, die einen großen Raum mit ihrer Präsenz füllen musste. »Dass Sie die Wahrheit über Gabriel herausgefunden haben.«

Bevor sie einen Schritt weiterging und nach Carla fragte, kam er ihr zuvor. »Warum sind Sie mir gefolgt?«

Sie zog eine Schachtel Zigaretten aus ihrer Handtasche und begann zu rauchen.

»Ich wollte mit Inka reden«, sagte sie. »Deshalb war ich auf diesem Fest. Ich brauche eine Rolle, eine Hauptrolle, und Inka wollte ›Macbeth‹ spielen und war von der Idee besessen, alle Rollen mit Frauen zu besetzen. Ich wollte Macbeth sein, unbedingt. ›Wär's abgetan, so wie es getan ist, dann wär's gut, man tät es eilig.‹« Sie lächelte und nahm einen Zug. »Alle Schauspieler sind eitel, Herr Kommissar. Und ich brauche mal wieder einen Erfolg. Nur Arbeit hilft mir, Gabriel zu vergessen.«

»Und?«, fragte Schiller. »Haben Sie Ihre Hauptrolle bekommen?«

Susanne Deibler blickte zur Seite und inhalierte tief und nachdenklich. Im Profil sah sie noch schöner aus. »Sie müssen den

Kosmos Theater verstehen. Wir sind eine eigene Welt, haben unsere eigenen Regeln und Gesetze. Inka war unsere Königin. Alle haben sie gehasst und zugleich geliebt. Sie war ungerecht und launisch, und gleichzeitig war sie ein Genie. Was sie in die Hand nahm, war ungewöhnlich und gelang. Sie wusste immer, dass ein Schauspieler für die richtige Rolle alles tun würde. Solidarität gibt es mit toten und schwer kranken Kollegen, sonst nicht.«

»Was ist an diesem Abend passiert?«, fragte Schiller. »Inka Boog hat mit Lars Becker rumgemacht, und ihr Mann und alle anderen standen dabei.«

Susanne Deibler drückte ihre Zigarette aus. »Das war so ein Spiel Inkas – als wäre sie ein mittelalterlicher König, der sich eine schöne Frau aus dem Volk holt, um sie in sein Bett zu schleifen. Nicht ernst zu nehmen. Ich glaube, nicht einmal Lars hat dieser Knutscherei viel Bedeutung zugemessen. Übrigens ein netter, talentierter Kollege.«

»Aber alle sind gegangen, weil sie glaubten, da ginge es handfest zur Sache«, wandte Schiller ein.

Eine Kellnerin brachte den Kaffee, den er sogleich herunterstürzte, um die Müdigkeit zu verscheuchen, die ihn befallen hatte.

»Ich bin nicht gegangen«, sagte Susanne Deibler völlig unaufgeregt. »Ich habe an der Theke gestanden, ganz an der Seite, und mein zweites Glas Rotwein getrunken. Ich wusste, dass dieses Spiel Inkas Methode war, diese Party, die sie langweilte, aufzuheben. Sie hat dann auch bald Lars weggeschickt, und dann bin ich ihr gefolgt, wie ich Ihnen gefolgt bin, aber da war ich wohl nicht die Einzige. Es war jemand in ihrem Büro, hat da schon auf sie gewartet.«

Sie zögerte, und Schiller war sicher, dass sie keinen Namen nennen würde. Er blickte sich unwillkürlich um. Plötzlich kam er sich wieder beobachtet vor, wie schon in den letzten Tagen, aber niemand war zu sehen, der sich für ihn oder Susanne Deibler interessierte.

»Herterich«, sagte sie, nachdem er sich ihr wieder zugewandt hatte, und steckte sich erneut eine Zigarette an.

Die Kellnerin blickte missmutig zu ihnen herüber. An der

Wand hing ein Schild mit der Aufschrift »Danke, dass Sie hier nicht rauchen!«.

»Ich glaube, die Stimme hat Jens Herterich gehört.«

»Herterich?« Schiller konnte mit diesem Namen nichts anfangen.

Susanne Deibler lächelte nachsichtig. »Sie gehen nicht oft in die Oper, nicht wahr? Herterich ist ein aufgeblasener Pfau, läuft mit Löwenmähne und Fliege durch die Gegend und ist seit fünf Jahren der Intendant der Oper.«

»Was wollte Herterich von Inka Boog?« Schillers Telefon klingelte. Ohne auf das Display zu blicken, drückte er den Anruf weg.

»Keine Ahnung.« Sie zuckte mit den Schultern. »Vielleicht ging es um Geld. Es heißt, dass bei Herterich zwei Wagner-Produktionen völlig aus dem Ruder gelaufen sind und ihm nun fünf Millionen in seinem Etat fehlen. Könnte sein, dass er einen Teil des Geldes von Inka haben wollte. Eigentlich haben die beiden einen gemeinsamen Etat.«

Brachte man wegen irgendwelcher Budgetfragen einen Menschen mit einer Armbrust um? Schiller zweifelte daran.

Susanne Deibler schnippte ihre zweite Zigarette in den Aschenbecher und setzte ihre Sonnenbrille wieder auf.

»Tut mir leid«, hauchte sie. »Ich muss gehen. Mein Mann macht sich Sorgen.« Ein leichtes Zucken spielte um ihren Mund. Ich bin noch bei ihm, war der Subtext zu ihren Worten, ich habe den alten, starrköpfigen Mann noch nicht verlassen.

»Wir werden Sie noch einmal befragen müssen«, sagte Schiller ein wenig hastig. »Aber eine Frage noch: Die Tote trug keine Schuhe. Gehörte Inka Boog zu den Menschen, die gerne barfuß gingen? War das auch eine Marotte von ihr?«

Susanne Deibler erhob sich. »Ich kannte einmal eine Gitarristin, die immer barfuß aufgetreten ist. Sie musste den Boden unter ihren Füßen spüren, sonst konnte sie nicht spielen. Aber Inka habe ich nie barfuß gesehen.«

9.

Bienen leben in Völkern, einzeln können sie nicht überleben. Die Arbeitsbienen existieren nur fünfundvierzig Tage. Zuerst sind sie Putzbiene, Amme und Wächterin des Stocks. In den letzten zwanzig Tagen ihres Lebens fliegen sie von Blüte zu Blüte, um Nektar und Pollen zu ernten und Nahrung für den Bienenstock zu sammeln. Die Männchen, die Drohnen, können sich nicht selbst ernähren und werden von den Arbeitsbienen versorgt, sie können nicht stechen und sind nur dazu da, die Königin im Stock zu befruchten. Sobald die Drohnen einmal den Stock verlassen haben, werden sie von den Arbeitsbienen nicht mehr hereingelassen, da sie dann als nutzlos gelten. In jedem Bienenstock gibt es nur eine Königin, denn keine Königin kann ihre Herrschaft mit einer anderen teilen. Schlüpfen zwei Königinnen gleichzeitig, bekämpfen sie sich so lange, bis eine von ihnen stirbt. Dann lässt sie sich auf einem Hochzeitsflug von den Drohnen begatten. Danach beginnt sie Eier zu legen, bis zu zweitausend am Tag. Eine Königin lebt vier bis fünf Jahre und hat nur eine Aufgabe: für Nachkommen zu sorgen.

Es war faszinierend. Nora hatte alles über die Bienen in den Prinzessinnengärten gewusst. Über ihrem Bett hing ein riesiges Bild einer Königin, und gleich in ihrer zweiten Nacht hatte sie ihm alles über Bienen erzählt. Ohne Bienen würde die Welt untergehen – fast jede Pflanze, die wuchs, musste von einer Biene bestäubt werden.

Es gab so viele Dinge, über die er noch nie nachgedacht hatte.

Auf einmal hatte er Sehnsucht nach Nora. Warum fuhr er nicht zurück, legte sich neben sie und liebte sie einfach?

Nein, er wusste, dass Juri das nicht zulassen würde.

Die blonde Frau, die ihn angesprochen hatte, hieß Laura – zumindest nannte sie sich so. Sie fuhr einen alten rostbraunen R4. Auf der Rückbank saß noch ein anderes Mädchen, eine Chinesin, die so müde war, dass sie ihre Augen nicht mehr aufhalten konnte.

Er hatte keine Ahnung, wohin sie fuhren, aber er war auch nicht neugierig, und Laura war es auch nicht. Sie hatte sich lediglich beiläufig nach seinem Namen erkundigt. Sie rasten in dieser Klapperkiste durch die Stadt, kreuz und quer, wie es schien. Laura warf immer wieder einen Blick in den Rückspiegel, als hätte sie Angst, verfolgt zu werden, aber da war niemand. Er hätte es längst bemerkt.

Ob Juri schon in der Stadt war?

Und ob sein Vater noch lebte? Ja, warum nicht? Der Alte war nun achtundsechzig – es dauerte, bis man sich zu Tode gesoffen hatte. Ob es in Kasachstan auch Bienen gab?

Irgendwo in Brandenburg mit Nora Bienen züchten und Kinder haben.

Er musste lächeln, als er über diesen Traum nachdachte.

Juri würde ihn überall finden.

Sie bogen in eine Straße an einem Bahndamm ein, und nach fünfzig Metern hielt Laura so abrupt, dass die Chinesin aufschreckte.

»Wir sind da«, sagte Laura lächelnd. »Eure neue Unterkunft – nicht gerade das Hilton, aber absolut okay.«

Moselstraße, hatte er aus den Augenwinkeln registriert.

Ein Hotel? Sollte er in einem billigen Hotel einchecken, in dem er seinen Pass vorzeigen musste? Nein, kein Hotel, ein heruntergekommenes, schäbiges Mietshaus, an dem der Putz abbröckelte.

»Ihr müsst euch wahrscheinlich ein Zimmer teilen«, erklärte Laura, während sie die Tür öffnete. »Broder wird es euch zeigen.«

Die Chinesin war winzig klein, sie stöhnte leise vor sich hin, als sie mit ihrem Rucksack zum Eingang schlurfte. Die Tür war nicht abgeschlossen, aber im Treppenhaus hockte jemand hinter einem Tisch, als würde er Wache halten. Vor sich ein Handy und eine abgegriffene Kladde.

»Kundschaft für dich, Broder«, erklärte Laura.

»Übernehme«, sagte der Mann hinter dem Tisch, während Laura ohne Gruß hinter einer Tür verschwand, die in eine Wohnung im Erdgeschoss führte.

Der Typ mochte gut vierzig sein, er hatte lange, verfilzte Haare und war unrasiert. Seine Hände waren schmutzig, als hätte er eben noch an Autos herumgeschraubt. Er lächelte sie beide an.

»Seid ihr neu in Köln?«

Die Chinesin sagte nichts, vielleicht verstand sie auch kein Deutsch.

»Ja, ganz neu«, erwiderte er, obwohl es eine Lüge war.

Broder nickte und gab ihnen einen Schlüssel. »Dritte Etage, das zweite Zimmer links. Stehen vier Betten drin. Sucht euch das bequemste aus.«

Die Chinesin starrte müde vor sich hin.

»Was ist das?« Nun war er doch verwundert. »Eine Art Hotel?«

Broder lächelte. »Ja, aber hier musst du nichts bezahlen. Wir haben das Haus besetzt und wollen, dass immer genügend Leute da sind, damit die Bullen genug zu tun haben, falls sie mal auf die Idee kommen sollten, die Hütte zu stürmen.«

Die Bullen? Konnte es sein, dass hier die Polizei auf der Matte stehen würde? Er überlegte, umzudrehen und abzuhauen, aber wo hätte er hingehen sollen? Zu seinem Vater? Da würde Juri ihn sofort finden.

»Alles klar«, sagte er, »aber weck mich, bevor die Bullen kommen.« Dann führte er die stumme Chinesin die ausgetretenen, schmutzigen Treppen hinauf.

Juri, dachte er, bevor er in ein überraschend großes Zimmer trat, in dem sogar der Strom funktionierte, Juri würde niemals einen Fuß in so eine dreckige Bude setzen. Hier würde er beruhigt schlafen können.

10.

»Ich habe mit ihm geschlafen – mit Lars Becker. Ich bin sein Alibi.«

Birte Jessen stand am Fenster und blickte in Richtung Dom. Die Dämmerung brach herein. Warum hatte sie das gesagt? Sie war müde und enttäuscht. Wie viele Menschen hatten sie an diesem Tag befragt? Über vierzig, also noch nicht einmal die Hälfte aller Partygäste, und sie hatten keine ernsthafte Spur. Inka Boog war eine Teufelin gewesen, ja, aber viel mehr hatten sie nicht herausgefunden. Sie lauschte. Jan saß an seinem Schreibtisch, er hatte den Computer hochgefahren. Warum sagte er nichts? Langsam drehte sie sich um.

»Ich habe Becker im Lapidarium am Eigelstein getroffen und bin mit ihm in eine Wohnung am Rheinauhafen gefahren. Als du mich heute Morgen angerufen hast, war ich auf der Suche nach einem Taxi.«

Jan starrte sie wortlos an, dann schüttelte er stumm den Kopf.

»Ich weiß«, sagte sie, »ich müsste den Fall abgeben. Eine Kommissarin, die mit dem Hauptverdächtigen schläft.«

»Nein«, erwiderte Jan. »Du musst im Team bleiben. Becker ist es nicht gewesen.«

Einen Moment später stand Hinrichs da. Die Tür war nur angelehnt gewesen. Birte versuchte, ihn mit regloser Miene anzuschauen, doch im Innern war sie zutiefst besorgt. Hatte er ihre Worte mit angehört? Hinrichs grinste verlegen.

»Fitschen und Wimschneider haben die Pressekonferenz ohne euch gemacht. Ist gut gelaufen, auch wenn sie eigentlich nichts zu sagen hatten. Aber hier habe ich etwas für euch.« Er wedelte mit einigen Bögen Papier.

»Lass hören!« Jan war nicht für seine Höflichkeit bekannt, doch nun wirkte er geradezu feindselig. Hinrichs hatte ihn zwar einmal bei einem Fall buchstäblich aus Lebensgefahr gerettet, trotzdem mochten die beiden sich nicht.

»Es gibt mehrere ungeklärte Todesfälle, bei denen die Opfer barfuß aufgefunden worden sind. Vier, um genau zu sein, und bisher ist kein Täter ermittelt worden.«

Jan beugte sich vor und riss Hinrichs die Papiere aus der Hand. »Willst du sagen, es gibt einen Serientäter, der Menschen umbringt, um ihnen die Schuhe abzunehmen? Irgendeinen perversen Schuhfetischisten? Das ist doch absurd.«

Hinrichs schob die Locke, die ihm stets in die Stirn fiel, zurück und warf Birte einen Blick zu, den sie nicht definieren konnte. Wie schaute er sie an – argwöhnisch, hilfesuchend, wohlwollend? Sie wusste es nicht.

»Ich sage nur, dass es vier Fälle waren in zwanzig Jahren.«

»Das sieht eher wie ein Zufall aus. Stuttgart im Jahr 1992, ein Musiker von der Oper. Bayreuth, 1999, eine Gestalttherapeutin. Dann eine junge Frau, die 2004 in der Nähe von Oldenburg vergewaltigt und dann erdrosselt wurde. Schließlich Senftenberg, 2006, ein Kassierer im Theater, der vorher wegen Depressionen ein Jahr klinisch betreut worden war.« Jan warf die Papiere vor sich auf den Tisch. »Wo soll da der Zusammenhang bestehen?«

Birte löste sich endlich vom Fenster. Ein greller Gedanke schoss ihr durch den Kopf. Ich muss kündigen, Hinrichs lähmt mich, ich halte seine Gegenwart nicht aus. Vorsichtig nahm sie die Papiere auf.

»Der Zusammenhang sind die Schuhe«, erklärte Hinrichs. »Wieso sind die Schuhe bei all den Toten nicht da? Denkt mal darüber nach.« Er starrte Birte an und zog sich dann ein wenig beleidigt zurück.

»Warum war Inka Boog barfuß?«, fragte Birte.

Jan zuckte die Schultern. Dann klingelte sein Handy, er blickte auf das Display und ging hinaus auf den Flur.

Birte rief Schultke an. Er war mit seinen Leuten von der Kriminaltechnik noch immer im Theater.

»Hier gibt es Hunderte von Spuren – könnte man prima ein Seminar für Frischlinge abhalten.« Er stöhnte. »Nur haben wir nichts gefunden, was auf den Täter hinweist. An der Armbrust sind jedenfalls keine Abdrücke.«

»Wo sind die Schuhe der Toten?«, fragte Birte.

»Fehlanzeige«, entgegnete Schultke. »Keine Schuhe, nirgendwo. Schätze, der Täter hat sie mitgenommen.«

Hinrichs hatte an der Tür gelauscht. Vermutlich hatte er ihr Geständnis über Lars Becker mitbekommen. Als sie mit Jan im Wagen saß, ging eine SMS von ihm ein. »Wir müssen reden.« Drei Worte, die einer Drohung gleichkamen.

Jan war noch wortkarger als sonst. »Wir müssen herausfinden, wo diese verdammten Schuhe sind«, sagte er. »Hoffentlich weiß Blaschek, was für Schuhe seine Frau bei dieser Party getragen hat.«

»Glaubst du, es gibt diesen Serienmörder?«, fragte Birte.

Eigentlich war sie zu müde, um nachzudenken. So viele Namen kreisten in ihrem Kopf. Merle, die tote Tochter, Wollschläger, der angebliche Vater, Blaschek, der gehörnte Ehemann, Herterich, der Konkurrent von der Oper, den sie noch nicht vernommen hatten. Und Lars Becker.

Wäre sie eine normale Frau und er ein normaler Mann, dann würde sie jetzt irgendwo bei einer Flasche Wein mit ihm zusammensitzen, und später … Sie schloss die Augen. Wenn sie ehrlich war, hatte es ihr gefallen, bei ihm zu liegen, ihn leise atmen zu hören.

Jan bremste abrupt und fluchte. Birte riss die Augen auf. Eine junge Frau, die eine Strickmütze trug, war vor ihm über die Straße gelaufen und fuchtelte wild mit den Händen.

»Idiotin, pass auf!«, rief Jan vor sich hin. Dann parkte er auf dem Gehsteig, genau vor dem Haus Nummer 24.

»Boog« stand groß auf dem Klingelschild, klein darunter »Blaschek«, als wäre er eine Art Untermieter.

Jan klingelte, während sein Handy wieder summte. Er blickte auf das Display.

»Carla«, sagte er leise vor sich hin. »Sie wird mit der Situation nicht fertig – besonders abends nicht, wenn es dunkel wird.«

»Fahr zu ihr«, sagte Birte. »Ich kann auch allein mit Blaschek reden.«

Jan schüttelte den Kopf. »Ich wette, dass er keine Ahnung hat, welche Schuhe seine Frau getragen hat, aber ich will die Wohnung sehen, wie die beiden zusammengelebt haben, ein Foto von der toten Tochter.« Er drückte erneut auf den Klingelknopf, diesmal deutlich länger und ungeduldiger.

»Ausgeflogen. Er ist nicht zu Hause, tröstet sich wahrscheinlich irgendwo mit einem Glas Rotwein.« Birte blickte sich um. Gab es irgendwo in der Straße ein Café oder ein Restaurant, wo Blaschek stecken konnte?

Plötzlich stand die Frau mit der Strickmütze vor ihr und schob sich an ihr vorbei auf die Haustür zu. Sie war blutjung und ganz in Schwarz gekleidet. Aus ihrem bleichen Gesicht leuchteten ihre Lippen knallrot hervor.

»Pardon«, murmelte sie und drückte auf einen Klingelknopf.

»Sie wollen zu Blaschek?«, fragte Jan.

Die Frau nickte. »Komme zu Besuch.« Sie hatte einen osteuropäischen Akzent.

»Was genau wollen Sie von Herrn Blaschek?« Argwöhnisch musterte Jan die Frau.

Schüchtern wandte sie sich um, als erwartete sie von irgendwoher Hilfe. »Kenne Edgar«, sagte sie dann und wich ein wenig zurück.

Für einen Moment machte die Frau den Eindruck, als überlege sie zu fliehen.

»Wir sind von der Polizei«, erklärte Birte und zückte ihren Ausweis. »Es hat einen Unglücksfall gegeben …«

»Edgars Frau … ich weiß … deshalb hat Edgar mich angerufen. Edgar ist ganz traurig.«

Jan drückte noch einmal auf den Klingelknopf, aber nichts rührte sich.

»Wer sind Sie?«, fragte er dann. »Eine Schauspielerin? Sind Sie auch am Theater?«

Die Frau senkte den Kopf, als müsse sie nachdenken. Eine Schauspielerin konnte sie mit diesem Akzent schwerlich sein. Als sie aufblickte, lächelte sie unsicher. Weiße, makellose Zähne blitzten auf.

»Ich leiste Edgar Gesellschaft, manchmal, und sehe zu, wie er weint.«

Der Mann vom Schlüsseldienst, ein junger bleicher Kerl mit Hasenzähnen, brauchte drei Minuten, um die Tür zu Blascheks Wohnung zu öffnen. Jan hatte darauf bestanden, ihn zu rufen.

Gefahr sei im Verzug, vielleicht sei Blaschek doch der Täter und habe sich etwas angetan. Birte wusste, dass er vor allem die Wohnung sehen und mit Blaschecks merkwürdiger Freundin reden wollte.

Sie hieß Olga Donzowa und stammte aus der Nähe von Sankt Petersburg. Mehr hatte sie ihnen nicht verraten.

»Sind Sie schon mal in Blascheks Wohnung gewesen?«, fragte Jan und machte eine Handbewegung, als wolle er ihr den Vortritt lassen.

Im Licht wirkte sie noch jünger. Mit großen braunen Augen blickte sie ihn an.

»Nein, gar nicht … Da war doch seine Frau«, flüsterte sie und legte ihre Arme um ihren langen schwarzen Mantel, als würde sie frieren. Die schwarzen Locken, die unter ihrer Strickmütze hervorlugten, waren gefärbt.

Der Geruch von Alkohol und kaltem Zigarettenrauch schlug ihnen entgegen. Die Dielen knarrten. Eine Pappfigur begrüßte die Gäste – Charlie Chaplin. Das sollte wohl witzig sein. Was für eine Wohnung hatte Birte erwartet? Gediegenes linksliberales Bürgertum, aber dass dieser Eindruck nicht stimmte, war schon nach drei Schritten zu erahnen. Die Wohnung war riesig – acht Türen wiesen von einem langen dunklen Flur ab. Überall im Gang stapelten sich Bücher und Zeitschriften. Die erste Tür führte in die Küche und war halb geöffnet. Hier hatte entweder ein Streit stattgefunden, oder Blaschek hatte nach dem Tod seiner Frau einen Tobsuchtsanfall bekommen. Tassen, Teller, Gläser und zwei Whiskeyflaschen lagen zerschlagen am Boden.

Olga Donzowa stöhnte auf.

Jan stakste vorsichtig in den Raum, um sich genauer umzusehen. Er achtete darauf, nicht in die ausgedehnte Whiskeylache zu treten. Viel war noch nicht eingetrocknet.

»Kann es sein, dass Ihr werter Freund Edgar ein wenig zu Jähzorn neigt?«, fragte er.

Die junge Frau schüttelte stumm den Kopf.

»Viel gekocht wurde hier jedenfalls nicht«, meinte er mit einem Blick auf einen supermodernen Herd aus Chrom.

Im nächsten Raum befanden sich ein Klavier und ein Laufband, das vor einen Fernseher platziert war. An den Wänden hingen Fotos von Theateraufführungen – auf jedem war Inka Boog zu erkennen, wie sie dirigierte, Anweisungen gab oder auf Schauspieler einsprach. In einer Holztruhe fand Jan Bücher und alte Atlanten, die jemand wahllos hineingeworfen hatte.

Das dritte Zimmer war abgeschlossen, hinter der vierten Tür lag ein riesiges, ganz in Gelb eingerichtetes Badezimmer. Hier entdeckten sie auch die ersten Pflanzen – zwei Palmen säumten den Eingang.

Der nächste Raum war wieder abgeschlossen. Jan fluchte. Beinahe sah es so aus, als hätten die Eheleute Blaschek/Boog wie eine Wohngemeinschaft zusammengelebt. Tür Nummer sechs führte in ein Schlafzimmer, das eindeutig Blaschek gehörte. Ein schmales Bett, das aussah, als hätte vor ein paar Minuten noch jemand in ihm gelegen, drei Schränke und ein Schreibtisch mit Computer. Viel mehr Mobiliar existierte nicht. An der Wand ein Jugendfoto von Blaschek, er mit langen lockigen Haaren inmitten einer Gruppe von jungen Leuten, die sich eigentümlicherweise an den Händen hielten. Das Bild mochte dreißig Jahre alt sein.

Als Jan eine Schublade herauszog, stieß er einen leisen Ton der Überraschung auf. Mit spitzen Fingern hob er eine Pistole – eine SIG Sauer – in die Höhe.

»Die werden wir uns etwas genauer ansehen müssen«, sagte er und zog eine Plastiktüte aus einer Hosentasche, um die Waffe darin verschwinden zu lassen.

»Ich bin noch nie hier gewesen, wirklich«, sagte Olga Donzowa unvermittelt.

Jan nickte ihr zu. »Wir unterhalten uns gleich«, meinte er lächelnd. »Wir sind ganz gespannt auf Ihre Geschichte.«

Olga Donzowa umklammerte ihren Mantel noch fester und nickte unsicher. Die schwarzen Lackstiefel, die sie trug, glänzten im Licht. Zum ersten Mal fragte Birte sich, welches Outfit sie unter dem Mantel verbarg, und bekam einen leisen Verdacht.

Hinter der siebten Tür lag ein Abstellraum mit Staubsauger und Bügelbrett, dann gelangten sie in ein weitläufiges Wohnzimmer mit teuren Ledermöbeln, einem antiken Tisch mit sechs Stühlen, mit abstrakten Gemälden an der Wand, einer exklusiven Musikanlage und einem Flachbildschirm. Ja, genauso hatte Birte sich die ganze Wohnung vorgestellt.

Als würde man auf gut hundertfünfzig Quadratmetern mehrere Klimazonen durchqueren, dachte sie. Vom absoluten Chaos, von Schmutz und Zerstörung bis in diesen geschmackvollen Raum.

»Der Hausherr ist tatsächlich ausgeflogen«, sagte Jan und setzte sich. »Machen Sie es sich bequem, Frau Donzowa. Ziehen Sie ruhig Ihren Mantel aus.«

Klar, er hatte auch bemerkt, wie krampfhaft sie sich an ihrem Mantel festhielt.

»Wir haben nur ein paar Fragen an Sie – kein Grund zur Beunruhigung.« Birte versuchte, ein wenig entspannter als Jan zu klingen.

Olga Donzowa nahm nicht in einem der drei Ledersessel Platz, sondern zog von dem antiken Tisch einen Stuhl heran. Scheu setzte sie sich, ohne den Mantel abzulegen, und schaute zu Jan hinüber. Ihre Wangen waren gerötet. Nun erst fiel Birte auf, dass sie weiße Handschuhe trug.

»Darf ich Sie noch einmal auffordern, Ihren Mantel auszuziehen«, sagte Jan.

»Ich möchte nicht – mir ist kalt«, flüsterte Olga Donzowa, und dann, als wollte sie Jan damit gnädig stimmen, riss sie sich ihre Strickmütze vom Kopf.

»Aber Sie verraten uns doch sicher, wie Sie Ihr Geld verdienen, Frau Donzowa. Haben Sie Herrn Blaschek Russischunterricht gegeben, oder wie sahen Ihre Dienste aus?« Seine Stimme troff vor Ironie.

Olga Donzowa senkte den Blick. Sie war kaum älter als zwanzig. Da war Birte sich plötzlich sicher. Eine junge, attraktive Frau für gewisse Stunden, aber hatte Wollschläger nicht getönt, Blaschek sei impotent, wie jedermann wisse?

»Ich leiste ihm Gesellschaft«, erwiderte Olga Donzowa. Das Kinn hatte sie nun trotzig erhoben; in ihren Augen sprühte Zorn auf. Sie konnte also nicht nur das scheue Reh sein, dachte Birte.

»Verehrte Frau Donzowa, wir ermitteln in einem Mordfall. Die

Frau Ihres … Klienten ist getötet worden, brutal ermordet«, sagte Jan. »Gestern Nacht. Wo waren Sie gestern gegen Mitternacht?«

Birte bewunderte Jan dafür, dass er es verstand, Fragen zu stellen, die wie ein Faustschlag durch die Deckung seines Gegenübers brachen.

Olga Donzowa erhob sich wie in Zeitlupe; sie starrte Jan an, das Funkeln in ihren Augen verstärkte sich noch, dann drehte sie leicht den Kopf, strich sich über ihren Mantel und begann mit langsamen, eleganten Bewegungen ihrer Finger und so, als würde sie eine Musik dazu hören, die Knöpfe ihres Mantels zu öffnen.

Birte spürte, wie sich eine Spannung über den Raum legte. Auch Jan war wie gebannt. Er hatte auf eine gewisse Art recht gehabt: Olga Donzowa war eine Schauspielerin, doch agierte sie ohne Stimme und Sprache.

Als sie alle Knöpfe geöffnet hatte, ging sie in die Knie, drehte sich einmal um sich selbst und begann geziert und Atemzug für Atemzug, während sie sich aufrichtete, den Mantel von ihren nackten Schultern zu streifen. Ein Tattoo schmückte ihren Rücken und ihren Hals: Eine Schlange mit roten Augen schien sich an ihr hinaufzuwinden.

Lautlos glitt der Mantel schließlich zu ihren Füßen hinab. Birte hätte fast geklatscht – so gut war diese Vorführung gewesen.

Olga Donzowa verneigte sich leicht. Sie trug ein winziges schwarzes Lederkleid, das ihre vollen Brüste bestens zur Geltung brachte. Die schwarzen Lackstiefel reichten ihr bis über die Knie.

»Wenn ich jetzt noch an ein paar Bändchen ziehe, habe ich gar nichts mehr an, Herr Polizeimann«, hauchte sie. »Wollen Sie das?«

»Nein«, erwiderte Jan mit fester Stimme und kaum beeindruckt. »Das will ich nicht.«

11.

Die Wohnung war hell erleuchtet. In der Küche lief das Radio und spielte klassische Musik; Thereses Hühnersuppe stand in einem verbogenen Emailletopf auf dem Herd, sonst war alles aufgeräumt und geputzt. Nicht einmal eine Zeitung lag herum. Schiller schaltete das Licht aus. Er war müde, und gleichzeitig wusste er, dass er sich nicht neben Carla legen konnte, ohne auch im Schlafzimmer alle Lampen zu löschen.

Sie trug einen gelben Bademantel und lag auf der Seite. Ihre schwarzen Haare bedeckten ihr Gesicht und zitterten leicht, wenn sie ein- und ausatmete. Sie hatte sich zusammengekauert, als friere sie. Selbst im Schlaf wirkte sie krank und verletzlich. »Ich will mein Leben zurück«, hatte sie neulich auf den Rand des Stadt-Anzeigers gekritzelt. Ja, sie war aus ihrem Leben gefallen – aus der Dunkelheit des Rauchhauses hatte sie noch nicht herausgefunden.

Auf dem Nachttisch neben ihr entdeckte er eine halb volle Schachtel Schlaftabletten. Darunter ein Stück Papier. »Lieber Gabriel, es tut mir leid«, stand da. »Ich würde gerne alles wiedergutmachen.«

Wusste Barbara Stahl, dass Carla solche Zettel schrieb? Am liebsten hätte Schiller die Therapeutin angerufen, aber es war kurz nach Mitternacht. Er schaltete das grelle Deckenlicht aus und ließ nur die Lampe auf dem Nachttisch brennen.

Dann ging er ins Wohnzimmer. Auch hier war alles erleuchtet, und der Fernseher warf stumm seine Bilder in den Raum. Ein Boxkampf – zwei blutende Kämpfer schlugen aufeinander ein. Schiller spürte den Impuls, zu fliehen, sich umzuziehen und durch die leeren Straßen Kölns zu laufen.

Drei Minuten später war er in voller Läufermontur zurück auf der Straße. Er bog in die Zülpicher Straße ein und dann auf den Sülzgürtel. Kaum jemand war unterwegs, eine leere dunkle Straßenbahn zog vorbei. In vier Wochen fand der Köln-Marathon statt, er hatte sich angemeldet, doch diesmal würde er die Distanz nicht schaffen.

Carla, dachte er, er musste Carla retten, doch er wusste nicht, wie. Und nun ermittelte er in einem Mordfall, der die Schlagzeilen in der Stadt beherrschen würde. Und sie hatten bisher kein Motiv gefunden. Warum erschoss man eine Frau mit einer Armbrust und zog ihr dann die Schuhe aus? Olga Donzowa hatte behauptet, ein Alibi zu haben. Sie habe bis um drei Uhr nachts Kunden in ihrem Studio am Friesenwall gehabt. Schiller überlegte, zu ihr zu laufen, um nachzuschauen, ob sie jetzt auch noch ihrer Arbeit nachging. Sie war keine gewöhnliche Hure, sondern eine Domina – eine zweiundzwanzigjährige attraktive Frau, die Männer quälte und ihnen auf diese Art Lust verschaffte. Blaschek war ihr wichtigster Kunde – er kam ein-, zweimal in der Woche zu den unterschiedlichsten Zeiten.

Schiller verschärfte das Tempo, er passierte die Bachemer Straße. Von der ersten Seite vom Express, die in einem Zeitungskasten steckte, lächelte ihn Inka Boog an, als wollte sie ihn anspornen, noch schneller zu laufen. Zwei BMW rasten nebeneinander die Straße hinunter, ein Krankenwagen fuhr mit Blaulicht in Richtung Uniklinik. Auf der anderen Straßenseite führte eine Frau eine schwarze Dogge spazieren.

Er musste laufen, sagte Schiller sich, bis er alle Gedanken losgeworden war, bis zu einer totalen, reinigenden Erschöpfung, die ihn dann in einen tiefen, traumlosen Schlaf fallen ließ.

Als er die Dürener Straße erreichte, spürte er, dass er es zu schnell angegangen war. Die Lungen begannen zu schmerzen, noch ein paar hundert Meter weiter in diesem Tempo, und er würde Seitenstiche bekommen. Ein paar Jugendliche, die ihm mit Bierflaschen in den Händen entgegenkamen, riefen ihm etwas zu, aber er achtete nicht darauf. Er bog ab, es hatte keinen Sinn; mehr als sieben, acht Kilometer würde er in dieser Nacht nicht schaffen.

In einem hell erleuchteten Fenster in einem Eckhaus sah er plötzlich eine Frau, die telefonierend am Fenster stand. Sie trug die Haare anders, nicht streng zurückgekämmt, sondern offen, was sie ein wenig jünger und freundlicher wirken ließ. Schiller blieb abrupt stehen. Obwohl kein Laut zu ihm drang, meinte er, Barbara Stahl würde mit Carla sprechen.

Doch einen Moment später meldete sich sein Handy.

»Ich habe Angst«, flüsterte Carla. »Ich bin aufgewacht, weil jemand an der Tür klingelt.«

Die Erleichterung, dass Carla nun mit ihm und nicht mit ihrer Therapeutin sprach, wich sofort, als er aus dem Hintergrund ein langes, aufdringliches Läuten vernahm.

»Mach nicht auf!«, keuchte er. »Ich bin in zehn Minuten bei dir.«

Er brauchte achtzehn Minuten zurück. Er war eindeutig nicht in Form. Als er die Haustür aufschloss, sah er den aufgesprühten Spruch an der Hauswand »Freiheit für Deutz – BFD«. Die schwarze Farbe auf dem grünen Putz war noch ganz frisch und blieb an seinen Fingern haften. War Therese bei dieser Sprühaktion dabei gewesen und hatte ihn herausklingeln wollen? Verrückt genug war sie, aber nein – sie wusste, wie mühsam Carla in den Schlaf fand. Wer also mochte geklingelt haben?

Carla wartete in ihrem gelben Bademantel im Wohnzimmer auf ihn. Alle Lampen waren wieder angeschaltet. Mit ihren zerzausten Haaren und tiefen Schatten unter den Augen sah sie so erschöpft aus, als hätte sie tagelang nicht mehr geschlafen.

»Ich halte es nicht mehr aus«, flüsterte sie ihm zu, bevor sie ihn schluchzend umarmte.

Als er erwachte, hatte sich Carla ganz eng an ihn geschmiegt. Sie murmelte etwas vor sich hin, das er nicht verstehen konnte. Es war bereits hell. Viertel nach acht, verriet ihm ein Blick auf den Radiowecker neben dem Bett. Dann hörte er, dass sein Telefon summte.

»Tut mir leid«, begann Therese, ohne sich mit Namen zu melden, wie es ihre Art war. »Das war Broders Idee – er hat den Spruch an eure Hauswand gesprüht.« Offenbar nahm sie an, dass Schiller die Parole längst entdeckt hatte.

Schiller versuchte sich aufzusetzen, ohne Carla zu wecken.

»Broder gehört auch zu euch Verrückten?«, fragte er. Broder war sein ältester Freund; mit ihm zusammen war er im Kinderheim gewesen, nachdem seine Eltern bei einem Feuer in ihrer Wohnung ums Leben gekommen waren.

Therese kicherte. »Wir brauchen ja einen Fahrer – die anderen sind alt und sehen bei Nacht nicht mehr so gut.«

Schiller drehte sich vorsichtig aus dem Bett und schlich in den Flur. »War jemand an unserer Tür? Habt ihr etwas Verdächtiges beobachtet?«

Die alte Hebamme schwieg einen Moment. »Ja, richtig. Broder hat einen Kerl in die Flucht geschlagen. Der stand bei euch im Eingang und ist plötzlich weggerannt. Warum fragst du?«

»Jemand hat kurz nach Mitternacht geklingelt und Carla Angst eingejagt.« Schiller hörte Schritte. Einen Moment später tauchte Carla in der Tür auf. Verschlafen schob sie sich ihre langen Haare aus dem Gesicht. »An wie viele Hauswände habt ihr eure Parolen gesprüht?«

»An zehn oder zwölf – es ging ganz einfach«, erwiderte Therese. »Heute Nacht fahren wir wieder los.« Sie kicherte erneut.

Schiller unterbrach die Verbindung, als Carla an ihm vorbei in die Küche ging.

»Broder«, sagte er, »hat eine blödsinnige Parole an unsere Hauswand gesprüht und dabei den Mann verscheucht, der dich so aufgeschreckt hat.«

Carla nickte wortlos und begann Kaffee zu kochen. »Warum steht da ein Mann und klingelt?«, fragte sie dann. »Hat das etwas mit deinem neuen Fall zu tun?«

Schiller dachte an Blaschek. Hatte der ihn dringend sprechen wollen? Möglicherweise hatte er erfahren, dass sie Olga Donzowa befragt hatten.

»Ich weiß es nicht«, sagte er. Dann, weil Carla plötzlich so normal und interessiert schien, begann er von seinem Fall zu berichten.

»Alles kann ein Fetisch sein«, erklärte Carla, nachdem er fertig war. Sie stellte ihm eine Tasse Kaffee hin. »Die Indianer haben ihren Gegnern die Kopfhaut abgezogen, um ihren Triumph zu feiern, die alten Ägypter haben ihren Feinden das Herz herausgerissen, und euer Mörder nimmt die Schuhe seiner Opfer mit. Wenn er tatsächlich ein Serientäter ist, wird er eine hübsche Sammlung haben, verborgen vor den Blicken anderer, aber nicht zu versteckt, sodass er sie sich jeden Tag ansehen kann.«

Schiller nahm einen Schluck Kaffee. Für ein paar Augenblicke war es wie früher, bevor sie sich auseinandergelebt hatten und bevor Hagen ums Leben gekommen war. Er genoss den Moment. Carla würde wieder gesund werden, und er würde sie wieder lieben können.

»Ich habe einmal ein Mädchen behandelt«, fuhr Carla fort und setzte sich neben ihn. »Sie war fünfzehn und mehrfach von ihrem Stiefvater vergewaltigt worden. Sie hasste Schuhe, ging nur barfuß, und keiner verstand, warum. Bis ich herausfand, dass sie sich unter ihrem Bett versteckt hatte, wenn sie wusste, dass ihr Stiefvater betrunken war. Das Erste, was sie sah, wenn er sie suchte, waren seine Schuhe – schmutzige, hässliche Herrenschuhe, die ins Zimmer kamen und sich ihrem schlechten Versteck näherten.«

»Leider wissen wir nicht, wie diese Schuhe aussahen, die verschwunden sind – ob es besondere Schuhe waren«, sagte Schiller. Sein Telefon summte wieder, aber er nahm das Gespräch nicht an. Es war Sonntag, eigentlich sollte er diesen Tag mit Carla verbringen, vielleicht hinaus in die Eifel fahren, die sie so sehr liebte, aber er wusste, dass ihm der Fall keine Ruhe lassen würde.

»Hat niemand an dem Abend Fotos gemacht?«, fragte Carla. Sie lächelte sehnsüchtig vor sich hin, als würde sie an etwas ganz anderes denken. »Jedes Theater hat doch auch einen Fotografen für Werbung und Pressefotos? Oder nicht?«

Schiller sprang auf und küsste sie auf die Stirn. »Verdammt, ja – was sind wir für Idioten.« Dann rief er Nele an, obwohl es erst kurz nach acht am Sonntagmorgen war.

Drei weitere Parolen »Freiheit für Deutz – BFD« entdeckte er auf seinem Weg ins Präsidium. Alle waren in Augenhöhe angebracht worden, und man sah den Worten an, wie eilig sie aufgesprüht worden waren. In einer Stadt wie Köln würde sich niemand an so einem Unsinn stören. Broder betrachtete diese Parolen höchstwahrscheinlich als Kunst. Er war ein ziemlich guter Maler gewesen, dann aber hatte er ein Mädchen totgefahren und war aus dem Tritt geraten. Erstaunlich, dass er sich für Therese wieder hinter ein Steuer setzte.

Schiller wählte seine Nummer, doch er hörte nur eine knurrige Stimme. »Ich kann oder will jetzt nicht mit Ihnen sprechen – Sie können mir allerdings eine Nachricht hinterlassen.«

Soviel er wusste, lebte Broder zurzeit in einem besetzten Haus in der Moselstraße, wo er auch ein Atelier hatte. Vielleicht wäre das auch ein Weg für Carla: den Schrecken zu malen, Bilder aus Dunkelheit zu entwerfen, um alles loszuwerden.

Schiller hinterließ keine Nachricht. Broder würde ihn ohnehin nicht zurückrufen. Vermutlich hatte er den Mann vor seiner Tür auch gar nicht richtig gesehen.

Nele empfing ihn im Präsidium mit einem breiten Lächeln. Sie war die schönste Polizistin Kölns, mit dem Gesicht und der Figur eines Fotomodells.

»Ein guter Tipp«, sagte sie und deutete auf einen alten Mann, der vor seiner Tür saß und eine Kamera in der Hand hielt.

»Hans Löring«, sagte der Alte, als er bemerkte, dass Schiller ihn anschaute. »Wie der berühmte Schäng – Sie wissen, der frühere Präsident von der Fortuna. Da waren sie noch in der Bundesliga. Ist lange her.«

Schiller nickte und bedeutete dem Alten, ihm in sein Büro zu folgen.

»War meistens nicht so einfach«, fuhr der Alte fort, »den Leuten zu erklären, dass ich mit dem Schäng nicht verwandt bin. Hab ihn aber gekannt, ja ... klar ... Habe sogar Fotos mit ihm gemacht ... und mit Jupp Elze. Der Schäng war ja eine Zeit lang dem sein Manager. Wissen Sie, wer Jupp Elze war?« Löring lächelte. Seine Zähne waren nikotingelb.

»Ein Kölner Boxer«, erwiderte Schiller tonlos. »Jupp Elze ist 1968 nach einem Kampf gestorben, weil er gedopt war.« Sein Vater, der Motorradpolizist mit dem Bürstenhaarschnitt, war ein großer Box- und Fußballfan gewesen.

»Absolut korrekt«, sagte Löring, als wäre er ein Lehrer und Schiller hätte soeben eine schwierige Aufgabe gemeistert. »Wissen heute nicht mehr viele. – Manchmal besuche ich den Schäng, er liegt auf dem Südfriedhof, der arme Kerl.«

Schiller schob ihm einen Stuhl hin. »Sie sind der Fotograf des Schauspielhauses?«

Der Alte nickte. »Allerdings nicht für die Porträtaufnahmen der

Schauspieler – da lassen Sie so einen Kerl aus Hamburg kommen, der auf großer Künstler macht, dabei bin ich genauso gut. Mein Auge ist immer noch perfekt … ich habe bei Fritz Gruber gelernt. Kennen Sie Fritz Gruber?«

»Nein«, sagte Schiller, obwohl es nicht stimmte. Therese war mit Gruber, einem bekannten Kölner Fotografen, befreundet gewesen, und er war ihm sogar ein-, zweimal begegnet.

»Er war der Größte«, erklärte Löring. »Und er hat auch die Photokina erfunden.«

»Sie haben Freitagabend auf Inka Boogs kleiner Feier fotografiert?«, fragte Schiller, um den Alten von seiner Plauderei abzubringen.

Löring nickte. »War eine halbe Stunde da und habe ungefähr neunzig Fotos gemacht.« Mit seinen langen, dünnen Fingern, die genauso nikotingelb waren wie seine Zähne, packte er seine Kamera aus, die erstaunlich modern aussah. »Ich weiß, hätte mich melden können, aber ich war für den Express unterwegs – FC-Spiel in Stuttgart. Leider verloren.«

»Wir brauchen die Fotos«, sagte Schiller. »Wahrscheinlich haben Sie den Mörder fotografiert. Und vor allem interessieren mich die Aufnahmen, auf denen Inka Boog zu sehen ist.«

»Damit kann ich dienen.« Der Alte beugte sich vor und hielt Schiller das Display seiner Kamera hin. »Die alte Hexe habe ich mindestens zwanzigmal abgeschossen.« Er blickte auf. Schiller nahm wahr, dass er nach Alkohol roch. »Weiß ja, wie empfindlich sie ist. Wenn sie nicht im Mittelpunkt steht, wird sie zickig und fängt an zu stänkern. Leider brauche ich diesen Job … habe ein, zwei Fehler gemacht … mit Frauen, verstehen Sie?«

Schiller erwiderte nichts, sondern versuchte, sich auf das Display zu konzentrieren. Die erste Aufnahme zeigte Inka Boog in ihrem schlichten schwarzen Kleid, das wahrscheinlich ein Vermögen gekostet hatte. Sie lächelte, sanfte Grübchen hatten sich auf ihren Wangen geformt, sie hatte die Arme ausgebreitet und den Kopf leicht schief gelegt, als wollte sie jemanden umarmen. Ihre Schuhe waren nicht im Bild.

Es folgten drei Aufnahmen ohne sie, auf einer war Blaschek zu sehen, der ein trauriges Gesicht machte und in eine Richtung starrte, als würde er jemanden beobachten. Wen er allerdings im Visier hatte, war nicht zu erkennen.

Auf dem vierten Bild stand Inka Boog neben Lars Becker; er war größer als sie; sie schaute ihn ein wenig spöttisch, gleichzeitig voller Wohlwollen an. Ja, aus diesem Bild konnte man schließen, dass die beiden ein Verhältnis hatten; sie hatte ihm recht gönnerhaft und intim die Hand auf den Arm gelegt. Er hörte ihr mit ernster, aufmerksamer Miene zu. Mit diesem Mann hat Birte geschlafen! Dieser Gedanke kam plötzlich und versetzte Schiller einen Stich. Nachdem sie ein wenig geflirtet hatten, war sie mit zu ihm gefahren und in sein Bett gekrochen. War es Eifersucht, was er fühlte?

Schiller war über sich selbst erstaunt. Dann erst registrierte er die Schuhe – Inka Boog trug rot leuchtende Halbschuhe, die perfekt zu ihren wohlgeformten Beinen passten.

»Sie müssen die Fotos hierlassen«, sagte Schiller. »Meine Assistentin wird sich um alles kümmern.«

Der Alte nickte beflissen. »Ich war bei dieser Geiselnahme dabei – erinnern Sie sich noch? Ist zwanzig Jahre her? Mitten in die Fußgängerzone sind die Gangster mit ihren zwei Geiseln gefahren. Das arme Mädchen ... ist hinterher erschossen worden. Ich habe das Foto gemacht, das später um die Welt ging. Die Knarre an ihrem Hals ...«

Schiller erhob sich. Zum Glück tauchte Nele in der Tür auf. Sie hatte das Gespräch offenbar mitgehört.

»Wir wissen nun, wie die Schuhe aussehen«, sagte Schiller zu ihr. Dann blickte er Löring noch einmal an. »Kennen Sie eigentlich Therese Blum?«, fragte er.

»Therese – die Hebamme?« Das Gesicht des Alten verzog sich in Falten. »Klar, ich habe sie einmal für die Zeitung porträtiert – ist wohl fast fünfzig Jahre her. Nachher wollte ich sie ausführen, aber sie hat mich abblitzen lassen.«

12.

Als er aufwachte, war die Chinesin fort. Ihr Bett wirkte unberührt, und ihr Koffer stand auch nicht mehr da, als hätte es sie nie gegeben. Für einen Moment dachte er, sie wäre vielleicht eine Agentin von Juri gewesen, die nun irgendwo in seinem blauen Mercedes saß und ihm Bericht erstattete.

Er dachte an Nora, er hatte Sehnsucht nach ihr, und gleichzeitig bekam er Juri nicht aus dem Kopf. Wusste Juri schon, dass er aus Berlin, ja aus seinem alten Leben geflohen war? Niemals hätte Juri zugelassen, dass er Nora liebte – er war ein Mörder, so etwas wie Liebe passte nicht zu ihm.

Mit dem Taxi ließ er sich zur Neusser Straße fahren. An der Ecke Militärring stieg er aus. Die Gegend war genauso hässlich wie vor sieben Jahren. Autos und Lastwagen jagten vorbei. Er stand allein da und blickte dem Taxi nach, das in Richtung Niehl abbog. Niemand war in der Nähe. Passanten gab es an dieser Ecke nicht. Er überquerte den Militärring. Die Geestemünder Straße lag noch ein gutes Stück entfernt. Ob der Brandfleck noch zu sehen war? Plötzlich begriff er, dass er nicht mehr weitergehen konnte. Er gehörte nicht hierher. Auf der ganzen Welt existierte kein Ort, an dem er sein konnte.

Es war kurz nach Mitternacht gewesen. Sie hatten in Ehrenfeld gefeiert, in einer Kneipe in der Leyendeckerstraße, Juri, Waldemar und er. Drei Wagen hatten sie geklaut und für ordentliches Geld an einen Polen verkauft. Und dann? Warum war er auf die Idee gekommen, hinaus zum Straßenstrich zu fahren? Er war noch nie zu einer Hure gegangen, er verachtete solche Frauen.

Der Taxifahrer war ein hässlicher, wortkarger Mann gewesen, mit einer Glatze, einem Bierbauch und Glupschaugen, achtundfünfzig Jahre alt, aber das hatte er erst später aus der Zeitung erfahren. Im Auto kam ihm der Mann unendlich alt vor. So einer geht zu einer Hure, aber nicht ich, hatte er gedacht, ich habe so etwas doch gar nicht nötig.

Als er sein Fahrtziel nannte, hatte der Mann ein wenig gelächelt, zumindest war es ihm so vorgekommen. Kurz vor der

Geestemünder Straße hatte er bemerkt, dass er gar kein Geld dabeihatte. Juri musste ihm das Portemonnaie aus der Tasche gezogen haben, oder er hatte es in dem Lokal vergessen.

Hundert Meter hinter der Neusser Landstraße ließ er den Wagen halten. Er wollte aus dem Taxi springen, er war doch viel schneller als dieser fette alte Mann, doch kaum hatte er die Tür geöffnet, geriet er ins Straucheln. Verdammt, er hatte eine Menge Wodka getrunken. Als er wieder auf die Beine kam, war der Taxifahrer über ihm und packte ihn am Nacken.

»He«, sagte er in einem gepressten, wütenden Tonfall, »ich wusste gleich, dass mit dir was nicht stimmt. Du Spitzbube!«

Spitzbube – dieses Wort hatte er noch nie gehört.

Der Taxifahrer versuchte, ihn zu Boden zu drücken. Ein furchtbarer Schmerz durchfuhr ihn, aber noch etwas anderes geschah. Plötzlich schien der Alkohol aus seinem Körper zu weichen, seine Sinne funktionierten auf einmal anders. Er war klar im Kopf, klar und voller Hass, als wäre dieser Mann, der ihn da festhielt, viel mehr als ein Taxifahrer, der nicht wollte, dass jemand, ohne zu bezahlen, abhaute. Dieser vor Anstrengung keuchende, nach Schweiß stinkende Mann verkörperte plötzlich alles, was er in seinem Leben immer gehasst hatte.

Mit aller Kraft, die er aufbringen konnte, richtete er sich auf. Sein Kopf traf den Taxifahrer, der für einen Moment unaufmerksam gewesen war, am Kinn. Der korpulente Mann geriet ins Wanken, sein Rücken prallte gegen das Taxi.

»Dich werde ich Mores lehren«, keuchte er.

Mores lehren – auch diese Formulierung hatte er noch nie gehört.

Während der Taxifahrer sich ungelenk vorbeugte, holte er aus und verpasste ihm einen harten Schlag gegen die Schläfe. Der Kopf des Mannes krachte gegen das Autodach. Sein Gesicht verzerrte sich, und er fuchtelte mit den Händen, als hätte er die Hoffnung noch nicht aufgegeben, sich wehren zu können.

Er schlug noch einmal zu, diesmal traf er den Mann auf die Nase, aus der sofort Blut spritzte. Der Alte keuchte auf. Langsam rutschte er an seinem Taxi zu Boden und hielt die Arme über seinen Kopf, um weitere Schläge abzuwehren.

Doch er hörte nicht auf – weiter und weiter schlug er zu. Bis der alte Mann reglos am Boden lag.

Es dauerte ein paar Momente, dann hatte er sich gefasst. Die Wut hatte ihn hinweggetragen, in eine Welt, in der er noch nie gewesen war. Ein-, zweimal hatte er die Hand gegen seinen betrunkenen Vater erhoben, und gelegentlich hatte es kleinere Rangeleien in einer Kneipe gegeben, sonst war er größeren Handgreiflichkeiten immer aus dem Weg gegangen. Er schwitzte, doch irgendwie fühlte er sich wie befreit. Ihn rührte niemand mehr an, kein Betrunkener, kein Vater, kein Taxifahrer. Das war ein Schwur, den er vor sich selbst abgelegt hatte.

Der Motor des Wagens lief, die Scheinwerfer erhellten eine Teerstraße, auf der sich niemand näherte. Er beugte sich über den Fahrer. Geschah ihm recht, dass er eine Tracht Prügel bezogen hatte – der Alte hätte wissen sollen, mit wem er sich anlegte.

Während er sich abmühte, dem Mann das Portemonnaie aus der Tasche zu ziehen, bemerkte er etwas, das ihn zunächst nur beiläufig interessierte. Das Gesicht des Glatzkopfs war voller Blut, an der Stirn hatte er eine breite Schramme, die offenbar vom Autodach stammte, seine Arme hingen schlaff neben ihm, und er lag reglos und leise da – so leise, als würde er nicht mehr atmen.

Den Adrenalinstoß, der durch seine Blutbahn jagte, würde er sein Leben lang nicht mehr vergessen – es war, als würde von einem Atemzug auf den nächsten ein Orkan in seinem Inneren losbrechen.

Der Alte war tot. Großer Gott, weil er keinen Cent bei sich gehabt hatte, hatte er einen Taxifahrer getötet.

Er keuchte und hätte sich beinahe erbrochen. Was, verdammt, sollte er tun? Seine Knie wurden weich, er zitterte und spürte, wie ein kalter Schauer durch seinen Körper raste und seine Zähne aufeinanderschlugen.

Weit hinten auf der Straße kam ein Auto heran, es bog jedoch ab, bevor es ihn erreichte. Doch die grellen Scheinwerfer rissen ihn aus seinem Schrecken. Er packte den Mann, schleppte ihn zu seinem Wagen und bugsierte ihn hinter das Lenkrad. Dann rannte er um den Mercedes herum, öffnete den Kofferraum und fand, was er suchte: einen Reservekanister.

Mit wenigen Handgriffen verteilte er das Benzin im Innenraum, und dann brannte der Wagen. Der alte Mann hockte in den Flammen da, den blutigen Kopf an die Scheibe gelehnt. Das Feuer loderte um ihn herum, hüllte ihn ein und schien ihn aufzufressen. Eine Scheibe explodierte, dann eine zweite. Er wusste, dass er fliehen musste, abhauen, so schnell er konnte, aber irgendetwas hielt ihn fest. Der Fahrer war inmitten des Feuers kaum mehr zu sehen.

Plötzlich zuckte eine Flamme gen Himmel, der Wagen explodierte, eine Hitzewelle erfasste ihn, doch erst der schrille Klang einer Sirene trieb ihn davon. Er lief zum Militärring, schlug sich durch den Wald in Richtung Süden. Bis er irgendwann Juris Wohnung an der Luxemburger Straße erreichte. Ein Fehler, für den er sein Leben lang bezahlen sollte.

»Ist Ihnen nicht gut?«, fragte jemand über ihm.

Er bemerkte, dass er zusammengekauert am Boden hockte, fünf Meter neben dem Militärring.

Eine alte Frau sah ihn lächelnd an. Sie stützte sich auf einen Schirm, obwohl der Himmel blau war.

»Ein kleiner Schwächeanfall – geht gleich vorüber«, keuchte er.

Dann sah er einen alten blauen Mercedes mit den Heckflossen, wie Juri ihn fuhr. Er rollte die Neusser Straße hinauf, doch bevor er sich auf das Nummernschild konzentrieren konnte, war der Wagen verschwunden.

13.

Es gab mehrere Mittel gegen Verzweiflung und Einsamkeit: ein Glas Rotwein, eine Runde im Skiff auf dem Fühlinger See oder ein Anruf bei Janett, ihrer ältesten Freundin, die noch immer in Hamburg lebte und die bei einem Motorradunfall ein Bein verloren hatte – aber wenn das alles nichts half?

Hinrichs' Stimme klang von ihrem Anrufbeantworter. »Birte«, sagte er leise und weinerlich. »Ich finde es nicht fair, wie du mit mir umgehst. Ich habe dich geliebt. Wenn das Kind von mir war, dann …« Er verstummte und legte auf.

Am liebsten hätte sie den Anrufbeantworter gegen die Wand geworfen. Diese eine verdammte Nacht mit Hinrichs – wie oft hatte sie diesen Fehltritt schon verflucht?

Das letzte Mittel gegen Verzweiflung versuchte sie niemals anzuwenden, weil sie nicht sicher war, ob es sie nicht noch tiefer in ein dunkles Loch hineinriss. Martins letzte Geige, die er, der tödlich an Krebs Erkrankte, mit letzter Kraft fertiggestellt hatte, bewahrte sie in einer Glasvitrine auf.

Einmal, zwei Tage nach der Fehlgeburt, hatte sie das Instrument herausgeholt, hatte es wie ein Kind im Arm gewiegt und dabei Bach gehört, eine Sonate, die Martin jedes Mal als Erstes spielte, um den Klang einer neuen Geige zu überprüfen. Die Aufnahme hatte sie heimlich gemacht, mit einem alten Rekorder, und so klang es auch, knarzig und voller Rauschen. Doch diese Musik tröstete sie immer, auch wenn ihr nachher die Tränen in den Augen standen.

Sie musste Hinrichs loswerden – irgendwie. Entweder ließ sie sich versetzen, oder er musste das Präsidium verlassen.

Als ihr Telefon klingelte, zuckte sie zusammen, die Geige in der Vitrine im Blick. Sie würde nicht an den Apparat gehen, schwor sie sich, selbst wenn Jan etwas von ihr wollte.

»Tut mir leid, wenn ich dich störe«, sagte Lars Becker, »aber vielleicht habe ich eine Information, die euch weiterhilft.« Er zögerte und räusperte sich, offensichtlich unsicher geworden. »Wegen Inka, meine ich«, fügte er hinzu. »Außerdem bin ich noch nicht dazu gekommen, dir zu sagen, wie schön ich unsere Nacht fand.«

Das Fonda lag am Ubierring in der Südstadt. Lars hatte sich den letzten Tisch ausgesucht. Er trug eine Mütze, die ihn noch jünger aussehen ließ. Vielleicht wollte er nicht erkannt werden. Birte hatte den Bericht über den Mord an Inka Boog im Express kurz überflogen. Außer Blaschek war kein Name genannt worden.

Verlegen näherte sie sich dem Tisch. Lars sprang auf und küsste sie auf die Wange, erst rechts, dann links, ganz so, als wären sie alte Bekannte.

Er sieht gut aus, kam ihr in den Sinn, ein attraktiver, kluger Mann.

Für einen Moment schwiegen sie. Dann sagte Lars: »Das gestern Nacht … Ich mache so etwas sonst nicht. Es hatte auch mit Inka zu tun. Sie hat mich vorgeführt, vor allen Leuten …« Seine schmale Hand tappte über den Tisch, als wäre sie auf der Suche nach ihr.

Birte lehnte sich zurück. Sie war als Polizistin hier, hatte sie sich auf dem Weg gesagt. Sie musste einen Mörder finden, nichts anderes. Lars bemerkte, dass sie zurückwich, und lächelte matt.

»Niemals hätte ich gedacht, dass du eine Polizistin bist«, sagte er. »Aber es wäre auch gleichgültig gewesen. Du hast mir gefallen – deine Aura von Schönheit und Schmerz.«

Die Kellnerin kam und nahm ihre Bestellung auf. Ein Glas Rotwein gönnte sie sich. Lars trank überraschenderweise Bier.

Deine Aura von Schönheit und Schmerz – redeten Schauspieler so?

»Wir suchen Herterich«, sagte sie förmlich. Über sich wollte sie nun auf gar keinen Fall sprechen. »Angeblich hat er spät abends noch mit Inka Boog gesprochen. Hast du ihn gesehen?«

Lars griff nach seinem Bier. Es war nicht sein erstes. Seine Augen wirkten glasig. »Nein, aber kann sein, dass er da war. Inka hatte Probleme mit ihm – wegen irgendwelcher Zahlungen. Ich weiß, dass er ihr gedroht hat, Dinge an die Presse zu bringen, wenn sie ihm nicht ein paar Millionen aus ihrem Etat rüberschiebt.«

»Was hätte er an die Presse bringen können?«, fragte Birte.

Die Kellnerin kam und brachte ihren Wein.

Lars holte eine Schachtel Zigaretten hervor, aber dann fiel ihm ein, dass man im Fonda nicht rauchen durfte. Er fixierte sie, seine Augen waren tiefbraun. Der Glanz in ihnen konnte auch von Drogen stammen, dachte Birte. Bestimmt rauchte er gelegentlich Marihuana. Sie blickte auf die Uhr. Es war halb elf, sie würde noch eine halbe Stunde bleiben und die Nacht auf keinen Fall bei ihm verbringen.

»Dass Inka am Tod ihrer Tochter schuldig ist, dass sie mit ihren Schauspielern schläft – nicht nur mit mir … und vielleicht wusste er noch etwas, von dem ich allerdings nichts weiß.« Er hob erneut sein Glas und schaute sie an. Sie versuchte, diesen Blick zu deuten; Lars wirkte verletzt und gleichzeitig gehetzt; vielleicht war ihm aufgegangen, dass er Verdächtiger in einem Mordfall war, was seine Karriere als Schauspieler immens gefährden konnte, selbst wenn er allem Anschein nach unschuldig war.

»Was könnte Herterich genau wissen?«, fragte sie. Der Rotwein schmeckte ein wenig bitter.

Lars zuckte mit den Schultern. »Ich weiß, dass Inka vor etwas Angst hatte – eine verdammte Angst, die gar nicht zu ihr passte. Vor vier Wochen war ich in ihrer Wohnung. Blaschek war noch im Theater, sie hatte ihm gesagt, dass sie ungestört sein wollte. Wir haben uns ein Video angesehen, völlig harmlos, eine Aufführung von der Volksbühne Berlin, der letzte Scheiß, sollte wohl Shakespeare sein, war aber nur Schreierei … Wir tranken Wein dabei, küssten uns ein wenig, doch dann schreckte Inka plötzlich auf. Ein Geräusch drang von der Eingangstür her, als würde jemand am Schloss herumfummeln. ›Geh in mein Schlafzimmer!‹, flüsterte sie. Sie war völlig bleich und aufgeregt. ›He‹, sagte ich. ›Da hat sich bestimmt jemand an der Tür geirrt. Ich sehe mal nach!‹ Ich wollte irgendwie cool klingen, aber Inka fuhr mich an, ich solle in ihrem Schlafzimmer verschwinden. Und dann passierte etwas, das mich total erschreckte.«

Lars machte eine Pause und nippte an seinem Bier. Dann winkte er der Kellnerin, ihm ein neues zu bringen. Auch beim Erzählen war er ein Schauspieler, der sein Publikum auf die Folter spannen wollte. Birte nahm sich vor, niemals zu vergessen, wie sehr er Menschen manipulieren konnte.

»Was mich total erschreckte«, nahm er den Faden wieder auf. »Plötzlich hielt sie eine Pistole in der Hand – ein kleines schwarzes Ding, das absolut echt aussah, nicht wie die Dinger, die wir im Theater benutzen. ›Was soll das?‹, fragte ich sie. ›Willst du einen Einbrecher erschießen?‹ Sie sagte nichts, sondern ging in den Flur hinaus. Ich folgte ihr. Ich hatte plötzlich Schweiß auf der Stirn. Irgendwie hatte ich das Gefühl, dass wir in Todesgefahr schwebten. Das Kratzen an der Tür hörte nicht auf. Inka stand da und hielt die Pistole so, als würde sie jeden Moment auf den Eindringling feuern. Dann glitt die Tür auf, und Blaschek stand da, seinen Schlüssel in der Hand. Er war sturzbetrunken, und er guckte Inka und die Pistole an, stumm und ohne jedes Erstaunen. ›Du Scheißkerl‹, sagte sie. ›Ich hätte dich fast erschossen.‹ – ›Gäbe bestimmt eine tolle Schlagzeile‹, knurrte er und ging an ihr und mir vorbei in sein Zimmer. Mich beachtete er gar nicht.«

Lars atmete durch. Als die Kellnerin sein neues Bier brachte, griff er sofort danach.

»Hat Inka Boog später erklärt, warum sie die Pistole gezogen hat?«, fragte Birte. Ein Blumenverkäufer trat an den Tisch und wurde von Lars weggeschickt.

»Nein, sie hat kein Wort darüber verloren. Der Abend war zu Ende – wir haben das Video abgestellt, und sie hat mich verabschiedet. Sie war immer noch ziemlich angegriffen.« Lars zog eine Grimasse. Wieder suchte seine Hand nach ihr. Birte glaubte zu ahnen, wie sein nächster Satz lauten würde: Ich wollte mich von Inka trennen, deshalb bin ich gestern mit dir mitgegangen. Doch er sagte: »Ich habe mit dem Mord nichts zu tun. Ich hoffe, ihr glaubt mir das.«

»Wir ermitteln in alle Richtungen«, entgegnete sie vage. »Aber es wäre gut, wenn du uns alles über deine Beziehung zu Inka Boog sagen würdest.«

Er nickte. »Ich zerbreche mir den ganzen Abend den Kopf, ob ich etwas übersehen habe. Als ich das Theater verließ, waren noch ein paar Leute oben an der Bar. Susanne Deibler, Renate Kröber, Förg aus der Dramaturgie, ein paar andere … War der Mörder darunter? Ach, ich kriege es nicht mehr zusammen, wer alles da war.« Lars wischte sich übers Gesicht. Plötzlich wirkte er betrunken. »Ich war so ein Idiot«, zischte er. »Ich habe an Inka geglaubt … Ich habe meine Frau verlassen, mein Kind. Der kleine Friedrich ist zwei Jahre alt …« Seine Stimme zitterte, und seine Hand fand endlich ihre Finger. Sie war kalt.

»Ich habe meinen Freund verloren«, sagte sie. »Er hatte Krebs, und vor fünf Wochen hatte ich eine Fehlgeburt.«

Birte stand am Fenster und blickte auf den Fluss hinaus. Hinter ihr lag Lars auf der Matratze und rauchte. Sie hatte ihm von Martin und ihrem Kind erzählt, sogar Hinrichs hatte sie erwähnt, und dann hatten sie sich geliebt. Birte hatte gewusst, dass es ein Fehler war. Trotzdem hatte sie es genossen. Ein Tankschiff lag vor dem Haus vor Anker. Es roch penetrant nach Diesel. Eine rote Lampe brannte, sonst war bis auf das Licht einer einzelnen Laterne alles dunkel. Lars gefiel ihr am besten, wenn er schwieg. Er war ein guter Schweiger, und er war kein Mörder, da war sie ganz sicher.

Als sie sich umdrehte, fiel ein wenig Licht auf ihn. Er nahm einen tiefen Zug aus seiner Zigarette.

»Ich würde dich gerne einmal im Theater sehen«, sagte sie. »Was wirst du demnächst spielen?«

»Die Spielzeit sollte mit ›Kinder der Sonne‹ von Gorki beginnen – ich war als Forscher Protassow vorgesehen – eine Traumrolle unter Inkas Regie. Mal sehen, was jetzt daraus wird.« Er drückte seine Zigarette aus, und plötzlich schien auch das wenige Licht von draußen zu verlöschen.

Birte kehrte zu der Matratze zurück. Eigentlich wollte sie sich anziehen und gehen. Wenn Jan erfuhr, dass sie hier lag, würde er ihr völlig zu Recht die Hölle heißmachen. Nein, er würde sie wahrscheinlich hinauswerfen und nach Hamburg zurückschicken. Doch als Lars die Hände nach ihr ausstreckte, legte sie sich neben ihn.

»Was ist mit Inka Boogs Tochter passiert?«, fragte sie, während sie sich an ihn schmiegte.

Sie hörte, wie er einatmete. Dann seufzte er leise und drehte sich auf den Rücken.

»Die Kleine hieß Merle … Ach, so klein war sie gar nicht. Ich habe sie ein-, zweimal im Theater gesehen. Mein Verhältnis mit Inka begann, als sie schon ein Jahr tot war. Merle hat sich zu Tode gehungert. Sie war dünn, aber dass es so schlimm um sie stand, wusste keiner. Sie ist in der Schule zusammengebrochen und wurde dann ins Krankenhaus eingeliefert. Inka hat sich viele Vorwürfe gemacht … Nein, eigentlich hat sie nur einmal über Merle gesprochen. Dass das Mädchen sie im Schlaf verfolgt und sie sich schuldig fühlt …«

»Wer war der Vater von Merle? Blaschek wohl nicht.« Birte griff nach ihrem Slip und ihrer Jeans. Fünf Minuten noch, dann würde sie gehen.

Lars ließ sie los und richtete sich auf. Würde er sie zum Bleiben auffordern? Nein, er seufzte leise.

»War Wollschläger der Vater der Kleinen?«, fragte Birte. Sie stand auf und zog sich an.

»Jedenfalls hat er es überall erzählt. Inka hat ihn deshalb abserviert und mit Verachtung gestraft. Als Merle geboren wurde, waren beide an den Kammerspielen in München. Aber was beweist das schon? Wahrscheinlich wusste nicht einmal Inka selbst, wer Merles Vater war.« Lars steckte sich eine neue Zigarette an. »Morgen … Ich habe meinen Auftritt im Lapidarium abgesagt. Es wäre schön, wenn du morgen Abend wiederkommen würdest.«

Nein, wollte sie sagen, auf keinen Fall. Ich werde nie mehr wieder hierherkommen, aber dann klingelte sein Telefon.

»Hallo, Annika«, sagte er leise. »Kein Problem … ich habe noch nicht geschlafen.«

Birte zog sich ihre Bluse über. Plötzlich hatte sie das Gefühl, völlig fehl am Platz zu sein.

»Es war für uns alle ein Schock«, fuhr Lars noch leiser fort, offensichtlich hatte er sich zur Wand gedreht. »Was ist mit Friedrich?«, fragte er dann aufgeschreckt. »Wie lange hat er dieses Fieber schon?«

Mit fünf schnellen Schritten war Birte an der Tür. Nein, sagte sie sich, sie liebte diesen Lars Becker nicht, und sie würde auch niemals hierher zurückkehren.

Es war halb drei, als sie auf die Straße trat. Für einen Moment lauschte sie, als würde sie doch hoffen, dass Lars ihr gefolgt war, um sie aufzuhalten.

Ein kühler Wind zog vom Rhein herauf. Niemand war zu sehen. Nur in den eleganten Kranhäusern ein Stück die Straße hinunter brannte noch Licht. So fühlt es sich an, wenn man eine Geliebte ist, die sich nachts davonstehlen muss, dachte sie. Müdigkeit schlug über ihr zusammen. Ein Taxi – sie musste dringend ein Taxi finden.

Als Birte sich in Richtung Uferstraße aufmachte, bemerkte sie, dass ein Mann sie beobachtete. Er stand an dem gläsernen Zugang zur Tiefgarage, rauchte und blickte zu ihr herüber, als hätte er auf sie gewartet.

Ihre Müdigkeit wich mit einem Schlag. Wut erfasste sie. Hinrichs – was tat er hier? Der Mann warf die Zigarette beiseite – sein Gesicht war nicht zu erkennen, weil er eine Kapuze über seinen Kopf gezogen hatte. Birte wurde unsicher, ob es wirklich Hinrichs war, der sich nun näherte. Ihr Instinkt für Gefahr erwachte. Dann raste plötzlich aus Richtung der Kranhäuser ein Wagen ohne Scheinwerferlicht heran. Der Motor heulte auf, Bremsen quietschten. Eine dunkel gekleidete Gestalt sprang aus der Fahrertür, hastete zu der nächsten Häuserwand und sprühte etwas auf die Fassade.

Fasziniert starrte Birte hinüber – ein leibhaftiger Graffiti-Sprayer vor ihren Augen. Sie wusste nicht, ob sie einschreiten sollte, aber schon nach wenigen Sekunden kehrte die dunkle Gestalt zum Wagen zurück. Sie reckte den anderen Insassen im Laufen den Daumen entgegen, dann sprang sie hinters Steuer und gab Gas. Birte bemerkte, dass drei weitere Personen in dem Wagen – einem alten weißen Mercedes – saßen. Erst auf der Rheinuferstraße wurden an dem Mercedes die Scheinwerfer angeschaltet. Das Nummernschild – sie hatte nicht darauf geachtet. Eine Kölner Nummer – mehr hatte sie nicht gesehen.

Als sie den Blick zurückwandte, war der Mann am Zugang zur Tiefgarage verschwunden.

Hinrichs, dachte sie, du mieser Stalker. Am liebsten hätte sie ihn angerufen und beschimpft.

»Befreit Düx – BFD«, stand an der Häuserwand eines teuer

aussehenden Restaurants an der Ecke. Die Farbe klebte noch an ihren Fingerspitzen.

Als sie endlich in ihrer Wohnung am Hermeskeiler Platz angekommen war, konnte sie nicht schlafen. Der Taxifahrer, ein junger, stolzer Türke, hatte ihr Fotos seiner Kinder gezeigt – lächelnde dreijährige Zwillinge.

»Hast du auch ein Kind?«, hatte er sie gefragt, als sie ihm einen Geldschein reichte.

»Ja, einen Jungen, er heißt Martin«, hatte sie geantwortet.

Was trieb sie um? Warum konnte sie nicht mehr schlafen?

Kurz bevor Martin starb, hatte er gebeten, dass sie sich neben ihn legte. Er war nur noch Haut und Knochen, sie hatte sich erschreckt, als sie wie früher ihre Arme um ihn gelegt hatte. Sie hielt ein Skelett umarmt.

Aber während sie so dalagen, hatte sie gemeint zu spüren, wie ein Lächeln durch seinen ganzen geschundenen Körper glitt. Er entspannte sich, er war ganz bei sich und bei ihr, und sie hatte gedacht, dass sie nie wieder einem Menschen so nahe sein könnte wie diesem schweigsamen, sensiblen Geigenbaumeister. Zum Glück war es dunkel geworden, die Dämmerung war hereingebrochen, sodass er nicht bemerkt hatte, wie sehr sie mit den Tränen hatte kämpfen müssen.

Drei Tage später war er in einem Hospiz gestorben, und seitdem war sie aus der Bahn geworfen. Ja, deshalb hatte sie sich mit einem Idioten wie Hinrichs eingelassen, und deshalb hatte sie am Abend mit einem Mann wie Lars Becker im Bett gelegen, der vielleicht doch ein Mörder war.

Auf YouTube schaute sie sich kurze Filme an, die es von Inka Boog gab. Auf einer Podiumsdiskussion hatte sie mit zwei Journalisten über zeitgenössisches Theater diskutiert. Sie war schön, aber bis zur Unerträglichkeit selbstbewusst. Immer wieder hatte sie sich eine schwarze Haarsträhne hinters Ohr gestrichen und spöttisch gelacht.

Ihre Repliken kamen honigsüß lächelnd, aber mit vielen kleinen Spitzen durchsetzt. »Ich mache Kunst, kein Kunsthandwerk. Wer Folklore will, soll ins Boulevardtheater gehen.«

Nach wenigen Minuten schon langweilte Birte sich. Vor wem hatte diese Frau sich gefürchtet?

Auch von Herterich, dem Intendanten der Oper, den sie immer noch nicht gesprochen hatten, gab es mehrere Filme. In einem führte er durch das Opernhaus, erklärte die Vorzüge des Baus des Architekten Riphahn, den einige Spießer völlig zu Unrecht hatten abreißen wollen. Jens Herterich trug eine randlose, modische Brille, hatte sein langes graues Haar zurückgekämmt, sodass er irgendwie genialisch aussah. Eine Fliege zierte seinen Hals. Er wirkte eher wie ein Kunstprofessor, sein Dialekt verriet, dass er aus Österreich, vermutlich aus Wien stammte.

Während sie an ihrem Laptop saß, ertappte Birte sich dabei, dass sie zwischendurch lauschte. Kam Hinrichs noch? Stand er bereits vor ihrer Tür und horchte, ob sie noch wach war? Plötzlich begriff sie die Opfer von Stalkern, die sie neulich im Fernsehen gesehen hatte und die alle unisono erklärt hatten, dass sie irgendwann an eine Schwelle gelangt waren, wo sie glaubten, verrückt zu werden, weil sie sich ständig und überall verfolgt fühlten.

Irgendwann, als der Morgen schon dämmerte, legte Birte sich auf ihr Sofa und schlief ein.

Als sie aufschreckte, glaubte sie, nur wenige Augenblicke eingenickt gewesen zu sein. Sie brauchte einen Moment, um sich zu orientieren. Ein lautes, aufdringliches Klingeln drang von der Tür her. Merkwürdigerweise fiel ihr Lars Becker ein. Wollte er sich bei ihr entschuldigen? Nein, er kannte ihre Adresse gar nicht.

Während sie zur Tür schlurfte, klingelte es unentwegt weiter. Sie drückte auf den Knopf der Sprechanlage.

»Pardon«, sagte eine Stimme. »Ich muss Sie sprechen. Darf ich heraufkommen?« Ein Mann – er wirkte gehetzt, sprach abgehackt und außer Atem.

»Wer sind Sie?« Birte blickte auf ihre Armbanduhr, die sie in der Nacht nicht abgelegt hatte. Es war zehn Minuten vor zehn. Doch kein so früher Termin für einen Besuch am Sonntagmorgen.

»Es geht um Inka«, meinte die Stimme abgehackt. »Kann ich hochkommen … zu Ihnen … Ganz vertraulich, ohne dass wir …«

Dann hörte sie kurze, hohle Geräusche, zweimal hintereinander, und die Stimme verstummte abrupt.

Schüsse, dachte sie aufgeregt, da hatte jemand vor ihrer Tür geschossen. Sie brauchte ein paar Sekunden, um ihren Hausschlüssel zu finden, und lief barfuß und schwankend, als hätte sie in der Nacht zu viel getrunken, die sechs Treppen hinunter.

Blaschek lag vor ihrer Haustür, auf der Seite, als hätte er sich kurz für ein Schläfchen hinlegen müssen. Seine Augen waren geöffnet und blickten starr vor sich hin. Unter seinem Kopf war eine kleine Blutlache. Man konnte sofort sehen, dass er tot war. Er hatte noch immer den grauen Kapuzenpullover an, wie in der Nacht, als er ihr am Rheinauhafen aufgelauert hatte. Seine Beine hatte er leicht abgewinkelt, als hätte er noch weglaufen wollen, während er doch schon gestürzt war. Und er trug keine Socken und keine Schuhe – seine Füße waren nackt.

Birte begriff, was das bedeutete. Der Mörder hatte sich tatsächlich noch die Zeit genommen, ihm die Socken und die Schuhe auszuziehen, bevor er spurlos verschwand.

14.

Als Schiller seinen Passat abstellte, sah er, wie ein Leichenwagen an ihm vorbeifuhr. Anscheinend wurde der tote Blaschek schon abtransportiert. Hatte Blaschek in der Nacht auch vor seiner Tür gestanden? Und hatte Broder ihn vertrieben? Verdammt, er machte sich Vorwürfe. Sie hatten Blaschek nicht geschützt. Vermutlich hatte er geahnt, wer seine Frau getötet hatte.

Ein paar Passanten hatten sich schon vor dem Haus versammelt. Uniformierte Polizisten drängten sie zurück. Eine Kirchenglocke erklang. Ein idyllischer Sonntagmorgen in Köln. Auch der Himmel war wieder blau.

Was hätte man an so einem schönen Tag nicht alles tun können?

Er bemerkte die dunklen roten Haare, als er sich an einer Frau in einem schwarzen Ledermantel vorbeischieben wollte. Susanne Deibler trug eine große schwarze Sonnenbrille. Als sie sich zu ihm umwandte, runzelte sie die Stirn, als wäre sie überrascht, ihn zu sehen.

»Es ist Blaschek, nicht wahr?«, hauchte sie ihm zu. »Der Tote ist Blaschek?«

Schiller zögerte einen Moment. Eine alte Frau, die sich bei einem noch älter wirkenden Mann eingehakt hatte, drehte sich neugierig zu ihm um und musterte ihn. Auch zwei Jugendliche hatten sich in der Nähe postiert. Einer hielt sein Handy in die Höhe, um eine Aufnahme zu machen.

»Ich habe es mir fast gedacht«, fügte Susanne Deibler hinzu.

Schiller schob sie ein Stück von den Passanten weg. Er sah Bert Cremer und Roland Grauer von der Spurensicherung. Grauer war für die Fotos zuständig. Beide hatten schon ihre Schutzanzüge übergestreift. Birte konnte er nirgends entdecken.

»Wie kommen Sie darauf, Blaschek könnte der Tote sein?«, fragte er.

Susanne Deibler nahm ihre Sonnenbrille nicht ab. Sie verzog ihren rot schimmernden Mund. Kunstvoll und dezent hatte sie Lippenstift aufgetragen.

»Er hat mir einmal gestanden, dass er sicher war, keines natürlichen Todes zu sterben. Er sei immer in Angst um sich und seine Frau.«

»Wann hat er das gesagt?«, fragte Schiller.

»Irgendwann – vor einem Jahr. Wir sind ein-, zweimal zusammen Wein trinken gewesen, ganz harmlos.« Susanne Deibler lächelte matt.

Schiller hätte sie gern aufgefordert, ihre Sonnenbrille abzunehmen, aber auch so meinte er zu erkennen, dass sie müde und erschöpft war.

»Warum haben Sie mir nichts davon erzählt?«, fragte er unwirsch.

»Inkas Tod war ein Schock für mich«, erwiderte Susanne Deibler, dann wandte sie sich ab, als wäre damit alles gesagt.

Schiller bemerkte, dass Birte auf ihn zukam und ihn registriert hatte. Ihre kurzen blonden Haare waren zerzaust. Sie sah ungewaschen und bleich aus, als hätte sie keine Minute geschlafen, aber er wusste, dass ihr der Anblick einer Leiche besonders zusetzte – und nun hatte ein Toter ausgerechnet vor ihrer Tür gelegen.

Birte blickte Susanne Deibler nach, ohne jedoch ein Wort über sie zu verlieren.

»Er hat bei mir geklingelt, und dann ist auf ihn geschossen worden – zweimal. In den Kopf, aus nächster Nähe, als hätte sein Mörder direkt neben ihm gestanden.« Ihre Stimme zitterte ein wenig.

Schiller schaute zum Hauseingang hinüber. »Keine Zeugen?«, fragte er.

Birte schüttelte den Kopf. »Nein, bisher haben wir niemanden gefunden, der etwas gesehen hat. Bert kümmert sich um die Befragung der Nachbarn. Aber wir haben etwas anderes.«

Sie griff in ihre Tasche und holte einen goldenen Schlüssel mit einem großen ebenfalls goldenen Anhänger hervor. Ein altmodischer Hotelschlüssel mit der Nummer 207, wie unschwer zu erkennen war.

»Hatte Blaschek in der Tasche. Ein Schlüssel von einem Zimmer im Breslauer Hof am Hauptbahnhof. Da hat er sich wohl versteckt.«

Schiller blickte den Schlüssel an. »Du glaubst, da hat er die Nacht verbracht, weil er Angst hatte?«

»Vielleicht.« Birte deutete auf seinen Wagen. »Wir sollten uns gleich darum kümmern.« Anscheinend war sie froh, den Tatort verlassen zu können.

Das Stück Papier, das hinter seinem Scheibenwischer klemmte, bemerkte Schiller erst, als er den Passat schon gestartet hatte. Birte deutete auf den weißen Zettel.

»Hast du einen Strafzettel bekommen?«, fragte sie ein wenig spöttisch.

Schiller stieg aus und zerrte den Zettel verärgert hervor. Er hatte halb in einer Einfahrt geparkt. Beschwerten sich ordnungsliebende Anwohner tatsächlich über einen Polizeieinsatz?

»ENDE. DAS WAR ES!!!«, stand auf dem Stück Papier. Alle Wörter in großen Druckbuchstaben und mit einem blauen Kugelschreiber geschrieben. Schiller zögerte einen Moment, dann reichte er Birte das Papier.

»Was hat das zu bedeuten?«, fragte sie.

Schiller blickte sich um, als spürte er, dass irgendjemand ihn beobachtete, ja, vielleicht die ganze Zeit im Visier gehabt hatte.

»Ich weiß nicht«, sagte er, »aber vielleicht will der Mörder uns sagen, dass er nun fertig ist. Er hat Inka Boog und Edgar Blaschek getötet und damit das getan, was er tun wollte.«

»Dann«, sagte Birte und rieb sich über das Gesicht, »hätten wir es vielleicht doch mit einem Serienmörder zu tun. Blaschek hatte auch keine Schuhe mehr an und war barfuß.«

»Ich gehe spazieren – zum Rhein hinunter. Du hast wahrscheinlich keine Zeit.« Carla klang am Handy vorwurfsvoll, wie ein kleines, zorniges Mädchen. Schiller hasste diesen Tonfall, der ihm stets suggerierte, er sei an etwas schuld.

»Ja«, erwiderte er, »leider habe ich keine Zeit. Es hat einen zweiten Mord gegeben.«

»Hat man dem Opfer wieder die Schuhe ausgezogen?«

Diese Frage erstaunte Schiller. »Ja«, sagte er. »Es muss dem Mörder wichtig sein – er hatte nur sehr wenig Zeit und musste viel riskieren, um dem Toten die Schuhe abzunehmen.«

»Barfuß gehen macht Spaß«, sagte Carla, nun in einem viel freundlicheren Ton, als würde sie sich einer angenehmen Erinnerung hingeben. »Es zeugt von Freude und Erdverbundenheit.« Dann legte sie auf.

Schiller schaute Birte an, die neben ihm ging. Hinter ihnen lagen der mächtige Dom und der Bahnhof, von dem die Ansagen der Lautsprecher herüberschallten. Es herrschte viel Betrieb.

»Probleme?«, fragte Birte. Das Hotel Breslauer Hof befand sich fünfzig Meter vor ihnen.

Schiller nippte an seinem Kaffee, den er sich an einer Bude vor dem Bahnhof gekauft hatte – schwarze, bittere Brühe, die aber wenigstens warm war. »Carla kommt nicht mehr zurecht – und ich habe das Gefühl, alles falsch zu machen.«

Und wie ist es mit dir, hätte er gern gefragt, wie kommst du damit klar, dein Kind verloren zu haben, das du gar nicht wolltest? Und wo hast du die letzte Nacht verbracht?

Birte schien seine Gedanken jedoch erraten zu haben und bedachte ihn mit einem unfreundlichen Blick.

»Ich habe Lars getroffen«, sagte sie dann. »Nur dienstlich – er hat mir verraten, dass Inka Boog eine Waffe hatte, um sich zu schützen. Sie fühlte sich bedroht.« Sie berichtete von ihrem Abend mit Lars Becker. Angeblich hatte sie ihn nur nach Hause begleitet.

Schiller wusste nicht, ob er ihr alles glauben sollte. Als sein Telefon wieder klingelte, war er sicher, Carla meldete sich noch einmal, doch es war Therese.

»So geht das nicht«, schimpfte sie sofort los. »Warum lässt du Carla alleine? Nicht einmal an einem Sonntag bist du für sie da!«

Ihre keifende, schrille Stimme kannte er seit vierzig Jahren – kaum etwas hatte ihn in seinem Leben enger begleitet als diese Stimme. Nun ließ sie ihn aus dem Stand wütend werden.

»Hör zu«, sagte er, »ich muss einen Doppelmörder finden – und was ist überhaupt mit euch? Wo seid ihr heute Nacht gewesen, um eure saublöden Parolen zu sprühen?«

Therese war nur für einen Moment irritiert. »Das geht dich nichts an«, keifte sie. »Kümmere dich um deine Frau! Und wenn du so weitermachst, ist auch euer Präsidium bald an der Reihe.

Wir übernehmen die Stadt – wirst sehen!« Dann hörte er ihr typisches, schrilles Kichern, bevor sie die Verbindung unterbrach.

»Therese und Broder«, sagte Schiller zu Birte, »gehören zu diesen merkwürdigen Sprayern. Sie haben sich wieder irgendeine blödsinnige Protestaktion einfallen lassen – sie wollen Deutz befreien, eine neue Stadt gründen.«

Birte verzog das Gesicht zu einem Lächeln. »Ich glaube, Therese ist die einzige Revolutionärin von Köln.«

Ein dunkelhäutiger Mann in einer grauen Uniform stand am Empfangsschalter und schaute zu ihnen auf, als sie die Lobby des Hotels betraten. Schiller hielt seinen Ausweis hoch und kramte dann den Hotelschlüssel hervor.

»Wir haben eine Frage zu einem Ihrer Gäste«, sagte er.

»Die Nummer 207 – ein Herr Wollschläger«, erklärte der dunkelhäutige Mann mit einem höflichen Lächeln.

Wollschläger? Schiller blickte Birte an. Sie runzelte die Stirn.

»Möglicherweise«, erwiderte Schiller. »Wir würden uns das Zimmer im Zuge einer polizeilichen Ermittlung gerne einmal ansehen.«

»Selbstverständlich«, erwiderte der Mann und lächelte. Seine Zähne waren so makellos weiß, dass sie fast unecht aussahen. Der Breslauer Hof war ein ordentliches Mittelklassehotel und deshalb vielleicht ein besonders gutes Versteck.

»Wir mögen es eigentlich nicht, wenn Gäste ihren Schlüssel mitnehmen«, sagte der Mann in einem melodischen Singsang. Sie fuhren mit dem Fahrstuhl in die zweite Etage. »Was ist denn mit Herrn Wollschläger passiert, dass er nicht selbst kommt?«

»Er kommt vielleicht noch«, entgegnete Schiller unfreundlich.

Das Zimmer, das er aufschloss, war winzig. Ein Spiegel, ein billiger Holzschrank, ein Bett an der Wand. Birte bog gleich in das winzige Bad ab.

Schiller öffnete den Schrank. Nichts – da hingen nur vier öde Kleiderbügel aus Draht.

»Dieser Herr Wollschläger hatte wohl kein Gepäck?«, fragte er den Portier.

Der Dunkelhäutige zeigte seine weißen Zähne und verneigte

sich leicht. »Ich hatte drei Tage frei und bin heute erst um neun Uhr gekommen. Ich kenne den Gast nicht.«

Das Bett war zerwühlt, am Kissen klebten ein paar dunkle Haare, die tatsächlich von Blaschek stammen konnten.

Birte tauchte neben Schiller auf. »Das Bad sieht komplett unbenutzt aus«, sagte sie.

»Manchmal kommen Menschen ganz spontan«, erklärte der Portier, als müsse er seinen Gast verteidigen. »Mann und Frau«, fügte er hinzu und lächelte scheinbar geheimnisvoll.

Einen Schreibtisch gab es in dem Zimmer nicht, aber einen Block und einen Kugelschreiber; beides lag auf dem winzigen Nachtschrank neben dem Bett. Schiller beugte sich vor, dann blickte er in einen kleinen schwarzen Papierkorb neben dem Sperrholzschrank. Lächelnd holte er ein zerknülltes Stück Papier heraus.

»Wenn Sie noch etwas zu tun haben – wir brauchen Sie nicht mehr«, sagte Birte zu dem Portier.

Er verneigte sich höflich und trat mit einem tiefen Seufzer den Rückweg an.

Schiller glättete das Papier in seiner Handfläche. Buchstaben standen da in krakeliger Handschrift, kein einziges Wort.

»Abkürzungen von Namen«, sagte Birte, die ihm über die Schulter blickte.

Ja, so sah es aus: Blaschek – oder von wem auch immer dieses Gekritzel stammte – hatte eine kleine Liste angefertigt. Neun Initialen – hinter zweien stand ein Fragezeichen.

»Kannst du diese Buchstaben lesen?«, fragte Schiller.

Birte nickte und begann laut vorzulesen. »FB, RZ, MM, ES, SB, AZ, ML, RM und IB. Klingt beinahe wie ein Code.«

»IB könnte Inka Boog bedeuten«, sagte Schiller nachdenklich.

»Und das könnte heißen, dass es neun Morde gegeben hat – bisher unentdeckt.« Birte seufzte.

Schiller schüttelte den Kopf. Nein, das war unvorstellbar. »Blaschek muss etwas anderes gemeint haben. Vielleicht ging es um irgendeine Versammlung. Er hat versucht, sich zu erinnern, wer in einer bestimmten Gruppe dabei war. Wir müssen uns alle Namen der Theatermitarbeiter geben lassen. Und wir müssen

Schultke oder einen anderen von der Spurensicherung hierher beordern. Er soll uns sagen, ob Blaschek sich tatsächlich hier aufgehalten hat.«

»Warum hat er sich ausgerechnet als Wollschläger hier eingeschrieben?« Genau wie Schiller holte auch Birte ihr Handy heraus.

Schillers Telefon klingelte, bevor er ihr eine Antwort geben konnte.

Nele meldete sich aus dem Präsidium. »Wir haben ihn«, sagte sie ein wenig triumphierend. »Jens Herterich – er liegt in einem Krankenhaus in Euskirchen. Er hat sich heute gegen Mittag in seinem Wochenendhaus in Heimbach die Pulsadern aufgeschnitten.«

»Ein Selbstmordversuch?«, fragte Schiller.

»Kein richtiger oder ein ziemlich dilettantischer. Er hat selbst den Krankenwagen gerufen.« Nele klang wieder ernsthafter. »Ich habe ihn nach Köln überstellen lassen. In zwei Stunden ist er im Marienhospital. Er wohnt ja im Agnesviertel.«

15.

Ihr fehlte etwas, das ihr bisher nie gefehlt hatte – nicht einmal in ihren schlimmsten Krisen: Konzentration. Birte hörte, wie Jan mit Nele und dann mit Carla telefonierte, wie er beruhigend auf sie einsprach, und doch wehten die Worte an ihr vorbei, ohne dass sie eines halten konnte. Sie dachte an Lars – warum, verdammt, hatte sie ein zweites Mal mit ihm geschlafen? Sein Duft schien sie einzuhüllen; es war, als erwartete sie, dass er jeden Moment vor ihr auftauchen würde, ein Schauspieler, der aus den Kulissen trat.

Dann wieder sah sie Blaschek mit starren Augen vor ihrer Tür liegen. Sie würde ausziehen müssen; es war im Moment unvorstellbar, dass sie zurück in ihre Wohnung ging.

Auch Polizisten hatten eine Privatsphäre, und Blaschek hatte eine Grenze überschritten, aber warum hatte er das getan? Hatte er etwas mit dem Mord an seiner Frau zu tun? Irgendwie fehlte ihr der Glaube daran. Nein, er war offensichtlich vor jemandem davongelaufen. Deshalb hatte er nicht in seiner Wohnung übernachtet. Und irgendwie hatte sie das Gefühl, etwas übersehen zu haben oder einen großen Fehler zu begehen. Hatte Blaschek noch etwas gesagt, kurz bevor er tödlich getroffen worden war? Sie versuchte sich an seine wenigen Worte zu erinnern, doch es gelang ihr nicht.

Jans Handy klingelte wieder. Er ging an den Apparat und schaute Birte an.

»Nein«, sagte er barsch, »sie kann jetzt nicht mit dir sprechen … Es geht ihr gut … Wir sind auf dem Weg zum Marienhospital. Herterich ist vor wenigen Minuten eingeliefert worden.«

Als er aufgelegt hatte, stöhnte er. »Hinrichs lässt dich grüßen. – Leider hat er heute Morgen nicht vor deiner Tür gelauert«, fügte er nach einem kurzen Zögern hinzu.

Birte war überrascht. Wie kam Jan darauf, dass Hinrichs ihr auflauerte? Das hatte sie bisher nicht erwähnt.

»Ich weiß, dass er dir nachstellt – immer noch«, erklärte Jan mit einem bitteren Lächeln.

Schultke von der Spurensicherung war am Breslauer Hof eingetroffen. Sie wussten mittlerweile, dass Blaschek gegen zwanzig Uhr dreißig eingecheckt hatte. Er hatte kein Gepäck dabeigehabt.

Es sei in München hängen geblieben und werde von der Lufthansa nachgeliefert, hatte er dem Portier erklärt. Dann hatte er vom Hoteltelefon ein einziges Telefonat geführt – mit Olga Donzowa. Anscheinend hatte er sie da zu seiner Wohnung bestellt, wo sie schon ein paar Minuten später eingetroffen war. Er aber war nicht aufgetaucht.

Wo war er gewesen? Und was hatte ihn abgehalten, Olga zu treffen?

»Vielleicht«, sagte Jan, »legt Herterich ja gleich ein Geständnis ab.« Er lächelte müde. Er war unrasiert. Birte musste sich eingestehen, dass ihm dieser Grad der Verwahrlosung stand. Seine blauen Augen funkelten. »Wie lange braucht man vom Hermeskeiler Platz bis nach Heimbach? An einem Sonntag wohl nicht viel länger als vierzig Minuten.«

Birte zuckte mit den Schultern. Sie war noch immer eine Fremde hier – sie kannte sich nicht aus. »Du meinst, er hat Blaschek getötet, und auf der Fahrt in die Eifel ist er in Gewissensnöte geraten und hat beschlossen, sich zu töten?«

Jan warf seinen Becher achtlos weg. Ein Rest Kaffee platschte auf die Straße. Vor dem Marienhospital hockten zwei ältere Männer, die blaue, altmodische Trainingsanzüge trugen, in Rollstühlen, sie rauchten und blickten argwöhnisch zu ihnen herüber.

»Ich weiß«, sagte Jan, »nicht sehr wahrscheinlich, aber dann hätten wir diesen Fall vom Hals.«

Sie betraten das Krankenhaus und mussten nicht lange nach Herterich Ausschau halten. An seiner grauen Löwenmähne war er schnell zu erkennen. Er saß in der Lobby neben einem uniformierten Polizisten, ordentlich gekleidet in einen hellen Mantel gehüllt, ganz wie ein gewöhnlicher Besucher. Nur sein rechtes Handgelenk war verbunden, wie Birte registrierte. Auch Jan hatte ihn sofort entdeckt.

»Es tut uns leid, dass wir uns unter diesen Umständen sprechen«, sagte er ungewohnt einfühlsam.

Herterich blickte langsam auf. Er war bleich. Seine Augen waren gerötet, als hätte er lange nicht mehr geschlafen. Er blinzelte.

»Sie haben mich hier vorführen lassen«, sagte er in seinem Wiener Dialekt. »Ein unfreundlicher Akt.«

»Wie ich sehe, waren Sie durchaus transportfähig.« Jans Empfindsamkeit wich schlagartig. »Trotz Ihres … Unfalls.«

»Ich muss meinen Anwalt sprechen«, erwiderte Herterich und strich sich durch seine graue Mähne, eine Geste, die er vermutlich etliche Male am Tag vollführte und die ihm Sicherheit zu geben schien.

»Was fahren Sie für ein Auto?«, fragte Jan.

Er nickte dem uniformierten Polizisten zu, der sich daraufhin erhob und den Platz für Birte frei machte. Jan selbst hockte sich auf den Holztisch vor Herterich.

»Den besten Porsche, der je gebaut wurde, einen 911er, Baujahr 1973«, erwiderte der Opernintendant störrisch. »Ich wüsste aber nicht, was das zur Sache tut.«

»Ich könnte Sie beispielsweise verhaften, weil Sie verdächtig sind, erst Inka Boog und dann auch Edgar Blaschek getötet zu haben«, erklärte Jan.

Herterich lachte auf und strich sich wieder durchs Haar. »Lächerlich«, raunte er, doch dann hielt er abrupt inne. Seine roten Augen musterten Jan. »Sie halten mich zum Narren, nicht wahr? Wieso sollte Blaschek tot sein?«

Einen Moment trat Stille ein. Jan ließ Herterich nicht aus den Augen, er nickte nur.

»Wie kommt ein Mann wie Sie auf die Idee, sich die Pulsadern aufzuschneiden – nachdem ungefähr sechsunddreißig Stunden vorher Inka Boog getötet worden ist?«

Die Geräusche des Kommens und Gehens am Eingang schienen zu verstummen.

Herterich atmete tief ein. »Warum hat jemand Blaschek umgebracht?«, fragte er. »Seine Frau war ein eitles, eingebildetes Scheusal, aber er … Er ist doch nur immer ein armes Schwein gewesen …« Er brach ab und blickte zum Eingang. »Ich möchte gehen«, sagte er dann. »Ich fühle mich nicht wohl, aber ich muss nicht stationär behandelt werden.«

Er machte Anstalten, sich zu erheben, doch Birte berührte ihn am Arm.

»Wir können Sie auch mit aufs Präsidium nehmen«, sagte sie. »Warum haben Sie versucht, sich umzubringen?«

Plötzlich lachte er auf – ein lautes, irgendwie einschüchterndes Lachen, das so klang, als würde er es häufig als Waffe einsetzen, um Hohn und Spott über jemanden zu gießen, doch nun wirkte es nicht ganz überzeugend. »Ich muss Ihnen gar nichts sagen«, erwiderte er.

»Gut«, sagte Jan und lächelte. »Dann verhaften wir Sie und nehmen Sie mit aufs Präsidium. Es gibt Zeugen, die Sie Freitagnacht, kurz vor dem Mord an Inka Boog, in ihrem Büro gesehen haben.«

Herterich zögerte einen Moment; er warf den Kopf zurück und blickte sich um, als müsse er sichergehen, dass niemand lauschte.

»Sie hätte mich retten können«, flüsterte er, ein wenig zu theatralisch, wie Birte fand. »Doch sie hat es nicht getan.«

Für jemanden, der vor ein paar Stunden an seiner linken Pulsader herumgesäbelt hatte, hatte Herterich einen gesunden Appetit. Sie waren ins Hopper hinübergegangen, ein Hotel in der Dagobertstraße, neben der Musikhochschule. Birte kannte es nicht, doch Herterich schien hier Stammgast zu sein. Die junge Kellnerin begrüßte ihn mit Namen, was er mit einem beinahe huldvollen Lächeln zur Kenntnis nahm.

Wenn ihn die Nachricht vom Tod Blascheks tatsächlich schockiert hatte, so hatte er diesen Schock rasch überwunden. Bei einem Glas Rotwein – einem ziemlich teuren Merlot – fand Kölns Opernintendant überraschend schnell ins Leben zurück. Am liebsten hätte er wohl über Gluck gesprochen – »Orpheus in der Unterwelt«, eine Aufführung, die er selbst inszeniert hatte, mit großem Erfolg und bester Platzausnutzung, wie er dreimal betonte.

Nur leider hätten sich ein paar andere Probleme ergeben – finanzielle, genauer gesagt. Ihm seien die Dinge ein wenig über den Kopf gewachsen, seinen Etat habe er für dieses Jahr bereits um drei Millionen überschritten, vielleicht auch dreieinhalb, so genau wisse er das nicht. Außerdem habe er sich einen zinslosen

Kredit für den Bau einer Sauna in seinem Haus in Müngersdorf bewilligt, daraus wolle man ihm in der Stadtverwaltung nun einen Strick drehen. Die Burschen da verständen eben nicht, dass er sich nach einem Sechzehn-Stunden-Tag in der Oper entspannen müsse, das sei gewissermaßen eine Betriebsausgabe, auch wenn sich die Sauna zugegeben in seinem Haus befinde und nur sein Lebensgefährte und er sie regelmäßig benutzten.

Bei dem Wort »Lebensgefährte« zuckten Jans Augenbrauen in die Höhe. Darauf, dass Herterich schwul war, war auch Birte nicht gekommen.

Bei Nudeln mit schwarzen Trüffeln geriet Herterich weiter ins Reden. Nach dem Tode Inkas sei er buchstäblich geflohen, ja, er habe in sich gehen müssen; Inka sei die Einzige, die ihn habe retten können – zwei Millionen aus ihren Rücklagen bis zum Ende der Spielzeit, und er hätte so viel eingespart, dass er ihr alles auf Heller und Pfennig hätte zurückzahlen können, ohne Ärger mit den Idioten von der Stadtverwaltung zu bekommen. Aber sie habe ihn nur ausgelacht.

Jan trank Milchkaffee, und Birte hatte sich einen grünen Tee bringen lassen. Für Momente mutete es sie an, als spielten sie beide als Statisten in einem Theaterstück mit. Ein Opernregisseur hielt einen Monolog und erklärte ihnen die Welt. Zum Glück hatte Jan ein Diktiergerät auf den Tisch gelegt, das Herterich lediglich verächtlich angeblickt hatte.

»Und dann«, sagte Herterich, »ist Kai, mein Lebensgefährte, weggefahren, und ich habe in dieses dunkle Nichts geschaut, wie nur Künstler es sehen können. Mahler kennt dieses dunkle Loch, ja, er hat es gewissermaßen vertont wie kein Zweiter.«

Er stöhnte und blickte Birte fragend an, während er sich mit der Serviette den Mund abtupfte. »Eine bedauerliche Kurzschlusshandlung!« Er stöhnte wieder. »Ich habe es mir vorstellen müssen, beinahe zwanghaft, dieses Tribunal aus Idioten und Halbverstehern, der Kulturdezernent, die Ratsmitglieder, wie sie über mich zu Gericht sitzen, nur weil meine Finanzen nicht ganz tipptopp sind. Nie werden die verstehen, was ich für die Kunst in dieser Stadt geleistet habe.«

Er hob seine Arme in einer theatralischen Geste und blickte

auf den Verband am Handgelenk, als würde er nicht ganz verstehen, wie der da hinkam.

»Die Kölner müssen mich retten!«, rief er plötzlich aus. »Die Kölner müssen aufstehen und ihre Stimme für mich erheben – alle, nicht nur die, die in die Oper gehen, diese meist hirnlosen, tauben Abonnenten.« Herterich drehte den Kopf nach allen Seiten, beinahe beifallheischend, aber das Restaurant war fast leer, es war noch früh am Abend.

»Sehr schön«, sagte Jan ein wenig spöttisch. »Ihr Lebensgefährte kann vermutlich bezeugen, dass Sie den ganzen Tag in Ihrem Wochenendhaus waren, nicht wahr? Von Freitagnacht bis heute Mittag?«

»Kai spielt im WDR-Orchester – er ist Schlagzeuger, noch jung und sehr begabt«, erwiderte Herterich. »Er ist heute Morgen um sechs Uhr gefahren, weil sie ein Gastspiel in Düsseldorf haben.«

»Und Freitagnacht?«, fragte Jan weiter. »Da haben Sie Inka Boog aufgelauert – sind in Ihr Büro und …«

Herterich machte eine unwirsche Handbewegung. »Ich habe ihr nicht aufgelauert. Wer macht so eine infame Behauptung?« Er schüttelte seine Löwenmähne. »Ich habe in meinem Büro gearbeitet, habe mir die Zahlen angeschaut, wirklich kein Vergnügen, und dann bin ich zu ihr rüber, weil überall noch Licht brannte. Dass die alte Hexe da ihren fünfzigsten Geburtstag gefeiert hat, habe ich nicht gewusst. Ich hätte sie umbringen können, ja, wirklich … Sie hat mich ausgelacht. ›Zwei Millionen? Aber nur wenn ich dann auch deinen Laden übernehmen darf!‹, hat sie gesagt. Eine Provokation! Von Opern versteht sie wahrscheinlich so viel wie eine Kuh vom Fliegen.«

Herterich verzog das Gesicht, dann verstummte er abrupt. Wieder tupfte er sich den Mund ab.

»Ich möchte nun gehen«, sagte er leise. Seine Stimmung war von einer Sekunde zur anderen umgeschlagen. »Ich hoffe nicht, dass jemand von meinem Missgeschick erfahren hat.« Er hob den bandagierten Arm.

Jan lächelte. »Wir können ja eine Presseerklärung herausgeben«, sagte er kühl.

Herterich holte sein iPhone hervor. »Zehn Nachrichten«, sagte er. »Bestimmt macht Kai sich Sorgen.«

»Ein paar Minuten, nachdem Sie gegangen sind, war Inka Boog tot«, sagte Jan. »Wenn Ihre Geschichte stimmt.«

»Warum sollte sie nicht stimmen?«

»Vielleicht glauben wir Ihnen die Gründe für Ihren Selbstmord nicht – vielleicht sind Sie an dem Abend durchgedreht. Der Täter hatte keine Waffe dabei, er hat die Armbrust von der Wand genommen.«

»Die Armbrust!« Herterich wich auf seinem Stuhl zurück.

Auch Birte zuckte zusammen. Jan hatte Täterwissen verraten, etwas, was jeder Ermittler sorgsam vermied.

»Der Täter hat die Armbrust von der Wand gerissen und abgedrückt. Zwei Pfeile hingen an der Wand, beide wurden abgefeuert.«

Wie schnell geht so etwas? Birte überlegte, ob sie sich diese Frage schon gestellt hatten? Wie viel Zeit braucht man für zwei Schüsse? Andererseits konnte man sich der Armbrust nähern, ohne Verdacht zu erregen. Die Waffe zu spannen, wenn man sich auskannte, dauerte vermutlich nicht lange, und Inka Boog war betrunken gewesen – und vermutlich hatte sie ihren Mörder gekannt.

Herterich rutschte auf seinem Stuhl herum. »Mir ist wirklich nicht gut«, sagte er.

»Wie Sie wollen«, entgegnete Jan scheinbar freundlich. »Wir lassen Sie sicherheitshalber wieder ins Marienhospital einweisen und laden Sie morgen vor.«

Herterich schüttelte den Kopf. »Wenn ich es genauer bedenke, wäre mir wohler, es würde von meinem kleinen Missgeschick niemand etwas erfahren – würde zu viele Erklärungen erfordern.«

Jan schwieg und blickte Birte an, als würde er nun erwarten, dass sie übernahm.

Birte räusperte sich. Ja, Jan hatte recht – manchmal war es richtig, das Spiel von einer anderen Seite wieder aufzunehmen.

»Herr Herterich«, erkundigte sie sich freundlich, »besitzen Sie eine Waffe?«

Herterich zog die Augenbrauen zusammen, als müsse er sich erinnern, was das Wort »Waffe« überhaupt bedeutete.

»Nein«, sagte er dann, »oder doch … ja, Kai und ich, wir fühlten uns in unserem Wochenendhaus einmal bedroht … Da … ich glaube, in dem Haus gibt es eine kleine Pistole … nicht dass ich sie auch nur einmal in der Hand gehalten hätte.«

»Das werden unsere Spezialisten schon feststellen.« Jan lächelte. »Wenn Sie es nicht waren, der Inka Boog getötet hat, können Sie uns vielleicht sagen, wer einen Grund gehabt haben könnte?«

Herterich blickte auf sein iPhone, als könnte da ein Name aufscheinen.

»Ihr Mann«, sagte er leise, »ja, Blaschek hatte jeden Grund, er war viel genialer als sie, aber er war zu schwach, zu labil, er stotterte, wenn er im Rampenlicht stand, doch Inkas beste Ideen stammten immer von ihm … Und vielleicht dieser Bursche, dieser junge, geile Becker … und die Deibler … Ja, die Deibler, die Inka bei den Proben immer wieder fertiggemacht hat – bis die von dem toten Kind angefangen hat, um sich zu verteidigen …«

Jan merkte auf. Birte sah, wie ihn förmlich die Anspannung durchzuckte. Susanne Deibler war so eine Art Freundin von ihm, nun, zumindest war sie die Freundin des toten Schriftstellers Gabriel Hagen gewesen.

»Erzählen Sie mir mehr von diesem Streit! Wieso wissen Sie davon?«, fragte Jan.

Herterich lächelte auf eine dunkle, bittere Art. »Von diesem Streit weiß jeder. Inka liebte es, Schauspieler fertigzumachen. Es war ihre Methode, Höchstleistungen zu erzielen: Einen griff sie sich immer heraus, den sie verhöhnte und antrieb, damit hielt sie auch die anderen auf Trab – die alte, brutale Schule. Diesmal war die Deibler dran – Macbeth. Alle Rollen waren mit Frauen besetzt. Als sie die Deibler wieder einmal verhöhnt hat, wie langsam und konventionell sie spiele, reinstes Stadttheater, hat die geschrien, mit Mördern kenne Inka sich ja aus, sie sei selbst eine Mörderin, habe ja ihr eigenes Kind getötet. Danach war es totenstill im Theater. Wortlos hat Inka die Probe verlassen. So etwas war ihr noch nie passiert. In mehr als zwanzig Jahren nicht.«

Herterich grinste. Irgendwie sah er aus, als hätte er wieder festen Boden unter den Füßen bekommen, indem er von Inka Boogs Niederlage erzählte.

Kein Wort mehr hatte er zu Blascheks Tod gesagt, fiel Birte auf. Dann klingelte ihr Telefon. Es war zwanzig vor sieben, stellte sie fest, bevor sie das Telefonat annahm.

Nele meldete sich; sie, die trotz ihrer Jugend gute, abgeklärte Seele der Abteilung, klang aufgeregt.

»Wir haben erst eben eine Meldung bekommen. Blascheks Wohnung ist ausgebrannt. Schon am frühen Nachmittag.«

16.

Er spürte seine Schwäche: weiche Knie, zitternde Hände. Die Gedanken an den toten Taxifahrer hatten ihn so verwirrt, dass er dringend eine Zigarette rauchen musste. Dann dachte er daran, Nora anzurufen. Es würde guttun, ihre sanfte, melodiöse Stimme zu hören. Sie würde ihn beruhigen. Danach könnte er auf dem Ostfriedhof nach dem Grab seiner Mutter suchen, und dann … Er würde Nora nur fragen, wie es ihren Bienen ginge, und ihr erklären, dass er zurückkommen würde. Ja, sie sollte sich keine Sorgen machen. Er müsste ein paar Dinge erledigen, bevor er zurück nach Berlin fahren könnte.

Vermutlich hatte Juri schon mit ihr gesprochen. Leider war Juri ein Mann, der Mittel und Wege fand, um alles herauszufinden.

Der größte Fehler seines Lebens war, dass er nach dem Tod des Taxifahrers zu Juri gelaufen war. Juri war schon zweiunddreißig gewesen, Juri war reich und brutal. Autos nach Polen und Russland zu verschieben war für ihn nur eine Kleinigkeit, doch welche Geschäfte Juri wirklich betrieb, hatte er nicht einmal geahnt.

Juri hatte ihn beruhigt. »Der Alte in dem Taxi war selbst schuld – du hast dich nur gewehrt. Aber vielleicht solltest du für eine Weile verschwinden, nicht sofort, damit es nicht wie eine Flucht aussieht, sondern in ein, zwei Wochen. Am besten gehst du nach Berlin. In Berlin kann ich dir Arbeit verschaffen.«

Wie dankbar war er Juri gewesen! Sein verdammter Vater hatte nicht ein Mal so verständnisvoll mit ihm geredet, wie Juri es getan hatte.

Arbeit in Berlin … Er hatte gedacht, er könnte in einer Autowerkstatt arbeiten oder vielleicht beim Renovieren helfen. Es gab viele Russen und Kasachen in Berlin.

Mit der Straßenbahn fuhr er nach Kalk. An der Post stieg er aus. Noch immer war er nervös, nervöser noch, als wenn er einen von Juris Aufträgen zu erfüllen hätte. Es war gar nicht so schwer, einen Menschen zu töten, vor allem, wenn man ihn nicht kannte – einerseits. Andererseits löschte man ein Leben aus, das vielleicht für andere eine Bedeutung gehabt hatte. Darüber hatte er nicht oft nachgedacht. Nachdenken war überhaupt nicht seine Stärke gewesen. Wodka, die Pferderennbahn, das Kaffee Burger, die Abende mit Juri und den anderen – das alles hatte ihm gereicht. Bis er Nora getroffen hatte.

Nora hätte nicht davon anfangen dürfen, von einem Kind zu sprechen. »Kannst du dir vorstellen, einmal ein Kind zu haben?«

Nein, über so etwas hatte er niemals nachgedacht. Er wollte sie anrufen – nur kurz ihre Stimme hören. Vor der Post gab es zwei öffentliche Telefone, ohne jede Kabine, nur zwei Säulen. Nichts für ein längeres Gespräch.

Er rauchte noch eine Zigarette, dann eine dritte. Er hatte schon das Gefühl, dass er sich verdächtig machte, weil er so um die Telefonsäulen herumschlich. War Juri schon in der Stadt? Er wusste es nicht. Dieser alte blaue Mercedes mit den Heckflossen war ein verdammt seltenes Auto.

Dann hob er den Hörer ab und wählte Noras Nummer. Es klingelte. Er schloss die Augen und stellte sie sich vor; es war halb zwei. Sie stand in den Prinzessinnengärten in ihrem Container und gab das Essen aus – bei schönem Wetter kamen manchmal hundert Leute, um zwischen den Bäumen zu essen.

Dann vernahm er ihr wohlklingendes »Ja?«. Sie wirkte nicht abgehetzt, sondern ganz entspannt, als wäre sie schon an den Bienenkörben.

Er atmete tief ein.

»Hallo?«, hörte er ihre Stimme. Dann fragte sie: »Boris, bist du das? Bist du in Gefahr?« Noch immer kannte sie seinen richtigen Namen nicht.

Abrupt legte er auf. Das Herz schlug ihm bis zum Hals. Bist du in Gefahr? Wieso fragte sie das?

Er hatte Tränen in den Augen. Juri wusste nichts von Nora – darauf hatte er geachtet. Doch wenn sie ihn vielleicht gesucht hatte und dabei Juri über den Weg gelaufen war?

Eine Träne lief ihm über die Wange. Für einen Moment kam er sich wie der kleine, ängstliche Junge vor, der er gewesen war, als seine Eltern mit ihm nach Köln gezogen waren. Wie oft hatte seine Mutter ihn trösten müssen, weil er die Sprache der anderen Kinder nicht verstanden hatte!

Als er die Kalker Hauptstraße hinaufblickte, bemerkte er einen alten Mann in einer blauen Joppe und einer grauen Mütze, der mit einer Plastiktüte in der Hand die Straße hinunterkam. Sein Vater hatte sich so ähnlich bewegt, leicht schlurfend, mit vorgebeugtem Oberkörper, um den ewigen Rückenschmerzen zu entgehen, aber dieser Mann war viel älter, er trug eine Brille, und man sah ihm an seiner roten, blutunterlaufenen Nase schon von Weitem an, dass er Alkoholiker war. Außerdem war dieser Mann viel dünner als sein Vater.

Doch dann blieb ihm das Herz stehen. Der Mann schaute ihn an, stirnrunzelnd und zweifelnd. Im letzten Moment wandte er sich ab und wusste doch, dass er seinen Vater gesehen hatte: einen alten, gebrochenen Alkoholiker, der anscheinend nur flüssige Nahrung zu sich nahm.

»Alexander, komm her!«, hörte er in seinem Kopf die heisere Stimme seines Vaters. »Wir haben alle Hunger – es gibt Beschbarmak. Hammel magst du doch.« Nur dieses eine Gericht beherrschte sein Vater, und es war immer eine Art Wiedergutmachung, nachdem er um sich geschlagen und geschrien hatte. Beschbarmak – noch heute wurde ihm übel, wenn er nur an den Geruch dachte.

Er ging zum Eingang der Post, eilig und so, als hätte er dort etwas zu erledigen. Mit klopfendem Herzen wartete er auf den Ruf, darauf, dass sein Vater ihn erkannt hatte. Fünf Schritte, mehr hatte sie nicht getrennt.

Erst am Eingang zur Post wagte er sich umzudrehen. Sein Vater hatte sich nicht von der Stelle gerührt, vorgebeugt stand er da, doch nun war er nicht mehr allein.

Ein großer, muskulöser Mann in einem weißen Hemd und mit einer protzigen Sonnenbrille hatte sich vor ihn postiert und hielt ihn am Ellenbogen fest. Sein Vater versuchte, den Fremden abzuschütteln. Unwillig verzog er das Gesicht, dann jedoch hielt er inne, und sein faltiger Mund verzog sich und sprach dann unsicher und fragend einen Namen aus. Juri lächelte und klopfte dem alten Mann kumpelhaft auf den Rücken. Beide lachten plötzlich, und einen Moment später umarmten sie sich wie alte Freunde, die sich lange nicht gesehen hatten.

Von seinem Posten an der Tür aus beobachtete Alexander alles – es war, als liefe ein langsamer Film vor seinen Augen ab. Juri war zurück, weil er ihn suchte, und nun nahm er sich seinen Vater vor.

Er konnte erkennen, dass sein Vater noch immer lächelnd und völlig arglos den Kopf schüttelte. Man musste kein Hellseher sein, um zu verstehen, was das bedeutete: Alexander? Nein, den habe ich schon eine Ewigkeit nicht mehr gesehen!

Dann griff Juri in die hintere Tasche seiner Jeans und holte ein Stück Papier hervor, das er seinem Vater reichte. Mit wirrem Blick, offensichtlich ratlos, was er damit anfangen sollte, blickte der Alte auf das Papier. Dann schob er es Juri zurück, doch der wollte es nicht, wie seine heftige Geste verriet. Steck es ein, hieß diese Geste, behalt das Papier! War es Geld, das er dem Vater zusteckte, hundert Euro für eine Auskunft?

Sosehr Alexander sich anstrengte, er konnte es nicht erkennen. Leutselig klopfte Juri seinem Vater noch einmal auf den Rücken, dann eilte er zu einem weißen SUV, der auf dem Radweg geparkt war, stieg ein und gab Gas. Auf seinem Gesicht hatte eine tiefe Zufriedenheit gelegen. Alexander kannte diesen Ausdruck: So blickte Juri immer, wenn er ein gutes Geschäft gemacht hatte.

17.

Was für ein verdammter Sonntag! Schiller versuchte Carla zu erreichen, erst auf ihrem Handy, dann rief er in der Wohnung an, doch niemand hob ab. Er stellte sich vor, wie sie in ihrem schwarzen Mantel und mit Sonnenbrille durch die Straßen lief, vielleicht in Richtung Melatenfriedhof, um sich Hagens Grab zu nähern, ein einsames Geistwesen. Aber noch schlimmer als diese Vorstellung war, dass er sich für ihren Zustand verantwortlich fühlte.

Therese hatte recht: Er war nicht da. Er jagte einem Mörder hinterher, der offenbar beschlossen hatte, sie zum Narren zu halten, und er beging dabei Fehler über Fehler. Während sie sich von Herterich sein halbes Leben hatten erzählen lassen, war der Täter losgezogen, um seine Spuren zu verwischen. Darum ging es bei diesem Brand – Schiller war sich da absolut sicher.

Die Moltkestraße um Blascheks Haus war noch immer abgesperrt. Zwei Feuerwehrwagen standen vor dem Haus. Unschwer war auszumachen, wo das Feuer getobt hatte. Drei Fenster in der dritten Etage waren zerstört, die Wände im Innern waren voller Ruß, ein wenig Rauch drang noch auf die Straße. Der Brand war aber schon vor einiger Zeit gelöscht worden.

»Wir haben nicht richtig nachgedacht«, sagte Birte. »Blaschek hatte nicht nur den Hotelschlüssel, sondern auch die Schlüssel für die Wohnung bei sich.«

Schiller machte keine Anstalten auszusteigen. Zwei Feuerwehrleute kamen aus dem Haus, einer schleppte ein Atemgerät.

»Wahrscheinlich hatte er auch sein Handy und seine Geldbörse dabei.« Die eigentliche Frage war jedoch, wer solche Nerven hatte, dass er einen Menschen erschoss, ihm die Schuhe abnahm und dann seine Schlüssel stahl, um seine Wohnung anzustecken.

Birte stieg schließlich aus, und Schiller folgte ihr zögernd. Einmal mehr spürte er, dass sie nichts anderes taten, als sich von einem Ort zum anderen durch die Stadt hetzen zu lassen. Er hasste diesen Tag. Als sein Mobiltelefon summte, glaubte er, Carla habe ihm eine SMS geschickt, doch es war zu seinem Erstaunen Broder, der sich meldete.

»Ja, ein Mann war vor deiner Tür, groß, mit kurzen dunklen Haaren. Ist sofort abgehauen. Aber sorry – nicht er, ich habe bei dir geklingelt. War nur ein Spaß! Grüße – Bro.« Offenbar hatte Therese mit ihm gesprochen.

Schiller überlegte, ihn anzurufen und ihm zu sagen, was Carla von diesem Spaß gehalten hatte, aber dann ließ er es. Sie hatten nun andere Dinge zu tun.

Birte redete mit einem Feuerwehrmann, dem sie zuvor ihren Ausweis gezeigt hatte. Schiller beobachtete, wie der Mann den Kopf schüttelte, das Wort »Brandbeschleuniger« fiel, während er weiter auf den Eingang zulief.

Eines zeigte diese Aktion: Der Mörder war sich nicht sicher, ob nicht etwas in der Wohnung auf ihn hindeutete. Wieso hatte Inka Boog eine Waffe besessen? Und warum hatte Blaschek Birte sprechen wollen? Wenn sie diese Fragen klärten, würden sie dem Täter ganz nahekommen.

Aus dem Augenwinkel registrierte Schiller, dass ihn jemand forschend ansah, von irgendwo auf der anderen Straßenseite. Dieses Gefühl, beobachtet zu werden, wurde er schon seit Tagen nicht los. Er suchte nach einem bekannten Gesicht, doch da war niemand, der sich besonders für ihn zu interessieren schien; Passanten, die mit einer beiläufigen Neugier herüberschauten, Fahrradfahrer, die sich die eigentlich gesperrte Straße entlangschlängelten, eine Frau, die einen Rollstuhl schob.

Die Frau wandte sich kurz um, und da erkannte Schiller sie: Barbara Stahl, Carlas Therapeutin, nickte ihm kurz zu, dann beugte sie sich zu einer alten Frau vor, die in dem Rollstuhl hockte und mit regloser Miene vor sich hin starrte. Für einen Augenblick glaubte er, dass auch Carla in der Nähe sein müsse.

Plötzlich berührte ihn Birte an der Schulter.

»Es war niemand in der Wohnung«, meinte sie. »Der Täter war offenbar in Eile. Die Feuerwehrleute haben einen geschmolzenen Benzinkanister im Flur gefunden. Wenn eine Nachbarin das Feuer nicht sofort bemerkt hätte, wäre vermutlich das ganze Haus abgebrannt.«

Schiller nickte. Er war müde und schlecht gelaunt. Das Auftauchen der Therapeutin war wie ein Vorwurf; er sollte sich um

Carla kümmern, statt hier herumzustehen. Immerhin konnte er ihr sagen, dass Broder, dieser Idiot, sie aufgeschreckt hatte.

Birte deutete auf den Briefkasten an der Hauswand. »Wir haben vergessen, uns Blascheks Post anzuschauen. Der Kasten ist voll.«

Sie baten einen Feuerwehrmann, den Briefkasten aufzuhebeln. Vier Zeitungen steckten in dem Fach, zwei Ausgaben der Süddeutschen und zweimal der Stadt-Anzeiger, dazu ein Schreiben von der Deutschen Bank sowie ein Brief von einer Friedhofsgärtnerei Stranzl am Westfriedhof München, Dantestraße, der an Herrn Edgar Blaschek adressiert war.

»Ein Friedhofsgärtner aus München?« Birte schien verwundert. »Kommt Inka Boog nicht aus München? Vielleicht geht es um die Grabpflege für ihre Eltern.«

Schiller überlegte, den Brief zu öffnen. »Oder um ihre Tochter Merle – aber wieso ist der Brief dann an Blaschek adressiert?«

Birte gab keine Antwort, im nächsten Moment klingelte Schillers Handy. Er wappnete sich dafür, Carla zu hören, ihre leisen, unterschwelligen Vorwürfe, doch die angezeigte Nummer kannte er nicht.

Eine Frau schluchzte, dann hauchte sie einen Namen. Sie hatte einen schweren osteuropäischen Akzent. Olga Donzowa hatte erfahren, dass Blaschek tot war.

Schiller war noch nie in einem Dominastudio gewesen. Olga Donzowa empfing ihn in einem roten Trainingsanzug, den sie sich bis zum Hals hochgezogen hatte, sodass man ihr Tattoo nicht sehen konnte. Sie war nicht geschminkt und wirkte bleich und krank. Ihr schwarzes Haar hatte sie hochgesteckt. Sie lief barfuß, ihre Zehen waren in einem leuchtenden Rot lackiert. Sie lächelte gequält, als sie ihn ansah.

»Jemand von der Zeitung hat mich angerufen – er wollte etwas über Blaschek wissen«, sagte sie und bedeutete Schiller einzutreten.

Jemand von der Zeitung? Offenbar war also schon bekannt, dass Blaschek eine besondere Vorliebe gehegt hatte.

»Sonntag habe ich keine Gäste – da putze ich das Studio«, fuhr Olga Donzowa fort und zuckte entschuldigend die Schultern.

Über knarrende Dielen durchquerte Schiller einen kleinen Flur und gelangte dann in einen Raum ohne Tageslicht, der von verdeckten Leuchten nur schwach erhellt wurde.

»Am besten setzen wir uns in die Küche«, erklärte die Domina. Sie ging mit schnellen Schritten voraus.

An einer Wand hing ein Andreaskreuz, und vor einem Stuhl, der aussah, als hätte ein Gynäkologe ihn versehentlich hier abgestellt, waren drei Schaufensterpuppen aufgebaut, die mit verschiedenfarbigen Perücken versehen waren und die alle enge Lederkleidung trugen.

»Meine Vorführmodelle«, meinte Olga Donzowa. »Die Gäste können sich aussuchen, ob sie von einer blonden, brünetten oder rothaarigen Frau behandelt werden wollen.«

Plötzlich fing sie an zu schluchzen. Tränen traten in ihre großen braunen Augen, und für einen Moment wirkte sie wie ein alt gewordenes Kind.

Schiller hätte ihr gern ein paar tröstende Worte gesagt, aber irgendwie passte Trost nicht in diese Räumlichkeiten. In einer Ecke entdeckte er eine ganz mit Leder überzogene Streckbank, an der Wand dahinter hingen verschiedene Gerten und drei schwarze Masken sowie silberfarbene Handschellen.

Wie kommt eine Frau auf die Idee, ihr Geld damit zu verdienen, dass sie Männer quält?, fragte er sich.

Olga Donzowa öffnete eine Tür, die in der schwarzen Wand kaum zu erkennen war, und seufzte. Im Raum hinter dem Studio befand sich ein Sofa, vor dem ein Fernseher stand. Eine Art Warteraum, mutmaßte Schiller.

Olga drehte sich zu ihm um.

»Ich weiß, was Sie jetzt denken. Wieso tue ich so etwas? Die Antwort ist einfach. Eine Freundin, die auch aus Sankt Petersburg kommt, hat mich überredet. Ihr gehört das Studio. ›Hier verdienst du gutes Geld‹, hat sie gesagt. ›Außerdem ist es bei manchen Männern sicherer, wenn noch jemand da ist. Dann sitzt eine von uns hier und sieht zu.‹«

Tatsächlich, durch ein Fenster in der Tür konnte man in das Studio blicken.

Olga war schon weitergegangen. Eine winzige, geschmackvoll

eingerichtete Küche schloss sich an. Drei alte Holzstühle, ein Tisch sowie eine Küchenzeile.

»Sie trinken Kaffee, nicht wahr?«, fragte Olga und hantierte an einer Espressomaschine, wie man sie in teuren Restaurants fand.

Schiller nickte. Er zog einen Stuhl heran und nahm Platz. Ein lang gestrecktes Fenster oben an der Wand wies in den Hof hinaus. Mülltonnen waren zu sehen und zwei Fahrräder.

Olga schob ihm eine Tasse hin und setzte sich. Sie fuhr sich durch das gefärbte schwarze Haar und griff nach Zigaretten, die als einziges weiteres Utensil neben einem vollen Aschenbecher auf dem Tisch lagen.

»Ich weiß, dass das alles merkwürdig ist«, sagte sie. »Das mit Edgar und mir, aber …« Sie schwieg einen Moment und steckte die Zigarette an. »Er war der einzige Gast, auf den ich mich immer gefreut habe. Er war selbst eine verletzte Kreatur. Er hat in mir etwas anderes gesehen … etwas, das …« Sie verstummte erneut und inhalierte tief. »Wer hat ihn umgebracht? Ich verstehe das nicht.«

Ihr Akzent wurde noch schwerer. Sie starrte Schiller beinahe vorwurfsvoll an.

»Haben Sie eine Ahnung, vor wem Blaschek Angst hatte?«, fragte er.

»Wie ich – vor allem und jedem. Vor allem vor seiner Frau … Er hat sie verflucht, aber irgendwie konnte er nicht ohne sie sein. Sie war das Theater, und das Theater hat er geliebt.« Sie nahm wieder einen tiefen Zug. »Er ist hierhergekommen, um sich für etwas zu bestrafen, was er getan hatte … vor vielen Jahren. Einmal hat er mir gestanden, dass er nur hier Erregung verspüren kann, sonst nicht, nur über Schmerzen, aber er war kein Perverser, nur ein Geschlagener. Hinterher haben wir uns über Theater und Filme unterhalten, nein, eigentlich hat nur er geredet. Er war sehr klug und kannte auch viele russische Dichter. Tschechow, Gorki und Puschkin … Einmal hat er mir Puschkin vorgelesen. Wenn ich keinen Gast mehr hatte, haben wir stundenlang in der Küche gesessen. Nur er durfte hier herein. Polina hat es nicht gerne gesehen, aber ich wollte es so.«

Polina war offensichtlich die andere Domina.

»Genaueres hat er nicht gesagt – was er damals getan hat, für das er sich bestrafen musste?«, fragte Schiller. Er blickte auf sein Handy – sinnigerweise gab es hier keinen Empfang.

»Eine Jugendsünde, die sein Leben verändert hat – so hat er es einmal ausgedrückt, aber richtig darüber sprechen wollte er nicht. Am liebsten wurde er gepeitscht – auf den Rücken. Haben Sie sich seinen Rücken einmal angesehen?«

Schiller schüttelte den Kopf.

»Er war ein kultivierter Mann ... Ich würde mein ganzes Geld geben, wenn man seinen Mörder fangen würde.« Wieder begann Olga Donzowa zu schluchzen.

Schiller trank seinen Kaffee aus. »Wissen Sie, warum er Sie am Samstagabend in seine Wohnung bestellt hat?«

»Er war nervös und wollte, dass ich ihm bei etwas helfe. Ich glaube, er hatte richtig Angst, allein in seine Wohnung zu gehen. Vielleicht wollte er auch, dass ich die Nacht bei ihm blieb. Wir haben nie eine Nacht zusammen verbracht.« Tränen traten ihr in die Augen, die sie sofort wegwischte. »Hundertzwanzigtausend Euro«, sagte sie, »so viel Geld habe ich. Hilft das, den Mörder zu finden?«

»Nein«, sagte Schiller. »Den Mörder finden wir auch ohne Ihr Geld.«

Es war Sonntag, erinnerte er sich, ein schöner Sonntag im September. Auf seinem Schreibtisch im Präsidium würde sich die Arbeit türmen – Aussagen von Leuten aus dem Theater, die Cremer mit drei Kriminalassistenten eingesammelt hatte, vielleicht wussten sie schon, mit welcher Waffe Blaschek getötet worden war, auch die Auswertung der Handys von Inka Boog und Blaschek mochte schon vorliegen. Nele war ein Wunder an Effizienz; außerdem musste er seinen Bericht zur Befragung von Herterich abfassen. Und was war mit dem Schreiben der Friedhofsgärtnerei in München? Birte hatte den Brief mitgenommen. Überhaupt, das tote Mädchen, die Tochter Inka Boogs – wie passte sie ins Bild? Sie wussten immer noch nicht, wer ihr Vater gewesen war. Und was konnte hinter Blascheks Jugendsünde stecken? Hatten Inka Boog und er deshalb Angst gehabt? Wegen einer Jugendsünde? Nein, das war höchst unwahrscheinlich.

Schiller hielt bei einem Asiaten am Ring und ließ sich ein paar Sommerrollen einpacken. Während er wartete, versuchte er Birte zu erreichen, doch sie ging nicht ans Telefon; auch Cremer meldete sich nicht. Er hatte sich endgültig von seiner Frau getrennt und hatte angeblich eine neue Freundin, die er über das Internet kennengelernt hatte – offenbar gab es eine Partneragentur, bei der man Kölsch sprechen konnte.

Es war bereits dunkel, als Schiller seinen Wagen in der Sülzburgstraße abstellte. Carla erwartete ihn in der Küche. Sie trug die überdimensionale Sonnenbrille und ihren schwarzen Mantel.

»Warst du am Grab?«, fragte er. »Bist du gerade zurückgekommen?«

Sie schüttelte den Kopf. »Ich habe auf dich gewartet. Wir können jetzt gehen.« Carla lächelte. Ihr roter Lippenstift glänzte. Sie war noch immer schön. Er beugte sich vor und küsste sie auf den Mund.

»Ich kann an nichts anderes mehr denken«, sagte sie. »Nur an Hagen und dass ich den dunklen Zauber bannen muss.«

Schiller nickte. Der Friedhof würde längst abgeschlossen sein, aber es gab genügend Stellen, wo man über die Mauer springen konnte. Nach einer Feier vor vielen Jahren waren Carla und er eine halbe Nacht lang auf dem Friedhof spazieren gegangen.

Die Sommerrollen aßen sie im Auto. Carla hatte ihre Brille abgenommen und fütterte ihn, und für ein paar Momente trat Vertraulichkeit zwischen ihnen ein.

»Ich habe Hagen einen Brief geschrieben«, sagte sie, als er in die Einfahrt zum Rechtsmedizinischen Institut bog, das genau an der Friedhofsmauer lag und vom Melatengürtel nicht einzusehen war. »Den Brief werde ich ihm dalassen, und dann … dann wird es mir besser gehen. In zwei Wochen will ich wieder arbeiten … habe ich auch der Therapeutin mitgeteilt.«

Schiller war versucht zu sagen, dass er die Therapeutin mit einer alten Frau gesehen hatte, aber irgendwie hatte er das Gefühl, dass Carla es nicht schätzte, wenn er von ihr sprach. Also rückte er wortlos eine große Mülltonne zurecht, damit sie über die Mauer springen konnten. Er war überrascht, wie flink Carla trotz ihres Mantels war. Während er sich anstrengen musste, machte ihr ein Sprung über eine fast zwei Meter hohe Mauer nichts aus.

Carla hatte eine Taschenlampe dabei, die sie aber nicht benötigten, da der Himmel klar war und ein fast runder Mond schien. Sie ergriff seine Hand und drückte sich an ihn. Sie kannte den Weg, weil sie schon mehrfach versucht hatte, sich dem Grab zu nähern. Eigentlich fanden keine Begräbnisse von Juden mehr auf dem Melatenfriedhof statt, aber Hagen hatte nirgendwo anders bestattet werden wollen, und als Schriftsteller war er in Köln eine kleine Berühmtheit gewesen.

Schiller spürte, wie Carla sich unvermittelt versteifte. Plötzlich waren sie an Hagens Grab angelangt, ohne dass Schiller es bemerkt hatte. Kein Kreuz ragte aus der Erde hervor, ein grauer Stein lag da, in dem seine Initialen eingraviert waren. GH – Gabriel Hagen.

Carla sank auf die Knie, dann hob sie den Stein und legte ihren Brief darunter. Sie neigte kurz den Kopf. Einen Moment später schaute sie Schiller an. In ihren grünen Augen stand ein kleines Licht. Es war viel einfacher gewesen, als sie angenommen hatte.

»Ich habe es geschafft«, flüsterte sie und küsste ihn auf den Mund.

Schiller nickte, dann sah er aus den Augenwinkeln eine Bewegung, die ihn erschrecken ließ. Ein Fuchs trabte in aller Seelenruhe über den Weg und verschwand im Dickicht. Doch noch etwas anderes registrierte Schiller: ein Windspiel, das sich mit leisen Klängen drehte.

»Die Kindergräber«, flüsterte Carla. »Bis dahin habe ich es das letzte Mal geschafft.«

Schiller ließ ihre Hand los und schritt den schmalen Weg entlang. Es verwunderte ihn, wie viel Gleichgültigkeit er empfand. Hagens Tod hatte ihn erschreckt, der Schrecken war jedoch längst vorbei; er hatte sich allerdings auch keine übermäßige Schuld an dessen Tod gegeben.

Der Stein, auf den sein Blick fiel, war hellblau, wie das Meer an einem Sonnentag. Das Windspiel drehte sich, und die Musik, die es machte, klang so leise und zerbrechlich, als wäre sie nur für die Toten da, die hier ihre letzte Ruhe gefunden hatten. »Merle«, las er. Nur dieser Name stand auf dem Stein, doch davor, in einem festen Bronzerahmen, steckte das Bild eines vielleicht vierzehnjährigen Mädchens, das traurig vor sich hinstarrte.

Carla drückte sich an ihn. Die Erleichterung, dass sie ihre Aufgabe erledigt hatte, war ihr deutlich anzumerken. »Sie ist es, nicht wahr?«, fragte sie flüsternd. »Inka Boogs Tochter.«

Schiller nickte. »Vermutlich ist sie der Grund für die beiden Morde«, sagte Schiller. »Ja, hier liegt Inka Boogs Tochter begraben.«

18.

Birte Jessen hatte keine Ahnung, wo sie in der Nacht schlafen sollte. Wie sollte sie in ihre Wohnung kommen? Niemals mehr durch die Vordertür. Blaschek war getötet worden, weil er mit ihr hatte sprechen wollen. Sie beobachtete, wie der vorletzte Feuerwehrwagen abzog, und für einen Moment kam sie sich absolut verloren vor. Jan war zu Olga, der Domina, gefahren, und sie hatte sich vorgenommen, Susanne Deibler aufzusuchen, die sie offensichtlich belogen hatte, was ihren Streit mit Inka Boog anging.

Lars, dachte sie plötzlich, ich könnte zu ihm fahren – eine Nacht noch bei ihm verbringen. Nein, sie musste diesen Gedanken abschütteln. Was sollte das? Er hatte eine Frau und ein Kind.

Als ihr Mobiltelefon klingelte, war sie sicher, dass er sie anrufen würde, weil er von dem Mord an Blaschek erfahren hatte, doch es war Hinrichs.

»Tut mir leid, was vor deiner Haustür passiert ist«, sagte er und klang ungewohnt warmherzig und mitfühlend. »Ich konnte mich erst jetzt bei dir melden. Ich war mit dem Motorrad unterwegs – eine Tour durch die Eifel, um den Kopf freizubekommen.« Er räusperte sich. »Morgen früh müssen wir eine Pressekonferenz geben. Die Anfragen türmen sich, und Fitschen ist nicht amüsiert. Der Präsident will auch über alles unterrichtet werden.«

»Wir arbeiten so viel, wie wir können«, erwiderte Birte unfreundlicher, als sie eigentlich wollte.

»Wenn ich etwas für dich tun kann …«

»Nein, kannst du nicht«, sagte Birte, und plötzlich dachte sie daran, Hinrichs zu verletzen, indem sie ihm erzählte, wo sie die letzten beiden Nächte verbracht hatte. Vielleicht wäre ihre Karriere bei der Kölner Polizei dann zu Ende, aber gleichzeitig wäre sie ihn vermutlich für immer los.

»Habt ihr euch um die anderen Morde gekümmert?«, fragte er vorwurfsvoll. »Die Barfuß-Morde?«

»Ja«, sagte sie, obwohl es nicht stimmte. »Ich habe jetzt einen Termin«, fuhr sie fort und legte auf.

Susanne Deibler wohnte in einem unscheinbaren Mietshaus neben der Synagoge in der Roonstraße. Jan hatte ihr diesen Besuch überlassen, weil er mit der Schauspielerin zu gut bekannt war.

Ein alter, grauhaariger Mann öffnete ihr – der Ehemann, wie sie von Jan wusste.

Argwöhnisch, mit zusammengekniffenen Augen, betrachtete er den Ausweis, den sie ihm hinhielt.

»Meine Frau ist nicht zu sprechen«, erklärte er barsch.

»Ich habe nur eine kurze Frage, wird nicht lange dauern«, erwiderte Birte ungerührt, doch der Alte machte keine Anstalten, sie eintreten zu lassen.

»Es wäre besser, wenn Sie morgen wiederkämen oder am besten gar nicht.« Von oben herab blickte er sie an, ein strenger Greis, der es gewohnt war, anderen Furcht einzuflößen. Wahrscheinlich war er ebenfalls Schauspieler gewesen – mit dem Spezialgebiet, Offiziere und Oberlehrer darzustellen. »Meine Frau ist von den Vorkommnissen rund um das Theater sehr angegriffen. Sie wird ärztliche Hilfe in Anspruch nehmen müssen.«

Birte zuckte mit den Schultern. »Ich würde Ihre Frau ungern mit einem Wagen abholen und aufs Präsidium bringen lassen«, sagte sie.

In der Wohnung wurde eine Tür geöffnet. Eine weibliche Stimme fragte: »Wer ist da gekommen, Heinrich?« Dann näherte sich eine Gestalt, doch es war nicht Susanne Deibler, sondern Lars Becker. Sein Haar war noch zerzauster als sonst. Verlegen wischte er sich eine Strähne aus dem Gesicht.

»Hallo«, sagte er leise. »Dachte mir doch, dass ich Ihre Stimme gehört habe.«

Birte war ihm dankbar, dass er sie siezte. »Was machen Sie hier?«, fragte sie und bemerkte, wie atemlos sie klang. Nun tauchte auch Susanne Deibler im Flur auf.

Ihr rötliches Haar war zurückgekämmt und feucht; sie trug einen Bademantel und wirkte völlig ungeschminkt zehn Jahre älter.

»Ich habe von Blascheks Tod erfahren«, erwiderte Lars Becker. »Es war ein Schock, da habe ich Susanne angerufen … Wir sind ja Kollegen«, fügte er hinzu, als würde er Birte damit etwas Neues mitteilen.

Susanne Deibler schob ihren Mann zur Seite. »Kommen Sie

herein«, sagte sie freundlich. »Ich weiß schon, warum Sie mich sprechen wollen.«

Birte wurde in eine düstere, altertümliche Küche geleitet; dunkle Holzmöbel, ein schwerer Tisch mit Marmorplatte. Zwei Gläser Rotwein standen neben einem Aschenbecher, in dem noch eine Zigarette brannte. Lars schien doch schon einige Zeit hier gewesen zu sein. Er griff nach der Zigarette und setzte sich.

»Tut mir leid«, sagte er und fuchtelte mit den Händen. »Ich bin furchtbar nervös. Warum hat jetzt jemand auch noch Blaschek getötet und noch dazu …« Vor deiner Haustür, wollte er sagen, wie Birte unschwer erriet, doch er verstummte rechtzeitig.

Susanne Deibler wies ihr den dritten Stuhl zu. Ihr Ehemann war ihnen nicht gefolgt. Irgendwo in der Wohnung erklang klassische Musik. Ein Violinkonzert von Bach, wenn Birte sich nicht täuschte.

»Es gibt wohl ein paar Ungereimtheiten«, begann Susanne Deibler und griff wie selbstverständlich nach den Zigaretten, die offensichtlich Lars gehörten. »Wir haben die Polizei nicht in alles eingeweiht. Meinen offenen Streit mit Inka bei der ersten großen Probe, die Drohungen gegen sie … Herterich hat mich nach Ihrem Gespräch angerufen. Wirklich nett von ihm, wenn er mich schon denunziert.« Ironie schlich sich in ihren Tonfall, die aber sofort wieder verschwand. »Und dann Lars …« Sie verstummte und steckte sich eine Zigarette an. Birte fielen die vielen Altersflecken auf ihren Händen auf.

Lars fuhr sich durch sein zerzaustes Haar. Er wirkte noch verlegener, oder vielleicht spielte er diese Verlegenheit lediglich, führte sie vor, um Birte zu beeindrucken. »Ich … ich habe nichts von der Verurteilung gesagt, aber ich dachte, die Polizei würde es ja ohnehin herausfinden … Zehntausend Euro musste Inka mir vorschießen – weil man mich zu fünfzig Tagessätzen verurteilt hatte. Wegen unerlaubten Besitzes von Cannabis. Sie hatte mich in der Hand. Ein Wort von ihr, und alle hätten davon erfahren.«

Birte nickte. Wäre damit seine Karriere am Ende gewesen? An einem staatlichen Theater vielleicht schon.

»Und Ihre Affäre?«, fragte sie und starrte Lars an. »Hatte Inka Boog Sie dazu gezwungen?«

Lars zögerte, als müsse er herausfinden, welchen Hintergrund diese Frage hatte. Ja, warum hatte Birte sie überhaupt gestellt? Ging es um den Fall oder in Wahrheit um etwas ganz anderes?

»Nein«, sagte er dann mit fester Stimme und begegnete ihrem Blick, ohne mit der Wimper zu zucken. »Inka hat mir in einem schweren Moment Halt gegeben. Sie hat mich zu nichts gezwungen.«

In der Wohnung erklang eine schrille Klingel, die Susanne Deibler aufschrecken ließ. Ruckhaft wandte sie sich zur Tür um. »Erwarten Sie Ihren Kollegen Schiller?«, fragte sie.

Birte schüttelte den Kopf. Die klassische Musik verstummte abrupt.

Ein paar Augenblicke später wurde die Tür zur Küche geöffnet, und ein Hüne mit langen, zurückgekämmten Haaren drängte an dem alten Deibler vorbei in den Raum. Rolf Wollschläger verzog das Gesicht. Er sah noch heruntergekommener aus als bei ihrer ersten Begegnung. Er schien nicht überrascht zu sein, Birte hier anzutreffen. Lars bedachte ihn mit einem wütenden Blick.

»Wer, verdammt, hat Blaschek erschossen?«, schleuderte er in den Raum hinein. Er trat wirklich wie ein Schauspieler auf, polternd und voller Präsenz. »Aber eines weiß ich: Susanne hat nichts damit zu tun.«

»Die Deibler hat absolut recht. Inka hat unsere Tochter umgebracht. Ich hasse sie, ich hasse sie wirklich.« Wollschläger hatte Birte mit der Aussage, Neuigkeiten zu haben, förmlich aus der Wohnung bugsiert. Er wollte mit ihr ins Restaurant im Chelsea gehen, einem Hotel eine Ecke weiter.

Birte ließ es geschehen – das Hotel interessierte sie. Sie war müde und würde ein Zimmer brauchen. Die nächste Nacht wollte sie jedenfalls nicht in ihrer Wohnung verbringen.

Voller Wut lief Wollschläger neben ihr her, er schnaufte, ein dröhnender, wütender Stier. »Sie müssen verstehen, mit wem Sie es zu tun haben«, rief er aus. »Wir sind alle Schauspieler, gottverdammte Schauspieler. Niemandem am Theater dürfen Sie vertrauen. Auch denen nicht, die nicht auf der Bühne herumspringen. Inka war auch eine Schauspielerin, und zwar eine verflucht gute, die alte Hexe. Sie hatte stets alles im Blick, die Schauspieler, die Techniker, aber auch das Publikum. Nur Blaschek … er war immer an der Sache interessiert … ein Idealist!« So wie Wollschläger es aussprach, war das Wort eine glasklare Beschimpfung. »Er wollte nicht im Rampenlicht stehen, aber alle anderen wollen es, jeden Augenblick, ein Pack von Egozentrikern, und sie tun alles dafür. Blaschek hatte keinen Arsch in der Hose. ›Nimm sie richtig ran!‹, habe ich ihm einmal gesagt. ›Lass dir nicht alles von diesem Miststück gefallen.‹ Aber er konnte es nicht. Er war ihr Kasper, ein Clown …«

Wollschläger führte sie am Arm über die Straße, ganz so, als könnte sie nicht allein gehen.

Wie hatte Inka Boog diesen Mann fertigmachen können?, fragte Birte sich. Er machte eher den Eindruck, als würde er alles und jeden niederwalzen können.

Mitten auf der Straße blieb er stehen. »Ich weiß, was Sie denken«, sagte er. »Ich kann Gedanken lesen. Ja, Inka war stärker als ich – mächtiger und skrupelloser. Schauspieler sind von Intendanten und Regisseuren abhängig, nicht umgekehrt – leider.«

Ein Sportwagen jagte vorbei und hupte mehrmals. Wollschläger hob verärgert den Arm.

»Arschloch!«, brüllte er so laut, dass sich Passanten umwandten.

»Was wollten Sie mir eigentlich mitteilen?«, fragte Birte, nachdem Wollschläger in das Restaurant gestürmt war. Forschend schaute er sich um, entdeckte dann einen freien Tisch und steuerte darauf zu. »Zwei Espresso!«, rief er dem Kellner zu, bevor er sich setzte.

»Ich will Ihnen sagen, dass Herterich ein Arschloch ist und die Deibler nichts mit dem Mord zu tun hat. Und ich will Ihnen sagen, wie Merle wirklich zu Tode gekommen ist.«

Birte fragte sich, wen Herterich alles angerufen hatte, aber von seinem Suizidversuch hatte er wohl nichts erzählt. Vielleicht hatte er vor allem wissen wollen, ob diese Nachricht schon durchgesickert war.

»Ist Merle nicht an Magersucht gestorben?«, fragte Birte.

»Nein«, sagte er. »Ist sie nicht. Wäre sie aber vielleicht.« Er wartete, bis der Kellner die beiden winzigen Espressotassen vor ihnen abgestellt hatte. Dann bedeutete er ihm zu gehen.

»Ich habe lange nicht gewusst, dass ich eine Tochter habe, erst als die Kleine sieben war und ich Inka beim Theatertreffen in Berlin begegnet bin. Sie war betrunken, da hat sie es mir gesagt, abends an der Bar im Deutschen Theater. Ich – eine Tochter! Ich hätte fast geweint. Ich war damals wieder solo – bin ich übrigens heute wieder. Na, egal. Klar wusste ich, dass Inka eine Tochter hat, aber ich dachte, sie wäre von Blaschek, dem Schlappschwanz. War sie aber nicht.« Er kippte den heißen Espresso hinunter. Dann lächelte er, ein hässliches nikotingelbes Lächeln. »Ich liebe Kaffee, trinke kaum noch Alkohol, obwohl ich manchmal gut einen Drink gebrauchen könnte.«

Birte schaute ihn forschend an. Dass er keinen Alkohol mehr trank, hielt sie für eine glatte Lüge. »Wie ist Ihre Tochter wirklich zu Tode gekommen?«

Wollschläger schüttelte den Kopf, als wollte er diese Frage nun doch nicht beantworten. »Als ich sie das erste Mal traf, war ich richtig nervös, schlimmer als vor jeder Premiere. Ich bin nach München gefahren, bin mit ihr in den Zoo gegangen, nicht sehr originell, ich weiß, aber mit Kindern kenne ich mich nicht so aus.« Plötzlich verstummte er und wischte sich über die Augen, als müssten da Tränen sein, aber da waren keine. »Haben Sie registriert, wie dünn Inka war? Mit fünfzig noch eine Topfigur – kann ich von mir nicht behaupten, aber ich bin ja auch schon dreiundfünfzig.« Er sah sich suchend um und bedeutete dem Kellner, noch einen Espresso zu bringen. »Die Kleine hat im Zoo nicht einmal ein Eis gewollt, ist mir erst später aufgefallen. Oft habe ich sie danach nicht gesehen, und ihr war wohl auch nicht ganz klar, dass ich ihr Vater war und nicht Blaschek. Jedenfalls hatte sie schon damals diesen Esstick, genau wie Inka. Sie ist dann ins Internat gekommen, da wurde alles noch schlimmer, irgendeine Eliteschule in der Schweiz, dann ging es nicht mehr, und sie kam hier in Rodenkirchen auf die Schule, Gesamtschule, war auch nicht das Richtige. Und Blaschek und Inka waren rund um die Uhr im Theater, haben gar nichts mitgekriegt. Und dann war es irgendwann so weit. Die kleine Merle ist in der Schule zusammengebrochen, akuter Schwächeanfall. Schon kritisch, aber nicht lebensgefährlich.« Wollschläger brach ab und blickte aus dem Fenster.

Ein Schauspielerblick, um die Spannung zu steigern, dachte Birte. Warum konnten diese Theaterleute nicht einfach eine Geschichte erzählen?

»Ich glaube, das Hungern war für die Kleine ein Liebesbeweis an ihre ferne Mutter«, fuhr Wollschläger fort. Er sah Birte an. »Merle wollte so sein wie ihre Mutter, nein, noch dünner, noch weniger essen.«

»Wenn Ihre gemeinsame Tochter nicht an der Magersucht gestorben ist«, fragte Birte, die allmählich ungeduldig wurde, »woran dann?«

»Sie hat sich aus dem Fenster gestürzt – nach dem Besuch ihrer Mutter«, erwiderte Wollschläger tonlos. »Hat ein offenes Fenster gefunden und fiel acht Etagen tief. Inka hat sie umgebracht.«

»Woher wissen Sie das?«

Wollschläger schlug mit beiden Fäusten auf den Tisch und riss den Kopf zurück, als hätte ihn sein eigener Wutausbruch überrascht. »Weil ich zehn Minuten später im Krankenhaus war. Ich habe unten gewartet, bis Inka weggefahren war.« Mit einer heftigen Bewegung griff er in seine Hosentasche und förderte eine Pistole zutage, eine SIG Sauer, wie Birte auf den zweiten Blick erkannte. »Ich habe mir diese Waffe besorgt, um Inka zu erschießen. Leider habe ich es nicht getan. Ich habe sie ihr nur unter die Nase gehalten, und das war das Ende meiner Karriere. Seitdem hat sie alles unternommen, dass ich keinen Job mehr kriege.«

19.

Er lief vollkommen orientierungslos über den Ostfriedhof. Großer Gott, er hatte keine Ahnung mehr, wo seine Mutter begraben lag. Der Friedhof war riesig, dazu ein halber Wald. Kaum hatte er ihn betreten, hatte er sich schon verirrt. Zehn Menschen waren damals nur zu der Beerdigung gekommen, ein trostloses Ereignis. Er war siebzehn Jahre alt gewesen und hatte wie ein Schlosshund die ganze Zeit geheult, während der Vater stumm, mit starrem Gesicht, dem Sarg gefolgt war. Die Mutter war an Heimweh und Kummer gestorben – da war er sich ganz sicher gewesen.

Verdammt, es wäre nun so wichtig gewesen, ihr Grab zu sehen und ein paar Worte mit ihr zu sprechen. Juri war in der Stadt, nicht mit seinem Mercedes, sondern mit einem protzigen SUV, und er hatte dem Vater etwas gegeben, ein weißes Stück Papier. Kein Geld, doch was konnte es gewesen sein? Sosehr er nachdachte, er kam nicht darauf. Er würde den Vater aufsuchen müssen, aber vielleicht rechnete Juri genau damit. Vielleicht hielt er die Wohnung des Vaters im Auge, um ihn zu fassen.

Alexander war verwirrt, und die Gräber machten ihn noch trauriger. Nach fast einer Stunde gab er seine Suche auf. Er hatte Mühe, zum Mauspfad zurückzufinden. Er musste mit jemandem reden. Nora fiel ihm ein, immer wieder Nora. Oder nein, er war doch nach Köln zurückgekehrt, um mit Jan Schiller zu sprechen, mit dem Polizisten, der ihn damals, nach dem Mord an dem Taxifahrer, verhört hatte. Juri hatte ihn aufgefordert, um keinen Verdacht zu erregen, am nächsten Abend wieder mit ihm in die Kneipe an der Leyendeckerstraße zu gehen. Er war so nervös, dass er sich fast in die Hose geschissen hätte. Sein Magen rumorte ohne Unterlass, doch äußerlich war er ruhig geblieben. Erst später hatte er begriffen, dass Juri ihn auf die Probe stellte – ob er wirklich Nerven genug für gewisse Aktionen hatte.

Die Polizei war schon da gewesen, drei Kriminalbeamte, die sich unter die Gäste gemischt hatten. Jan Schiller hatte sich sofort an ihn herangemacht, er hatte auch gewusst, dass Alexander schon am Vorabend in der Kneipe gewesen war. Zum Glück hatte Alexander das Taxi nicht gerufen, sondern eine Frau, die dann viel zu betrunken gewesen war, um den Laden noch auf zwei Beinen zu verlassen. Pöbelnd war der Taxifahrer aus dem Lokal geschlurft; er hatte niemanden mitnehmen wollen, der ihm seinen Wagen vollkotzen würde.

»Haben Sie den Fahrer gesehen?«, hatte Jan Schiller gefragt. Mit seinen blauen Augen hatte er ihn argwöhnisch gemustert. Für einen Moment hatte Alexander sich durchschaut gefühlt.

»Glaub schon«, hatte er gesagt. »So ein dicker Mann mit hässlichen Augen.« Eine gute Antwort, wie er selber fand.

»Und wann haben Sie die Kneipe verlassen?« Schiller hatte nicht lockergelassen.

»Mit Juri«, hatte er gesagt, und Juri hatte genickt und war herübergekommen, um seinen Arm um ihn zu legen.

»So?« Schiller war nicht überzeugt gewesen. »Gibt es noch weitere Zeugen?«

»Ja, Karl, der Wirt«, hatte Juri erwidert, bevor Alexander etwas sagen konnte.

»Ich würde Sie gerne nach Hause fahren«, hatte Schiller da gesagt und ihn angeschaut. »Nur Sie – nicht Ihren Trinkkumpan.«

Alexander hatte genickt. Nach Hause fahren, nach Kalk zu seinem Vater – warum nicht?

Auf der Fahrt hatte Schiller fast wie ein Freund mit ihm geredet, über Autos, Mädchen und Fußball und über Kasachstan, und gefragt, ob er sich nicht fremd in Köln fühle. Natürlich war das eine Polizistenfreundlichkeit gewesen, trotzdem hatte ihre Unterhaltung ihm gefallen. Bereitwillig hatte er ihm sein Zimmer gezeigt. Sein Vater war zum Glück nicht da gewesen.

»Dieser andere«, hatte Schiller gesagt, während er sich in seinem einfachen Jugendzimmer umgeschaut hatte, »dieser Juri klaut Autos, der ist nichts für Sie. Und was war nun mit dem Taxifahrer, verraten Sie es mir?«

Alexander hatte nur den Kopf gesenkt. Für einen Moment war er versucht gewesen, die Wahrheit zu sagen, doch dann war sein Vater lärmend zurückgekehrt.

»Nichts«, hatte er da gesagt, »da war nichts. Ich habe nur gesehen, wie der Mann schimpfend aus der Kneipe gegangen ist.«

Sein Vater hatte auf Russisch geflucht und Schiller feindselig angesehen. Als Schiller ging, hatte er ihm eine Visitenkarte gegeben, was irgendwie seriös und vornehm gewirkt hatte. Drei Tage später war er noch einmal wiedergekommen – für einen DNA-Test. Damit wäre er erledigt, hatte Alexander gedacht, doch nichts war passiert. Wahrscheinlich hatte die Polizei in dem ausgebrannten Wagen nicht eine einzige Spur gefunden.

Bevor er nach Berlin gefahren war, zwei Wochen später, hatte er einen halben Tag vor dem Polizeipräsidium auf Schiller gewartet, aber er hatte ihn nicht gesehen.

Schiller war der Mann, der ihn verstehen würde. Da war er sich all die Jahre sicher gewesen, und nun war er es mehr denn je. Er würde Schiller den Mord gestehen und endlich seine Ruhe haben.

Doch vorher musste er herausfinden, was Juri seinem Vater gegeben hatte.

Es wurde schon allmählich dunkel, als er den Mauspfad hinunterlief. Ob der Vater abends noch immer in die Kneipe ging? Er würde klingeln, und wenn niemand öffnete, würde er sich hochschleichen und die Tür aufbrechen. Ein weißes Stück Papier – er würde es finden, denn irgendwie hatte er eine Ahnung, dass es mit Nora zu tun hatte.

Nora durfte nichts geschehen.

2. Teil

20.

Schiller hasste Pressekonferenzen, vor allem wenn es nichts zu sagen gab. Hinrichs hatte ihm am Abend noch eine SMS geschrieben. »PK um halb neun – sei pünktlich«. Beinahe hätte er trotzdem verschlafen. Nachdem sie vom Melatenfriedhof gekommen waren, war Carla aufgekratzt gewesen. Unaufhörlich hatte sie geredet – von den Stunden in dem lichtlosen Rauchhaus, von ihrer Todesangst und davon, dass sie nun ein Kind haben wolle.

Ein Kind? Schiller war der Gedanke an den Tod des Mädchens Merle nicht aus dem Kopf gegangen. Wie hatte Inka Boog weiterleben können, nachdem ihre Tochter gestorben war? Gegen Mitternacht, als Carla endlich eingeschlafen war, hatte er sich noch einmal auf YouTube ein Interview der Intendantin angesehen.

Sie saß in ihrem Büro im Schauspielhaus und dozierte über das Theater und ihre eigenen preisgekrönten Aufführungen. Auf den ersten Blick war sie eine schöne, selbstbewusste Frau gewesen, die ein wenig zu oft das Wort »ich« im Mund geführt hatte, aber was steckte hinter der Fassade? Wovor hatten sie und Blaschek Angst gehabt?

Routiniert brachten Fitschen und Hinrichs die Pressekonferenz über die Bühne. Staatsanwältin Wimschneider hatte sich entschuldigen lassen. Schiller musste nicht eine einzige Frage beantworten. Am Ende durfte er noch seinen Aufruf nach Zeugen loswerden. Wer konnte etwas darüber sagen, wo Edgar Blaschek sich am Samstagabend aufgehalten hatte?

Als er sich vom Podium erhob, kam Therese in ihrem babyblauen Wollmantel auf ihn zu, in der Armbeuge trug sie ihre unvermeidliche abgewetzte Ledertasche.

»Dachte, ich schaue mal nach dir«, sagte sie. »Sehe dich ja gar nicht mehr. Dachte mir außerdem …«, sie kicherte, »… dass einer nach uns fragt.«

Schiller schob sie ein Stück weiter. Hinrichs drückte sich an ihnen vorbei und drehte suchend den Kopf hin und her. Klar, er schaute sich nach Birte um. Sie war nicht zur Pressekonferenz erschienen, obwohl er ihr garantiert auch eine SMS geschrieben hatte. Schiller wusste jedoch, dass sie sich für eine Nacht im Chelsea einquartiert hatte, um nicht nach Haus gehen zu müssen und um auszuschlafen.

»Wer sollte nach euch fragen?« Schiller blickte Therese an.

»Na, kriegst du nichts mehr mit? In den Zeitungen steht schon was über die BFD. Die fragen sich, wer wir sind.« Ihre Augen hinter den dicken Gläsern funkelten. »›Befreit Düx‹ wird zum Schlachtwort in dieser Stadt. Letzte Nacht hat Broder ›Auf nach Düx!‹ ans Rathaus geschrieben.«

»Wart ihr schon wieder unterwegs?« Schiller blickte sich vorsichtig um und sprach leiser, damit niemand von den zwanzig Journalisten, die den Saal verließen, ihr Gespräch mitbekam.

»Es geht doch erst richtig los. Broder hat eine tolle Idee, da werden alle Augen machen, die auf dieser Seite des Rheins wohnen. Wir werden ihnen den Spiegel vorhalten.« Therese beugte sich vor und begann in ihrer Tasche zu kramen. Eine Thermoskanne lugte heraus. Die hatte sie immer dabei. Plötzlich hielt sie ein Handy in die Höhe. »Hier!«, sagte sie triumphierend. »Hatte ich gar nicht mitbekommen. Samstagnacht, vor eurer Tür … Der alte Goldmann hat gefilmt, wie Broder die Parole auf eure Fassade gesprüht hat. Wollten wir eigentlich ins Internet stellen, war uns dann aber zu gefährlich.« Sie sprach das Wort »Internet« aus, als hätte sie es selbst erfunden, und sogar mit dem Handy kannte sie sich aus.

Man sah auf dem Display, wie Broder, kaum zu erkennen mit Stoffmütze und Lederjacke, aus einem alten Mercedes sprang, den er auf der Sülzburgstraße mit laufendem Motor geparkt hatte. Er grinste und hielt eine Spraydose in die Höhe. Dann eilte er auf den Hauseingang zu, doch bevor er ihn erreicht hatte, tauchte eine dunkle Gestalt wie aus dem Nichts auf, rempelte ihn an und hastete mit hochgestelltem Kragen und eingezogenem Kopf an dem Mercedes vorbei. Die Kamera blieb auf Broder gerichtet, der sich nur kurz irritiert zeigte und dann anfing, geschickt seine Buchstaben aufzusprühen.

»Kannst du etwas erkennen?«, fragte Therese. »Hat Goldmann doch gut gemacht, nicht wahr?«

Schiller antwortete nicht, er ließ den Film noch einmal durchlaufen, aber das Gesicht des Mannes blieb in der Dunkelheit verborgen.

Blaschek war es jedoch nicht. Diese Gestalt trug kürzere Haare, beinahe einen Bürstenschnitt, aber obwohl er so wenig erkennen konnte, hatte er das Gefühl, den Mann, der da vorbeieilte, schon einmal gesehen zu haben.

»Kann dein Professor mir den Film zusenden?«, fragte Schiller, obwohl er beinahe sicher war, dass auch die Kriminaltechnik nicht viel mit den Bildern würde anfangen können.

»He!«, sagte Therese scheinbar entrüstet. »Das war privat – wir werden doch Broder nicht der Polizei ausliefern.« Sie kicherte wieder. »Er hat übrigens bei euch geklingelt. Hat er mir gestanden.«

Schiller wollte etwas erwidern, doch dann meldete sich sein Handy. Birte war am Apparat.

»Ausgeschlafen?«, fragte Schiller, aber sie ging nicht darauf ein.

»Komm ins Büro rauf«, sagte sie. »Nele hat herausgefunden, was es mit dem Brief der Friedhofsgärtnerei auf sich hat. Eine echte Überraschung!«

Das Erste, was Schiller in den Blick fiel, waren zwei rote Halbschuhe, die auf Neles Schreibtisch lagen.

»Ganz recht«, sagte sie. »Ich habe die Schuhe gefunden, die Inka Boog getragen hat. Die Fotos von diesem Löring waren sehr gut. Kostet über zweihundert Euro das Paar.«

Birte und Cremer saßen vor dem Schreibtisch. Beide hielten einen Kaffeebecher in der Hand. Zierlich waren die Schuhe, als würden sie eher einer Puppe denn einer energischen Frau passen. An die Wand hatte Nele drei Fotos gepinnt – die beiden Ermordeten sowie die kleine Merle. Eine Familie war nach und nach ausgelöscht worden, dachte Schiller.

»Wir haben uns das Büro von Inka Boog noch einmal vorgenommen«, sagte Cremer. »Dabei haben wir die Drohungen von Wollschläger gefunden – vier E-Mails, in denen er ihr die Pest an den Hals wünscht.« Er deutete auf ein paar Papiere vor sich. »Außerdem haben wir nun eine genaue Liste, wer alles an der Geburtstagsfeier teilgenommen hat. Zwei Drittel der Leute haben wir bereits vernommen. Die meisten sind Spinner, wenn ihr mich fragt.«

»Gut gemacht.« Schiller nickte und zog sich einen Stuhl heran.

Dann berichtete Birte ausführlich von ihrem Gespräch mit Wollschläger und wie Merle Boog zu Tode gekommen war. Ein magersüchtiges Mädchen, das sich vor Verzweiflung aus dem Fenster stürzt.

»Ich glaube, die meisten Kinder von Prominenten haben Probleme«, sagte Nele. »Entweder werden sie Genies, oder sie driften völlig ab und landen in der Gosse.«

»Was ist mit dem Brief an Blaschek?«, fragte Schiller. »Wieso hat ihm eine Friedhofsgärtnerei aus München geschrieben?«

Nele lächelte und hielt ihm ein Blatt Papier hin. »Die Rechnung für einen Kranz – jedes Jahr lässt Blaschek einen Kranz auf ein Grab legen.«

»Für seine Eltern oder irgendwelche Angehörigen?« Schiller registrierte auf der Rechnung, dass man Blaschek achtundachtzig Euro in Rechnung gestellt hatte.

Nele schüttelte den Kopf. »Es geht um Lisa Peukert, ein junges Mädchen, das im Jahr 1985 gestorben ist. Sie hat sich umgebracht, hat sich vor einen Zug geworfen.«

»Seine Jugendliebe wahrscheinlich«, meinte Cremer. »Vielleicht hat er sich von ihr getrennt, und sie hat … Kommt doch bei jungen Mädchen vor.«

Birte schnaubte widerwillig, und Schiller zuckte die Schultern. »Möglicherweise. Dieser Domina, zu der er immer hingegangen ist, hat Blaschek von einer Jugendsünde erzählt, die sein Leben verändert hat. Hat diese Lisa Peukert Angehörige, die man eventuell befragen kann?«

»Wissen wir noch nicht«, erwiderte Nele. »Das Ganze ist ja eine Weile her.«

Schiller hatte keine Ahnung, ob das eine Spur war. Eine Selbstmörderin aus dem Jahr 1985. Als sein Telefon klingelte, leuchtete auf dem Display eine unbekannte Nummer auf.

»Gratuliere Ihnen«, sagte eine unbekannte Frauenstimme. »Eine großartige Idee, hätte ich selbst drauf kommen müssen. Natürlich war es für Ihre Frau viel besser, zum Grab von Gabriel Hagen zu gehen, wenn es dunkel ist.«

Barbara Stahl – die Therapeutin, fiel ihm ein. Er war überrascht, dass sie seine Nummer hatte.

»Ja«, erwiderte er, während er aufstand und sich von den anderen abwandte. »Es war einfacher, als ich gedacht hatte. Carla war danach sehr erleichtert, und zum ersten Mal hat sie über ihre Zeit in der Dunkelheit geredet.«

»Gut«, sagte Barbara Stahl, und es hörte sich an, als würde sie an einer Zigarette ziehen. »Ich glaube, Ihre Frau ist bald über den Berg. Es wäre sehr hilfreich, wenn ich Sie in meine Therapiepläne einbeziehen könnte.«

»Gern«, erklärte Schiller, und sie vereinbarten einen Termin für ein kurzes Gespräch.

Als Schiller aufgelegt hatte, stand Schultke im Raum. Mit starrer Miene blickte er Birte an. »Die Pistole, die ihr mir gebracht habt, könnte die Tatwaffe sein. Eines ist sicher: Daraus ist erst vor ein paar Tagen geschossen worden.«

»Wem gehört die Waffe?«, fragte Schiller verärgert, weil er nichts von einer beschlagnahmten Pistole erfahren hatte.

»Wollschläger.« Birte war aufgesprungen. »Er hat sie mir gestern Abend in die Hand gedrückt.«

Schiller konnte sich keinen Reim darauf machen. Wollschläger hatte offenkundig Inka Boog gehasst und nicht deren Ehemann – und warum sollte er Birte eine Waffe übergeben haben, mit der er einen Mord begangen hatte? Das alles schien keinen Sinn zu ergeben.

»Wir müssen uns die Wohnung ansehen«, hatte Birte gesagt, und Schiller hatte schließlich zugestimmt. »Vielleicht hat Wollschläger erst Inka Boog getötet und dann Blaschek, weil der einen Beweis für diese Tat in der Hand hielt.« Sie klang nicht so, als würde sie selbst daran glauben.

Wollschläger wohnte in einem hässlichen Mietshaus in der Merowingerstraße, ziemlich genau am Chlodwigplatz. Als sie vor dem Haus parkten, meldete sich Nele noch einmal.

»Wollschläger besitzt für seine Pistole keinen Waffenschein –

er würde auch keinen kriegen, weil er vor zwei Jahren schon einmal Ärger wegen unerlaubten Waffenbesitzes gehabt hat. Er hat von seinem Dachfenster aus auf Tauben geschossen.«

»Auf Tauben?« Schiller konnte es nicht fassen.

»Hat er zumindest behauptet. Ich versuche, noch mehr darüber herauszufinden.« Nele unterbrach die Verbindung, und Schiller drückte auf den Klingelknopf, doch nichts tat sich.

»Vielleicht hat er uns kommen sehen«, meinte Birte. Unschlüssig blickte sie sich um.

An der Tür hing die Nummer des Hausverwalters, den Schiller, ohne groß zu zögern, anrief. Drei Minuten später tauchte ein glatzköpfiger Mann in kurzen Hosen auf, der sich als Robert Mehlem, Psychotherapeut, vorstellte. Er hatte im Hinterhaus seine Praxis, und ihm gehörte das Haus. Ein Therapeut in kurzen Hosen – Schiller musste unwillkürlich lächeln. Gut, dass Carla nicht an so einen verschrobenen Seelenklempner geraten war.

Erst als er von »Mordfall« und »Gefahr im Verzug« hörte, war Mehlem gewillt, ihnen Zutritt zu Wollschlägers Wohnung zu verschaffen.

»Außerdem ist dieser brotlose Künstler mir seit Juni die Miete schuldig – soll ihm eine Lehre sein«, wetterte der Therapeut, der sich dann, nachdem er die Eingangstür geöffnet hatte, zum Glück verzog.

Die Wohnung lag in der vierten Etage. Eine schmutzige, karg eingerichtete Küche, ein Schlafzimmer, in dem sich lediglich eine Matratze und ein schief stehender alter Schrank befanden sowie mehrere Stapel von Büchern und Zeitungen. Die leeren Bierflaschen um die Matratze verrieten, dass Wollschläger sich des Nachts offenbar in den Schlaf trinken musste.

Das zweite Zimmer sah noch chaotischer aus. Ein langes, abgewetztes Ledersofa stand vor einem Fernseher. Im Raum verteilt waren Videokassetten und noch mehr leere Bierflaschen. Auf einem Hocker stand ein Laptop, und an der Wand hingen etliche Fotos, die nur eine Person zeigten: Inka Boog.

Wollschläger schien sie regelrecht verfolgt zu haben – Inka Boog, wie sie in einen weißen BMW stieg, wie sie das Theater verließ, beim Einkaufen, wie sie in einem Café saß und Lars Becker küsste. Ein älteres Foto zeigte sie mit ihrer Tochter, die groß und mager und mit abwesendem Gesichtsausdruck neben ihr herlief.

»Irre!«, sagte Birte ehrlich erstaunt. »Wie ein Stalker – als hätte er ihr permanent aufgelauert.«

Schiller nickte. Mindestens fünfzig Fotos hatte Wollschläger mit Reißzwecken an der Wand befestigt.

»Vielleicht hat er auf einer der Aufnahmen den Mörder fotografiert – unabsichtlich.«

Auf zwei Bildern war Inka Boog mit Blaschek zu sehen – einmal gingen sie am Rhein entlang, mit leeren, abweisenden Gesichtern, ein stummes, liebloses Paar, auf dem anderen saßen sie auf einem Podium; während die Intendantin mit den Händen fuchtelte und redete, hockte er zusammengekauert neben ihr.

»Hier!«, sagte Birte und deutete auf eine etwas unscharfe Aufnahme.

Inka Boog in inniger Umarmung mit einem großen, schlanken Mann, den sogar Schiller vom Fernsehen kannte: Michael Schweitzer, der in einer Krimiserie die Hauptrolle spielte.

»Sie hat nichts ausgelassen. Wollschläger war besessen von ihr, aber wozu das alles? Was sollen diese Fotos beweisen?«

Ein anderes Foto zeigte Inka Boog am Grab ihrer Tochter – eine schwarze, aufrecht gehende Frau, die sich hinter einem schwarzen Schleier verbarg. Niemand ging neben ihr, sie war die Königin der Trauer. Blaschek folgte mit drei Schritten Abstand, nicht viel mehr als ein konturloser Schatten.

Sie duldet niemanden in ihrer Nähe, dachte Schiller, und nicht einmal der Tod ihres Kindes hat sie aus der Bahn geworfen.

»Sollen wir die Fotos beschlagnahmen?«, fragte Birte. »Helfen Sie uns weiter?«

»Du meinst, weil sie zeigen, dass Inka Boog möglicherweise etwas mit Michael Schweitzer hatte?«

Mitten auf der Wand hing ein größeres Porträtfoto von Inka Boog, das Wollschläger offenbar irgendwo an einem Computer ausgedruckt hatte; es war von schlechterer Qualität und wies drei Löcher auf.

Als Schiller das Papier abriss, bemerkte er, dass die Wand hinter den Fotos sonderbar porös war. Mit seinen Fingerspitzen fuhr er über den Rauputz und förderte ein Projektil zutage. Birte stöhnte neben ihm auf.

»Das kann nicht sein!«, sagte sie und entfernte eine weitere Porträtaufnahme, die ein Stück versetzt hing. »Der Kerl hockt hier und ballert auf die Wand.«

Schiller fand drei andere Projektile, die im Putz steckten, und barg sie in einer Plastiktüte.

»Der Kerl ist gemeingefährlich – eine Waffe darf der nie wieder in die Hand bekommen. Aber es erklärt auch, warum aus seiner Pistole kürzlich geschossen worden ist.«

Ein anderes Foto fiel ihm auf; es hing ziemlich weit unten und war viel älter als die anderen Aufnahmen: eine junge Frau mit langen lockigen Haaren, die eine altmodische Hornbrille trug und geziert lachte. Man musste schon genauer hinsehen, um zu erkennen, dass es Inka Boog war. Das Bild mochte aus den frühen neunziger Jahren stammen.

Birte schob sich neben ihn.

»Das Bild habe ich schon einmal gesehen«, sagte Schiller. »Eigentlich kann Wollschläger sie zu der Zeit noch nicht gekannt haben.«

»In Blascheks Zimmer hing ein ähnliches Bild«, erklärte Birte. »Ein Gruppenfoto allerdings. Da hat Inka Boog genauso ausgesehen – eine schreckliche Frisur, passt gar nicht zu ihr.«

Nein, fiel Schiller ein, nicht in Blascheks Zimmer hatte er dieses Foto bemerkt, sondern auf dem YouTube-Clip in der Nacht, als er sich das Interview von Inka Boog angesehen hatte.

Er nahm sein Mobiltelefon hervor und wählte Neles Nummer.

»Nele«, bat er sie, »schau dir auf YouTube einen kleinen Film über Inka Boog an. Ein Interview zur neuen Spielzeit. Muss erst kürzlich aufgenommen worden sein.«

Nele brauchte kaum dreißig Sekunden, um den richtigen Clip zu finden.

»Wo sitzt sie da – kannst du mir den Hintergrund beschreiben?«, fragte Schiller.

Nele lachte. »Jan«, sagte sie, »du solltest dir endlich mal ein

Smartphone anschaffen, dann könntest du dir das selbst anschauen. – Sie sitzt in ihrem Büro, wenn ich richtig sehe.«

»Ja«, sagte Schiller. »Im Hintergrund hängen Fotos an der Wand. Wir brauchen Vergrößerungen dieser Fotos, wir müssen genau herausfinden, was da hing. Ich glaube, der Täter hat sie getötet, und dann hat er ihr die Schuhe ausgezogen und ein Foto von der Wand gerissen.«

21.

Als ihr Telefon klingelte, wusste sie gleich, dass es nichts Gutes bedeuten konnte.

Die Nummer kannte sie nicht. Hinrichs, dachte sie, alle dunklen Gedanken nahmen bei ihm ihren Anfang und endeten bei ihm. Sie musste Köln verlassen, sich eine andere Dienststelle suchen, um ihm zu entgehen.

Oder sie musste einen Weg finden, ihn aus ihrem Leben zu vertreiben.

»Ich gehe eine lange, leere Straße entlang«, sagte jemand. »Ich warte auf kürzere Tage.« Ein theatralisches Stöhnen. Dann: »Du fehlst mir – dein Geruch. Übermorgen sollen die Proben beginnen. Wie soll ich das schaffen?«

Birte brauchte einen Moment, um die kraftlose Stimme mit Lars Becker in Verbindung zu bringen. Was sollte das? Wieso rief er sie an und tat so, als hätten sie mehr gemein als zwei verirrte Nächte?

»Ich verstehe nicht«, sagte sie ratlos, während sie auf ihren Passat zuliefen.

»Herterich übernimmt kommissarisch das Schauspielhaus«, sagte Lars. »Können wir uns sehen? Wie laufen eure Ermittlungen?«

»Darüber kann ich keine Auskunft geben«, erwiderte Birte. Sie spürte Ärger in sich aufwallen. Einen zweiten Kerl, der sie verfolgte, konnte sie weiß Gott nicht gebrauchen.

»Heute Abend bin ich ab acht in der Wohnung«, sagte Lars mit schwankender Stimme. »Komm bitte vorbei.« Dann legte er auf.

Forschend blickte Jan sie an. »Hast einen neuen Verehrer, nicht wahr?« Er lächelte. »Oh Mann! Was für ein Fall! Wird Zeit, dass wir wieder ein wenig Ordnung in unser Leben bringen.«

Birte nickte.

Sie hatte einen Geschmack im Mund, als hätte sie seit Stunden auf einem alten Kaugummi herumgekaut. Nein, sie hatte den ganzen Tag noch nichts gegessen, fiel ihr auf.

Einen Moment später klingelte ihr Telefon erneut.

»Keine Zeit für eine Kaffeepause.« Nele klang völlig gleichmütig. »Im Kölner Norden, Geestemünder Straße, da sitzt ein Toter in einem weißen SUV.«

Den letzten richtigen Urlaub hatte sie vor zwei Jahren gemacht. Eine Woche Sylt – da war sie mit dem schon kranken Martin ein, zwei Stunden am Strand entlanggewandert, so lange, bis er nicht mehr konnte.

Einmal hatten sie, weil sie den Weg falsch eingeschätzt hatten, bei Regen in den Dünen gehockt, hatten auf das bleigraue Meer geschaut, auf dem sich dichte Wolken ballten, und hatten sich an den Händen gehalten. Gezittert hatte Martin und sich an sie geschmiegt. Gestützt auf ihren Arm waren sie schließlich langsam nach List zurückgegangen. Diese Erinnerungen überkamen sie manchmal, wenn sie so müde war, dass sie mit offenen Augen schlief. Oder wenn ihr Gehirn einfach abschaltete, weil es zu viele Informationen aufgenommen hatte.

»Geht dir das auch so«, sprach sie mit geschlossenen Augen vor sich hin, »dass dir manchmal Gerüche fehlen? Martin hatte einen besonderen Duft – und seine Werkstatt roch nach Holz und Leim und …« Auch Lars hatte seinen eigenen Geruch.

»Mein Vater«, sagte Jan, »ich rieche nachts im Traum, wie er sich mit Kölnisch Wasser einrieb.«

»Tust du doch auch.« Birte öffnete die Augen.

Jan blickte sie an und lächelte.

»Stimmt«, sagte er, »aber im Traum rieche ich meinen Vater, und ich sehe, wie er vor dem Spiegel steht. Er rasiert sich nass, wäscht sich den Rasierschaum aus dem Gesicht und nimmt dann die Flasche Kölnisch Wasser und … Ich wollte auch immer so ein toller Polizist werden wie er … auf einem Motorrad …«

Er verstummte, weil sie in die Geestemünder Straße abbogen. Ein Polizeiwagen stand quer auf der Straße. Zwei uniformierte Beamte waren dabei, ein Absperrband zu spannen. Von der Kriminaltechnik war noch niemand eingetroffen.

»Wenn der Tote keine Schuhe mehr anhat, glaube ich wirklich, ein Serienmörder läuft durch Köln«, sagte Jan, bevor er aus dem Wagen sprang.

Der weiße SUV, Marke Kia, hatte ein Berliner Kennzeichen und parkte am Straßenrand.

Die Beifahrertür war geöffnet, doch der Tote, ein etwa dreißigjähriger Mann, saß hinter dem Steuer. Er hatte eine Schusswunde in der rechten Schläfe und war zur Seite gegen das Fenster gesunken.

Birtes zweiter Blick fiel auf die Füße des Toten – schwarze, blank polierte Lederschuhe, die teuer aussahen. Sie atmete unwillkürlich auf. Jan hatte ihren Blick auch bemerkt.

»Sieht nicht danach aus, als gäbe es einen Zusammenhang«, sagte sie und streifte sich Gummihandschuhe über.

Der Tote war von untersetzter, stämmiger Statur, er hatte kurzes schwarzes Haar, eine flache Stirn und eine dicke Warze auf der rechten Wange. Seine braunen Augen stierten geradeaus. Der Anzug, den er trug, sah ebenfalls teuer aus, grau-weißer Flanellstoff, darunter ein weißes Hemd, das mit Blut besprenkelt war.

»Merkwürdig«, meinte Jan, »irgendwo habe ich diesen Kerl schon einmal gesehen.«

Die Hände des Toten, große, grobe Pranken, die an einen Boxer erinnerten, hingen schlaff herab. In der rechten Hand steckte ein Stück Papier, das Jan vorsichtig herauszog, ohne dem Toten zu nahe zu kommen. Stumm blickte er auf die winzige Karte, dann hielt er sie Birte hin.

»Ich verstehe das nicht.« Er keuchte auf. »Er hat meine Visitenkarte in der Hand – ein uraltes Ding. Da war ich noch einfacher Kommissar.«

Die Visitenkarte war abgegriffen, an den Ecken hatte sie sich bräunlich verfärbt, so als hätte sie lange in einem Lederportemonnaie gesteckt. Jan beförderte sie in eine Plastiktüte. Dann schaute er sich im Wagen um.

Birte konnte förmlich sehen, wie sein Gehirn arbeitete. Woher hatte der Tote diese Visitenkarte, und was sollte sie bedeuten? Vorsichtig tastete er den Toten ab, ob er eine Geldbörse bei sich trug, aber auf Anhieb fand er nichts.

Die Kriminaltechniker kamen in einem grauen VW-Bus an. Schultke stieg mit mürrischem Gesicht aus und gähnte. Anscheinend hatte er in den letzten zwei Tagen wenig geschlafen. Kein

Wunder, im Schauspielhaus war die Spurensuche immer noch nicht abgeschlossen.

Einer der beiden Uniformierten lief auf Birte zu.

»Wir haben einen Zeugen«, sagte er mit wichtiger Miene. »Ein Mann, der mit seinem Hund spazieren gegangen ist, hat den Toten gefunden.«

Birte nickte und folgte dem Polizisten. Der Mann trug Läuferkleidung und saß auf dem Beifahrersitz des Polizeiwagens. Sein Hund, ein schwarz-weißer Cockerspaniel, hatte sich vor ihm im Fußraum zusammengerollt und döste.

Der Mann rauchte hektisch. Er sah bleich aus und schien unter Schock zu stehen.

»Ich habe einen Mann weggehen sehen – Richtung Militärring«, sagte er. »Er ist ganz langsam gegangen, hat die Tür nicht hinter sich zugeschlagen, und …«

Er steckte sich die Zigarette in den Mund und inhalierte tief.

»Und der andere hat noch gelebt, als ich in den Wagen geguckt habe – er hat mich angeschaut … Oh, das werde ich nie vergessen – dieser Blick. Es war, als wäre etwas passiert, mit dem er nicht gerechnet hat.«

»Der Mann, der weggegangen ist«, fragte Birte, »war an ihm etwas auffällig?«

Der Zeuge beugte sich vor und tätschelte seinen Hund, die Zigarette schief im Mundwinkel.

»Ich habe ihn nur von hinten gesehen«, sagte er, »er war mittelgroß … die Kleidung … Nein, ich weiß nicht mehr, was er anhatte, aber er hat eine Bewegung gemacht … so als würde er etwas wegwerfen.«

Fünf Minuten später fand Birte eine Pistole, der sich der Täter ohne große Sorgfalt entledigt hatte – eine tschechische CZ 75, wie Jan auf den ersten Blick sah.

»Die Tatwaffe, eindeutig«, meinte er. »Ich wette, bis heute Abend haben wir auch den Täter.«

Sie beobachteten, wie der weiße SUV auf einen Abschleppwagen geladen wurde. Schulte hatte sich entschieden, die Untersuchungen in den Werkstätten am Präsidium vorzunehmen. Nicht einmal den Toten hatten sie herausgetragen. Den Kopf an die

Scheibe gelehnt, schwebte er über ihnen. Ein bizarres, beinahe friedliches Bild.

Kaum hatte der SUV auf der Ladefläche aufgesetzt, ohne dass der Ermordete sich auch nur einen Millimeter gerührt hatte, klingelte Birtes Telefon.

»Wollschläger ist wieder aufgetaucht«, erklärte Nele. »Er liegt in der Uniklinik. Entweder ist er volltrunken vor ein Auto gelaufen – oder auch er wollte sich umbringen.«

22.

Die Postkarte hütete er wie einen Schatz – seine Mutter war einmal noch in Kasachstan gewesen und hatte sie ihm mitgebracht. Eigentlich war darauf nicht viel zu sehen – eine Steppe, irgendwo ein Zug in der Ferne, ein blauer Himmel, an dem ein Adler kreiste.

»Der Himmel ist anders in Kasachstan«, hatte seine Mutter voller Kummer und Heimweh gesagt.

Der Vater hatte sich die Karte gar nicht erst angesehen. »Ich kenne dieses verdammte Land«, hatte er gemeint und sich abgewandt.

Diese Karte war sein Glücksbringer und sein Rückzugsort gewesen.

»Es ist ganz leicht«, hatte Juri gemeint. »Wir gehen in den Laden rein, schauen uns kurz um, und dann schießt du dem dicken Wirt hinter der Theke in den Kopf. Ein Schuss sollte reichen.« Grinsend hatte er ihm ein Foto von einem bärtigen Mann mit Kugelbauch gezeigt, der in seinem blauen Trainingsanzug harmlos und lächerlich aussah. »Oder macht es dir was aus?«, hatte Juri dann gefragt.

Er hatte den Kopf geschüttelt. Nein, natürlich nicht. »Ich schieße ihm eine Kugel in den Kopf, und wir verschwinden wieder. Nichts einfacher als das.«

Außerdem war er Juri etwas schuldig. Er hatte ein schönes Zimmer in einer Wohnung im Wedding, er bekam zu essen, und jeden Montag gab Juri ihm fünfhundert Euro, dafür musste er ihn nur hin und wieder begleiten und seinen Wagen fahren, wenn er gewisse Kunden besuchte, wie er es nannte.

Gehörten sie nun zur russischen Mafia?, hatte Alexander sich irgendwann gefragt. Er wusste es nicht. Nein, er war eher so eine Art Fahrer und Sekretär von Juri.

Die Kneipe war leer gewesen, irgendwo in einem Kaff fünfzig Kilometer von Berlin entfernt. Er hatte sich nicht einmal den Namen gemerkt. Der Dicke hatte wirklich hinter der Theke gestanden, er hatte sie blöde angeschaut und gleich die Hände hochgenommen. Als Juri nickte, hatte Alexander ohne Zögern geschossen. Der Schuss hatte viel lauter geklungen als draußen im Wald, wo sie ihre Schießübungen veranstaltet hatten.

»War nur ein Scheißpole, der nicht wusste, was sich gehört«, hatte Juri nachher im Auto gesagt, als er sie beide zurückfuhr. »Warst wirklich cool, Kleiner.«

Juris Lob hatte ihn gefreut. Erst später, allein in seinem Zimmer, war ihm todschlecht geworden. Im Bad musste er sich übergeben, und dann hatte er die Postkarte hervorgenommen. Es war, als würde er versuchen, sich in den Adler hineinzuversetzen.

Kasachstan war ein leeres Land mit vielen großen Raubvögeln, die auf den Wolken dahergeglitten. Dann dachte er daran, dass seine Mutter ihm vielleicht vom Himmel aus zusah, und er schämte sich, weil sie ihn für das verfluchen würde, was er tat – was Juri ihm zu tun befahl. Er war ein Mörder geworden, und als er einmal sagte, dass er vielleicht doch nicht weiter auf Leute schießen wollte, hatte Juri nur gelacht.

»Das ist nun dein Job«, hatte er gesagt und ihm auf die Schulter geklopft. »Machen wir ja auch nur im Notfall.«

Drei Mal noch hatte Alexander die Postkarte hervornehmen müssen, dann war er Nora begegnet.

Er wartete, bis es dunkel geworden war. Dann trat er an die Haustür in der Johann-Classen-Straße 100. Er klingelte und wartete gespannt ab. Die meisten Namen am Klingelbrett waren neu, doch der schweigsame Türke Saner, der einen amerikanischen Wagen gefahren hatte, und das Ehepaar Dombrowski wohnten immer noch im Haus. Was würde er tun, wenn ihm sein Vater öffnete? Mit dem Alten wollte er kein Wort reden.

Als ein Auto ein Stück entfernt einparkte, zuckte er zusammen, doch es war kein weißer SUV, sondern ein roter Ford, aus dem eine junge Frau stieg. Er drückte noch einmal auf die Klingel. Sein Vater öffnete nicht. Wahrscheinlich hockte er wieder in der Kneipe an der Hauptpost und betrank sich. Dann klingelte Alexander in der zweiten Etage bei Dombrowski.

Einen Moment später wurde ihm aufgedrückt.

»Gasablesung! Muss in den Keller«, rief er ins Treppenhaus hinauf. Er hörte, wie oben bei Dombrowskis die Tür wieder geschlossen wurde. Die beiden Alten mussten mittlerweile über achtzig sein.

In dem Treppenhaus roch es genauso wie früher, nach kaltem Zigarettenrauch und alten Essensdüften. Nichts hatte sich verändert. Die Tür zur Wohnung seines Vaters war aus billigem Holz.

Einen Augenblick lang schloss er die Augen und lauschte, und ihm war, als würde er in seine Kindheit zurückversetzt; es war, als würde er die gütige, immer ein wenig zu leise Stimme seiner Mutter hören, dann das heisere Keifen seines Vaters, der vor dem dröhnenden Fernseher hockte.

Plötzlich überkam Alexander Wut. Was hatte sein Vater seiner Mutter nicht alles angetan? Er öffnete die Augen wieder und trat einen Schritt zurück.

Dann warf er sich gegen die Tür, einmal, zweimal. Beim dritten Versuch sprang sie krachend aus den Angeln. Schweiß strömte ihm den Rücken hinunter. Ein Gefühl des Triumphs erfasste ihn. Er betrat die kleine Diele.

Die blaue Joppe seines Vaters hing an der Garderobe, am Boden standen drei Tüten mit leeren Flaschen. Hastig ging er weiter und schaltete das Licht ein. Er wollte sich nicht lange umsehen, nicht zu viele Kindheitserinnerungen heraufbeschwören.

An der Wand neben der Küchentür hing ein Foto, das früher nicht da gewesen war. Sein Vater musste es angebracht haben. Alexander mit einer roten Schultüte, auf die kleine bunte Tiere – Mäuse, Pinguine, Hasen – aufgeklebt waren; der erste Schultag im fremden, kalten Deutschland.

Als er die Tür zur Küche öffnete und nach dem Lichtschalter tastete, sagte eine alte krächzende Stimme: »Ich wusste, dass du kommst.«

Sein Vater hockte in einem zerschlissenen gelben Sessel, der früher im Wohnzimmer gestanden hatte. Er war irgendwie kleiner und dünner geworden. Gequält lächelnd schaute er zu ihm auf. Seine nackten Füße steckten in einer Plastikschüssel, in der Seifenwasser hin und her schwappte.

»Ich will nicht mehr so viel trinken«, flüsterte er und machte eine vage Handbewegung.

Warum hast du nicht aufgemacht?, wollte Alexander ihn anschreien, doch dann sah er das weiße Papier auf dem Küchentisch.

»Juri lässt dich grüßen«, sagte sein Vater. »Ich habe ihn gesehen, neulich.« Er kratzte sich am Kopf, als könne er sich nicht genau erinnern. »Warum hast du nie angerufen …?«

Er begann leise zu schluchzen.

Alexander drehte das Papier um; es war ein Foto. Nora stand bei den Bienen und lächelte arglos.

»Was will Juri?«, fragte er, während er das Foto einsteckte, und starrte seinen Vater an.

Der Alte zuckte mit den Achseln. Tränen glänzten in seinen Augen. »Du bist so lange weg gewesen«, sagte er und schluchzte wieder.

Am liebsten hätte Alexander ihn am Kragen gepackt und aus seinem schmutzigen Sessel gezerrt.

»Was hat Juri gesagt?«

»Dass er stärker ist als du.« Der Alte nickte seinen Worten hinterher. »Ja, das hat er gesagt.«

»Hat er gesagt, wo ich ihn finden kann?« Alexander rüttelte seinen Vater an der Schulter.

Der Alte zeigte seine Zähne. Er war mager geworden, die falschen Zähne wirkten viel zu groß.

»Er wird dich finden«, sagte er. »Juri ist ein Fuchs.«

Alexander drückte seinen Vater in den Sessel zurück. Welchen Sinn hatte es, den alten Mann zu schlagen?

»Sag Juri, dass ich mich melden werde«, sagte er und eilte hinaus.

Das Foto steckte er in seine Jackentasche. Es war eindeutig eine Drohung. Ich weiß Bescheid, ließ Juri ihm damit ausrichten, ich weiß, dass du eine Freundin hast, und wenn du Dummheiten machst, dann wird sie Ärger bekommen, richtig viel Ärger …

Alexander spürte, wie ihn wieder Wut durchflutete. Verdammt, er war ein Idiot, er hatte seine Waffe nicht mitgenommen. Vorsichtig schaute er sich um, als er das Haus verließ. Oben hinter der Gardine in der Küche blickte sein Vater ihm nach, jedenfalls war aus den Augenwinkeln sein Schatten zu erkennen. Alexander lief in Richtung Kalker Hauptstraße. Er musste nachdenken.

Wie konnte er Nora schützen? Juri hatte überall seine Leute, er konnte sich in Köln aufhalten und gleichzeitig Nora überwachen lassen.

Die Dämmerung war mittlerweile hereingebrochen. Ein Rest blauer Himmel verlor sich in der Dunkelheit. Die Hauptstraße war belebt, viele Passanten, lärmende Jugendliche, Frauen mit Kopftüchern und Autos, dicht an dicht. Kein SUV war zu sehen.

Vielleicht müsste er Juri töten, ging es ihm unvermittelt durch den Kopf. Er war schließlich ein Krieger. Im nächsten Augenblick erschrak er. So einen Gedanken hatte er noch nie gehabt. Juri war eine Zeit lang sein Freund gewesen, er hatte sich um ihn gekümmert. Nein, Juri hatte ihn betrogen und seine Dummheit ausgenutzt.

Vielleicht sollte er nach Kasachstan gehen. Da würde selbst Juri ihn nicht finden, aber was sollte Nora in so einem Land? Zudem sprach er selbst nur ein paar Brocken Russisch.

Sehnsucht überkam ihn – nach seiner Mutter und ihren tröstenden Gesten. Sie hatte ihm über den Kopf gestrichen, ihm dann in die Augen geschaut und auf Deutsch gesagt: »Du bist hier zu Hause. Alles wird gut.«

Schon damals hatte er gewusst, dass es eine Lüge war.

Mit einem Taxi fuhr er in die Kneipe in der Leyendeckerstraße. Irgendwie glaubte er, Juri würde hier sitzen und auf ihn warten, und sie könnten alles in Ruhe besprechen.

Auch hier hatte sich zu seinem Schrecken nichts verändert. Das billige braune Holzmobiliar, die Spielautomaten, die alten Fotos vom FC Köln an der Wand – alles war wie damals. Es war Freitagabend; die Kneipe war ziemlich voll. Nur geraucht werden durfte nicht mehr. Auch der Wirt war derselbe. Zum Glück erkannte er Alexander nicht wieder.

Es musste eine Lösung geben. Er widerstand der Versuchung, Nora erneut anzurufen. Ging es ihr gut? Vermisste sie ihn?

Dann griff er in die Tasche und holte die alte Visitenkarte des Polizisten hervor.

Jan Schiller, Kommissar … Ja, er nahm sich vor herauszufinden, wo Schiller wohnte, und dann würde er ihn aufsuchen und ihn um Rat fragen. Vielleicht …

23.

»Wir haben jetzt sogar eine Homepage für unsere Befreiungsfront«, sagte Therese. Sie war schon wieder ins Präsidium gekommen. »Aus Belize, ein Staat irgendwo in Südamerika. Hat einer von Goldmanns Studenten gemacht. Toll, nicht wahr? Da schreiben wir auf, was wir alles tun wollen, wenn Deutz befreit ist. Keine U-Bahnbauten mehr, kein Geld für miese Immobilienfonds oder Fußballstadien.«

Schiller hatte sich einen Becher Kaffee genommen. Es war fast Abend, eigentlich hätte er sich um Carla kümmern müssen, der neue Mord hatte jedoch alles durcheinandergebracht.

Therese riss hinter ihren dicken Brillengläsern die Augen auf. »Aber ich bin wegen etwas anderem gekommen. Broder wohnt in einem besetzten Haus. Stimmt es, dass ihr da bald räumen wollt?«

Schiller lachte lauthals, dann strich er Therese über die Wange. Sie kicherte wie ein junges Mädchen.

»Du bist wie eine Mutter für mich«, sagte er, »aber nicht einmal meiner Mutter würde ich so etwas verraten, wenn ich es denn wüsste. Vielleicht gibst du Broder den Tipp, rechtzeitig auszuziehen, wenn er keinen Ärger haben will.«

»Broder liebt Ärger, sonst würde er doch nicht bei uns mitmachen.« Sie hielt sich die Hand vor den Mund, als hätte sie ein Geheimnis verraten. Manche im Präsidium, die Schiller nicht so gut kannten, glaubten, sie sei tatsächlich seine Mutter; und auch die Pförtner winkten sie immer durch. »Wenn Deutz befreit ist, könntest du da Polizeipräsident werden. Wir machen dann unsere eigene Polizei auf.«

»Eine großartige Idee«, erwiderte Schiller.

Im nächsten Moment kamen Nele und Birte herein. Therese küsste Schiller auf die Wange und wandte sich dann Birte zu, um die sie sich nach deren Fehlgeburt ebenfalls höchst mütterlich gekümmert hatte.

»Wir wissen noch nicht, wer der Tote in dem SUV ist«, sagte Nele. »In der Rechtsmedizin haben sie keine Papiere gefunden, aber das Auto ist auf einen gewissen Patrick Heinen zugelassen. Heinen hat ein Wettbüro in Berlin-Charlottenburg.«

»Ein Wettbüro? Dazu würde auch die tschechische Waffe passen. Hast du in Berlin jemanden zu Heinen geschickt?«

Nele nickte. Dann reichte sie ihm einen Computerausdruck, auf dem Inka Boog zu sehen war. »Wir haben die Aufnahme aus dem YouTube-Interview herauskopiert. Ist leider nicht allzu gut geworden.«

An der Tür verabschiedete Therese sich von Birte. Schiller achtete gar nicht auf sie. Er hatte recht gehabt – es war ein Bild aus derselben Zeit, das Wollschläger an seiner Wand befestigt hatte. Eine junge Inka Boog mit langen, lockigen Haaren und einer unmodernen Brille. Auf dem Bild, das im Büro der Intendantin gehangen hatte, waren, halb verdeckt, noch zwei weitere Personen zu sehen: eine Frau mit halblangen blonden Haaren, die ihre Augen aufgerissen hatte und herzlich lachte, bei ihr eingehakt hatte sich ein junger Mann, der ebenfalls eine Hornbrille trug und unrasiert wirkte.

Studenten, dachte Schiller, ein Foto von Studenten, eine Erinnerung an ein gemeinsames Studium, aber warum hatte der Mörder es mitgenommen? Nein, sie konnten nicht sicher sein, dass es der Mörder von der Wand gerissen hatte.

»Weißt du, wann dieses Interview entstanden ist?«, fragte er Nele. Birte war neben ihn getreten. Er hielt ihr die Aufnahme hin, die sie mit ernster Miene betrachtete.

»Letzten Montag – ein Fernsehteam des Stadt-Anzeigers hat für die Homepage der Zeitung ein Interview über die neue Spielzeit geführt«, erwiderte Nele.

Sie hatte wieder einmal bereits alles recherchiert.

»Freitagnacht war das Foto nicht mehr da«, meinte Birte. »Wieso sollte Inka Boog es abgenommen haben?«

»Ja«, sagte Schiller. »Das müssen wir herausfinden, und es gibt einen, der es uns vielleicht sagen kann.«

Nele hielt noch einen zweiten Computerausdruck in der Hand. »Ich habe etwas über dieses Mädchen herausgefunden, das sich 1985 umgebracht hat. Lisa Peukert war damals neunzehn, ihre Mutter lebt noch. Die betagte Dame heißt Elsa Peukert und wohnt in einem ziemlich noblen Altersheim am Starnberger See. Ich wollte sie sprechen, doch leider war sie nicht da. Sie ist im Urlaub, hat man mir in der Verwaltung mitgeteilt, anscheinend ohne Handy. Aber man gibt uns Bescheid, wenn sie zurückkommt.«

»Macht man noch Urlaub, wenn man im Altersheim ist?« Schiller steckte die vom Bildschirm kopierte Aufnahme ein.

»Klar«, erwiderte Nele lächelnd, »aber ich weiß ja, dass Urlaub für dich ein Fremdwort ist.«

Da Birte noch im Präsidium bleiben wollte oder vielleicht wieder eine heimliche Verabredung hatte, fuhr Schiller allein zum Ehrenfeldgürtel. Urlaub war für ihn, eine Stunde bei Frank in dessen Café zu hocken und den besten Kaffee der Welt zu trinken. Aber selbst dazu fehlte ihm die Ruhe. Drei Morde innerhalb von vier Tagen – auch für Köln kein schlechter Schnitt. Und für keine Tat hatten sie bisher ein Motiv gefunden.

Frank servierte den Kaffee auf einem Silbertablett. Der FC hatte am Wochenende gespielt und wieder einmal verloren – vor dem Eingang flatterte die rot-weiße Fahne auf Halbmast im leichten Abendwind.

»Du kommst gar nicht mehr, Jan«, sagte er beinahe vorwurfsvoll. »Gibt es zu viele Tote in der Stadt?«

Schiller verzog den Mund. Für seine schlechten Scherze war Frank bekannt.

»Diese tote Theaterfrau ist einmal bei mir gewesen – mitten in der Nacht, so gegen drei Uhr. Hat sich furchtbar mit einem korpulenten Mann gestritten. Hinterher haben sie sich geküsst. Merkwürdiges Paar.«

»Wann war das? Und würdest du den Mann wiedererkennen?«, fragte Schiller. Der Kaffee schmeckte köstlich und vertrieb ein wenig die Müdigkeit. Den ersten freien Tag nach den Mordfällen würde er bei Frank verbringen, schweigend dasitzen, Zeitung lesen und Kaffee trinken, nahm er sich vor.

»Korpulent eben«, erwiderte Frank und verzog sich hinter seine Theke. »Und mit fettigen längeren Haaren. Weiß nicht mehr genau, wann die beiden hier waren. Vor sechs, sieben Wochen vielleicht.«

Wollschläger, dachte Schiller. Irgendwie tauchte der verkrachte Schauspieler in diesem Fall immer wieder auf.

»Als sie rausgegangen sind, hat die Frau mir eine Kusshand zugeworfen. War wirklich ein hübsches Aas.« Frank brachte ein Stück selbst gebackenen Apfelkuchen an den Tisch. Einen anderen gab es bei ihm auch nicht. »Geht aufs Haus«, sagte er lächelnd.

Kaum hatte Schiller den ersten Bissen gegessen, traf eine SMS ein.

»Wann kommst du?«, fragte Carla. »Ich glaube, ein Mann steht vor dem Haus und beobachtet mich.«

Den Rest Apfelkuchen schlang er auf dem Weg zu seinem Passat herunter. Er parkte vor dem Bettenhaus der Uniklinik, nahm die kopierte Aufnahme mit, die Nele ihm gegeben hatte, und fuhr in die Intensivstation hinauf. Was würde geschehen, wenn es Carla nicht bald besser ginge? Er konnte nicht bei Licht schlafen, und er konnte auch nicht rund um die Uhr verfügbar sein, nicht, solange er bei der Mordkommission war. Die dunklen Tage im Rauchhaus hatten Carla so sehr verändert, dass er die Hoffnung schon beinahe aufgab, dass sie je wieder gesund werden würde.

Nein, er sollte nicht zu schwarzsehen; sie war an Hagens Grab gewesen, ein echter Fortschritt, und vielleicht stand tatsächlich jemand vor dem Haus und beobachtete sie.

Schiller wies sich bei einer Krankenschwester aus und ließ sich dann zu Wollschläger bringen. Mit bandagiertem Kopf lag er da, die Augen geschlossen. Aus einem Tropf wurde ihm eine farblose Flüssigkeit verabreicht. Wie ein Sterbender sah er nicht aus.

»Ich glaube nicht, dass Sie etwas aus ihm herausbekommen«, sagte die Schwester. Sie hatte hellrot gefärbte Haare; ihr Namensschild wies sie als Juliane Mayer aus. »Er hat Kopfverletzungen und einen doppelten Beckenbruch. Wir haben ihm starke Schmerzmittel verabreicht. Vor morgen früh wird er nicht wieder aufwachen. Und auch dann muss ein Arzt einwilligen, dass Sie ihn vernehmen dürfen.«

»Ich will ihn gar nicht vernehmen.« Schiller zog die Aufnahme der drei Studenten hervor. »Er muss nur einen kurzen Blick auf dieses Foto werfen und mir sagen, woher es stammt.«

»Bedaure.« Die Krankenschwester kniff den Mund zusammen.
Schiller nickte und ging.

Einige Minuten brauchte er vom Bettenhaus bis zu seiner Wohnung in der Sülzburgstraße, weitere fünfzehn, um einen Parkplatz zu finden. Die Wohnung war hell erleuchtet; er meinte, Carlas Schatten zu sehen, sie ging im Wohnzimmer umher, doch sie war anscheinend nicht allein. Therese, dachte er, sie hat sich die alte Hebamme ins Haus bestellt.

Auf der Straße verhielt sich niemand auffällig. Keiner, der ihren Hauseingang beobachtete oder auf der anderen Seite auf und ab ging.

Als er die Tür aufschloss, schlug ihm Zigarettenqualm entgegen. Eine gedämpfte Stimme drang aus dem Wohnzimmer, die nicht Therese gehörte. Die Therapeutin war da. Schiller seufzte. Einen Augenblick überlegte er, wieder zu verschwinden.

Wann war er das letzte Mal bei Sylvie, seiner elfenhaften Tangolehrerin, gewesen und hatte mit ihr getanzt? Eine Ewigkeit war das her. In der Küche trank er ein Glas Wasser. Er fühlte sich zu erschöpft, um nun zu Carla zu gehen und ihr ihre Ängste auszureden. Einen Moment später stand sie in der Tür.

»Dachte ich doch, dass ich etwas gehört habe.« Sie strich sich eine dunkle Strähne aus dem Gesicht und lächelte.

»Tut mir leid. Ein neuer Mord.« Er trat auf sie zu, nahm sie in den Arm und küsste sie auf die Wange. Ihre Haut war erhitzt, als hätte sie Fieber.

»Ich habe Barbara Stahl angerufen – wegen meines Herzrasens«, sagte sie.

Schiller nickte. Herzrasen – in einer der letzten Nächte war Carla deshalb aufgewacht.

Die Therapeutin saß auf dem schwarzen Ledersofa und rauchte. Sie trug einen gelben Rollkragenpullover und eine dunkelblaue Hose. Als Schiller in der Tür erschien, drückte sie schuldbewusst ihre Zigarette aus, als ahnte sie, dass er überzeugter Nichtraucher war.

»Ihre Frau hat mich angerufen – ein kleiner Rückfall, nichts Besorgniserregendes.« Barbara Stahl bemühte sich zu lächeln, doch irgendwie wirkte sie abgehetzt und außer Atem. »Eigentlich sollte ich nicht mehr rauchen.« Sie deutete auf den Aschenbecher – vier Kippen lagen da. »In drei Wochen wollen wir schließlich den Marathon laufen, nicht wahr? Wann trainieren Sie?«

Schiller fiel ein, dass er sie neulich nachts im Fenster eines Eckhauses an der Dürener Straße hatte rauchen sehen. Offensichtlich wohnte sie da.

»Ich komme leider kaum zum Training«, erwiderte er. »Manchmal abends.« Er zog seine Jacke aus und setzte sich. Carla hatte neben der Therapeutin Platz genommen. »Im Moment bin ich fast Tag und Nacht im Präsidium.«

Barbara Stahl musterte ihn ernst. »Ihre Frau hat mich angerufen – ich habe ihr erklärt, dass diese ein, zwei Stunden zwischen hellem Tag und dunkler Nacht für sie noch eine Zeit lang problematisch sein werden, aber wir sind ein paar Schritte weitergekommen. Dieser Besuch am Grab des Schriftstellers war sehr wichtig.«

»Es hat jemand vor dem Haus gestanden und den Eingang beobachtet.« Carla schaute die Therapeutin flehend an, als hinge viel davon ab, dass sie ihr glaubte. »Das habe ich mir nicht eingebildet.«

»Nein, wahrscheinlich nicht.« Die Therapeutin erhob sich. »Aber wichtig ist, dass Sie wissen, dass Sie mit allen Situationen, die sich ergeben, fertigwerden. Sie haben die Kontrolle über sich, niemand sonst.« Sie reichte erst Carla, dann Schiller die Hand und nickte ihm freundlich zu. »Ich hoffe, dass Sie nicht nur arbeiten müssen, sondern auch ein wenig Zeit finden, um bei Ihrer Frau zu sein.«

Als es klingelte, zuckte Carla zusammen, doch es war nicht die Türglocke, sondern Schillers Handy.

»Bist du schon zu Hause?«, fragte Nele.

»Ja, Wollschläger konnte nichts zu dieser alten Aufnahme sagen – man hatte ihm starke Schmerzmittel gegeben. Vielleicht kann ich ihn morgen befragen.«

»Elsa Peukert ist wieder in ihrem Altersheim aufgetaucht. Sie war bei einer Freundin im Nachbarort. Sie hat gleich zurückgerufen, aber sie war sehr abweisend. Über den Tod ihrer Tochter will sie nicht sprechen. Die Kleine war Studentin und hatte wohl etwas mit Blaschek. Sie haben beide in München Germanistik studiert. Mehr war aus der alten Dame nicht herauszukriegen.«

»Also eine Sackgasse«, erwiderte Schiller. Sein Blick folgte der Therapeutin und Carla, die den Raum verließen.

»Sieht so aus.« Nele klang müde. »Aber dafür wissen wir, dass Heinen noch lebt. Er ist nicht der Tote aus dem SUV. Angeblich hat er den Wagen einem Mitarbeiter überlassen – einem gewissen Juri Michailowitsch Nikulin, einem russischen Staatsbürger, der einmal verdächtig war, einen Mord begangen zu haben. Wir konnten ihm aber nichts nachweisen.«

24.

Sie wollte nicht nach Hause gehen. Zu Hause, wo war das? Sie war eine Polizistin – es konnte doch nicht sein, dass alles seinen Wert verloren hatte, weil vor ihrer Tür ein Mensch erschossen worden war. Vielleicht könnte sie durch die Tiefgarage in ihre Wohnung hinaufgehen, überlegte sie. Im Chelsea letzte Nacht hatte sie kaum ein Auge zugetan, weil das Bett so weich gewesen war.

Birte holte sich einen ersten Kaffee, dann einen zweiten. Papiere stapelten sich auf ihrem Schreibtisch. Warum hatte der Täter Schiller einen Zettel unter den Scheibenwischer geklemmt? Warum hatte er auch Blaschek die Schuhe ausgezogen? Sie kam einfach nicht weiter. »ENDE. DAS WAR ES!!!« – deuteten diese vier Worte nicht darauf hin, dass es mehrere Morde gegeben hatte? Aus dem Nebenzimmer hörte sie, wie Nele mit Schiller telefonierte. Wollschläger hatte offenbar keine Aussage über das Jugendfoto von Inka Boog gemacht.

Irgendwie hatte Birte das Gefühl, dass sie die Einzelteile des Falles wie ein Puzzle auf dem Tisch liegen hatten und es nicht zusammensetzen konnten. Gab es doch einen Barfuß-Mörder, wie Hinrichs vermutete? Sie nahm sich die Liste vor, die er ihnen übergeben hatte. Vier Morde von 1992 bis 2006, also eine Zeitspanne von vierzehn Jahren, und die einzige Gemeinsamkeit waren die fehlenden Schuhe. Kein Opfer war mit derselben Waffe erschossen worden. Der erste Tote, ein Musiker, war spät abends vor der Oper erschossen worden – mit einer Walther PPK. Der Mann hatte Schulden und war in psychiatrischer Behandlung. Die Oper hatte ihm gekündigt. Seine Schuhe, braune, abgetragene Halbschuhe der Marke Salamander, waren nie wieder aufgetaucht. Das zweite Opfer, eine alleinstehende Gestalttherapeutin, war in ihrer Wohnung erdrosselt worden. Zuvor hatte der Täter die Frau betäubt. Dass ihre Schuhe fehlten, Damenschuhe von Gabor, war anfangs nicht aufgefallen. Der dritte Mordfall fiel völlig aus dem Rahmen – ein siebzehnjähriges Mädchen, das vom Fahrrad gerissen, vergewaltigt und dann mit einem Messer getötet worden war. Das Opfer hatte adidas-Turnschuhe getragen.

Dann der Kassierer am Theater in Senftenberg: ein fünfzigjähriger Mann, der sich vorher als Schauspieler durchgeschlagen hatte, bis er Probleme mit seinen Stimmbändern bekommen hatte. Ein depressiver Alkoholiker. Er war in seiner Wohnung erstickt, weil jemand ihn geknebelt und ihm dann eine Plastiktüte über den Kopf gestülpt hatte. Eine glasklare Abrechnung. Die Füße des Mannes waren nackt gewesen. Seine Cowboystiefel, deren Marke die Polizei nicht mehr hatte feststellen können, waren nirgends zu finden gewesen.

Sosehr Birte sich bemühte – es gab kein Muster. Fehlende Schuhe … ein Schuhfetischist, der Leute umbrachte?

Nele steckte den Kopf herein und verabschiedete sich. Draußen war es dunkel geworden. Halb neun – Zeit, nach Hause zu gehen.

Für einen Moment dachte sie an Lars, an seinen schlanken Körper, seine feingliedrigen Hände, die ihre Brust liebkost hatten … Sie war seit einem Jahr in Köln, immer noch eine Fremde, und hatte fast nichts anderes getan, als zu arbeiten.

»Du bist noch da?« Die Stimme ließ sie zusammenzucken. Hinrichs stand in der Tür, zwei Kaffeebecher in der Hand. Klar, er hatte gewartet, dass Nele endlich ging. »Was ist mit dem toten Russen?«, fragte er. »Der war doch mal in einen Mord an einem Taxifahrer verwickelt, oder nicht?«

Hinrichs kam näher. Er lächelte und roch nach Nikotin.

»Das ist ein anderer Fall«, entgegnete Birte leise und viel zu defensiv, wie sie selbst bemerkte. »Der Tote hatte seine Schuhe noch an.«

Plötzlich hatte sie den widerwärtigen Geruch seiner Wohnung, die sie nur einmal betreten hatte, in der Nase. Muffig, nach alten Schuhen hatte es gerochen. Eine laut tickende Standuhr hatte im Wohnzimmer gestanden, an der Wand »Die Lesende«, ein Druck von Gerhard Richter. Dann hatte er den »Boléro« aufgelegt, bevor sie, halb betrunken, ins Bett gekrochen waren. Und sie Idiotin hatte alles geschehen lassen.

Hinrichs stellte den Becher vor ihr ab und kam ihr so nahe, dass sein Gesicht ihr Haar streifte. Der Hauch einer Berührung nur, doch sie spürte, wie sie sich unwillkürlich anspannte. Einmal schon hatte sie sich gegen ihn gewehrt und ihn geschlagen, und gleich würde sie es wieder tun.

»Das Kind war nicht von dir«, stieß sie aus, unwillkürlich, ohne jede Überlegung. »Und wenn du mich nicht endlich in Ruhe lässt und mich noch einmal anfasst, breche ich dir den Arm.«

Aus den Augenwinkeln sah sie, wie er zurückwich. Sie erwartete, dass er lachte, eine scharfe Entgegnung machte, doch er stand nur da, mit bleichem Gesicht, wie erstarrt, seinen dampfenden Kaffeebecher in der Hand. Er wirkte erschreckt, mit Schmerz in den Augen, als hätte ihm jemand, ohne dass er den Hieb hatte kommen sehen, ein Messer in die Rippen gerammt. Gleich stürzt er, dachte Birte, und fast hätte sie Mitleid bekommen.

»Ich bin krank«, flüsterte er. »Ich weiß es ... Ich gehe zu einem Arzt deswegen ... nehme Tabletten, aber es hilft nichts ... Diese eine Nacht ... Jeden Abend, wenn ich in meinem Bett liege, muss ich daran denken ...«

Das ist fast ein halbes Jahr her!, wollte sie ihn anschreien, doch stattdessen wandte sie stumm den Blick ab.

»Ich habe mir geschworen, nicht mehr vor deinem Haus zu stehen«, fuhr Hinrichs mit zitternder Stimme fort. »Ich kriege das auch hin ... Trotzdem könntest du ein wenig netter zu mir sein ... Sonntags fahre ich mit meinem Motorrad aufs Land ... Ich rase durch die Eifel ... viele Kurven ... Ist mir egal, wenn mir was passiert ...«

Er ist einsam, dachte Birte. Er sitzt in einem tiefen dunklen Loch und brüllt immer nur meinen Namen. Fast so wie Carla, als sie in dem Rauchhaus gefangen war.

»Leider«, sagte sie, ohne ihn anzusehen. »Ich kann nichts für dich tun.« Dann klingelte ihr Mobiltelefon, und sie wusste, dass es Lars war, der Nächste, der sie nun verfolgte.

Nach dem dritten Klingeln nahm sie das Gespräch an.

»Kommst du?«, fragte Lars. »Wir könnten nur reden. Heute habe ich die erste Probe geschmissen.«

Sie zögerte einen Moment. Hinrichs war plötzlich verschwunden. Lautlos war er hinausgegangen.

»Ich muss arbeiten«, sagte sie, doch dann dachte sie an ihre leere Wohnung. Nur die Glasvitrine, in der sie Martins letzte Geige aufbewahrte, bedeutete Heimat. »In einer Stunde könnte ich bei dir sein«, fügte sie viel zu hastig hinzu.

Lars war wie ausgewechselt. Er war bester Laune und hatte Brot, Wein und Käse gekauft. Nachdem sie eine halbe Flasche Rotwein getrunken hatten, trug er ihr seine Rolle in »Kinder der Sonne« vor. Er spielte einen Forscher, der so von seiner Arbeit eingenommen war, dass er nicht merkte, dass seine Frau mit einem anderen ein Verhältnis hatte. Ein gutes Stück. Birte genoss die private Vorstellung. Zwischendurch küssten sie sich.

Es ist verrückt, sagte sie sich, und wenn außer Schiller nur einer von der Kölner Polizei davon erfährt, bin ich meinen Job los.

Später in der Nacht liebten sie sich. Birte dachte an Martin, Lars und er ähnelten sich äußerlich kaum. Trotzdem empfand sie eine Vertrautheit, die sie erstaunte. Nur Martin hatte so zärtlich und zurückhaltend sein können.

Doch als sie im Dunkeln lagen, spürten sie beide die Ernüchterung.

»Mein Sohn ist immer noch krank«, sagte Lars in die Dunkelheit hinein. »Ich müsste eigentlich zu ihnen fahren. Aber ich werde ja immer noch verdächtigt, nicht wahr?« Er lachte matt.

Birte ging nicht darauf ein. »Der Täter hat wahrscheinlich ein Bild mitgenommen, das in Inka Boogs Büro hing – ein Foto, das sie als junge Frau in einer Gruppe zeigt. Weißt du etwas darüber?«

Lars richtete sich in der Dunkelheit auf und griff nach seinen Zigaretten. »Inka hat ganz früh Theater gemacht, schon als Studentin war sie Regisseurin. Blaschek hat sich da noch als Schauspieler versucht. Ich glaube, sie sind sogar öffentlich aufgetreten. Warum hat der Täter das Bild mitgenommen?« Er steckte sich eine Zigarette an. Für einen Moment erhellte ein Streichholz sein Gesicht.

Wenn wir uns unter anderen Umständen kennengelernt hätten, dachte Birte, hätte sogar etwas aus uns werden können.

»Keine Ahnung«, sagte sie. »Wir wissen auch nicht, warum der Täter die Wohnung angesteckt hat. Spuren … er fürchtet irgendwelche Spuren. Sagt dir der Name ›Lisa Peukert‹ etwas?«

»Nein.« Lars schob ihr seine brennende Zigarette in den Mund und küsste sie auf die Wange. »Wer soll das sein?«

Sie antwortete nicht. Wann hatte sie zuletzt geraucht? Sie inhalierte tief und musste husten. Sie reichte Lars die Zigarette zurück und ging zum Fenster. Im hellen Mondlicht lag der Rhein da. Ein Moment der Klarheit streifte sie: Er war ein attraktiver, interessanter Mann, keine Frage, und sie war zu lange allein gewesen, und doch war es falsch, was sie tat. Sie hatte eine Aufgabe zu erledigen.

Plötzlich fiel ihr ein, was sie übersehen hatte. Blascheks Liste, die er in dem Hotelzimmer weggeworfen hatte. Sie hatte den Initialen keine Beachtung geschenkt. Aber vielleicht gab es Übereinstimmungen mit den vier Toten, denen man die Schuhe ausgezogen hatte, und sie mussten herausfinden, wer genau auf diesem Studentenfoto zu sehen war.

Neue Zuversicht durchströmte sie. Sie hatten längst eine Spur, ohne es erkannt zu haben. Das Foto war die Spur. Indem er das Foto mitgenommen hatte, hatte der Täter sich eine Blöße gegeben, und auch durch sein Bekenntnis »ENDE. DAS WAR ES!!!«.

Wer schrieb so etwas? Jemand, der selbst gepeinigt war. Wollschläger war so einer, nach außen hin große Klappe, aber im Innern ein Wrack. Sie mussten seine Wohnung gründlich durchsuchen. Wenn sich das Foto aus dem Büro bei ihm fand, war er so gut wie überführt.

Birte eilte zum einzigen Stuhl im Raum und streifte sich ihre Kleider über.

»Was tust du?«, fragte Lars verwundert. Er erhob sich und kam, nackt, wie er war, auf sie zu.

»Ich muss arbeiten«, sagte sie. Als er sie umarmen wollte, schob sie ihn zurück. »Und wir sollten nun doch eine Abmachung treffen. Dass wir uns besser nicht wiedersehen.«

25.

Du sollst nicht töten! Das fünfte Gebot – seine Mutter würde sich in ihrem Grab herumdrehen, wenn sie wüsste, was aus ihrem Sohn geworden war. Verflucht, er war noch keine dreißig und hatte sein Leben verpfuscht. Vielleicht hatte seine Mutter ihm sogar Nora gesandt, damit er begriff, was für ein Mensch aus ihm geworden war.

Im Telefonbuch hatte er die Adresse von Jan Schiller gefunden, aber als er angerufen hatte, war nur ein unpersönlicher Anrufbeantworter angesprungen. Er hatte sich geräuspert und kein Wort herausbekommen, aber was hätte er auch sagen sollen? Ich werde von Juri verfolgt, der aus mir einen Mörder gemacht hat? Und: Ich möchte ein Geständnis bei Ihnen ablegen?

Als er an der Moselstraße ausstieg, sah er schon von Weitem, dass die Tür sperrangelweit aufstand und die meisten Fenster erleuchtet waren. Ein paar Typen drückten sich mit Bierflaschen in der Hand im Treppenhaus herum. Ein Radio lärmte, und irgendwo in einem Hinterzimmer spielte jemand Gitarre. Alexander schob sich an den Typen vorbei und nickte ihnen zu, ohne ein Wort zu sagen. Niemand hielt ihn auf, als er zu seinem Zimmer in die dritte Etage hinaufging. Er schaltete das Licht nicht an. Das Bett, in dem die Chinesin gelegen hatte, war leer, aber in einem anderen lag eine Gestalt mit schwarzen Haaren und atmete ruhig vor sich hin.

Plötzlich dachte er, dass Juri möglicherweise schon da gewesen war – ja, dass Juri die Gestalt in dem dritten Bett sein könnte und nur so tat, als schliefe er.

Sein Herzschlag beschleunigte sich. Paranoia, dachte er, ich muss dieses Gefühl loswerden, dass Juri überall sein könnte.

Langsam schlich er zu dem Bett hinüber. Ein Mädchen schlief da, blutjung, mit langen schwarzen Haaren, die ihr Gesicht halb bedeckten. Ihr Mund war leicht geöffnet, und dann, als würde sie seinen Blick spüren, bewegten sich ihre Lippen, und sie sagte im Schlaf etwas, das er nicht verstand.

Beruhigt kehrte er zu seinem Bett zurück. Sie war harmlos,

eine Ausreißerin, doch wie lange würde er hierbleiben können? Er musste Juri finden und mit ihm sprechen. Aber was genau sollte er ihm sagen? Ich will keine Leute mehr umbringen, ich will mit Nora Kinder haben und Bienen züchten? Lächerlich!

Wenn er endlich seine Ruhe haben und Nora schützen wollte, musste er Juri aus dem Weg räumen. Ja, indem er seinem Vater das Foto überlassen hatte, hatte Juri einen schweren Fehler begangen.

Irgendwann schlief er ein – das regelmäßige Atmen des Mädchens als sanfte, beruhigende Musik im Hintergrund.

Als er aufwachte, war es heller Tag. Vage erinnerte er sich, dass er wieder von dem toten Taxifahrer geträumt hatte. Die Flammen hatten dessen Körper schier aufgefressen, nur sein Gesicht hatte sich im Traum als unzerstörbar erwiesen. Es war bereits Viertel nach zehn, wie ihm seine Armbanduhr verriet. Samstagmorgen. Das Mädchen war verschwunden, ohne dass er es bemerkt hatte. Sie hatte ihr Bett ordentlich gemacht. Autos rauschten auf der Straße vorbei. Ein blauer Himmel stand vor dem Fenster. Alexander zog sich rasch ein Hemd und seine Hose über. Im Gang war eine Toilette, wo er sich waschen konnte.

Er brauchte einen Plan, um Juri zu finden. Und er brauchte einen Wagen, groß und schnell, aber unauffällig.

Zwei Stunden später hatte er sich am Kölner Airport einen dunkelblauen Škoda Kombi gemietet – ein Allerweltsauto, und am Flughafen herrschte so viel Betrieb, dass man sich kaum an ihn erinnern würde.

Dann fuhr er in die Johann-Classen-Straße. Etwa hundert Meter vom Haus seines Vaters entfernt fand er einen Parkplatz. Nun musste er lediglich noch auf Juri warten. Er würde ihn mit seinen eigenen Waffen schlagen – das war der Plan. Juri würde kommen, sich bei seinem Vater nach ihm erkundigen, und dann könnte er ihm folgen.

An einem Samstagvormittag herrschte hier wenig Verkehr. Ein paar Kinder zogen vorbei und gafften ihn an. Rentner gingen zum Einkaufen oder führten ihre Hunde aus. Alexander beachtete sie nicht weiter. Er hatte das Radio leise gestellt, doch plötzlich glaubte er, die Stimme seiner Mutter in seinem Kopf zu hören. Noch nie hatte sie zu ihm gesprochen, aber da war sie, eindringlich flüsternd.

»Es ist gut, was du tust«, sagte sie ein wenig heiser, und er sah sie vor sich, wie sie sich zu ihm vorbeugte, damit sein Vater sie nicht hörte. »Juri ist ein schlechter Mensch. Er ist an allem schuld. Wenn du Juri bestrafst, ist auch deine Schuld fast getilgt.«

Fast hätte es ihm Tränen in die Augen getrieben. Seine Mutter – irgendwo in seinem Kopf. Er konnte zumindest etwas von seiner Schuld begleichen.

Als er kurz die Augen schloss, verschwand seine Mutter, und er hatte Nora vor sich. Er konnte sie nicht anrufen, aber vielleicht könnte er ihr schreiben.

»Liebe Nora, Du warst ein helles und ein dunkles Glück für mich. Hell, weil ich durch Dich ein anderer wurde – und dunkel, weil es mich an meine Schuld erinnert hat. Diese Schuld muss ich erst gestehen, bevor ich zu Dir zurückkehren kann.«

Helles und dunkles Glück – gab es so etwas?

Er hatte noch nie einen Brief geschrieben, vielleicht einmal als Übung in der neunten Klasse.

Und was meinte er mit »zurückkehren«? Glaubte er tatsächlich, Nora würde auf ihn warten, wenn er aus dem Gefängnis kam?

In seinem Kopf drehte es sich. War es richtig, was er tat? Einem Polizisten, dem er zweimal in seinem Leben begegnet war, seine Morde gestehen?

»Ja«, flüsterte seine Mutter wieder, »niemand kann seiner Schuld entkommen, und es wird dir helfen, sie anzunehmen.«

Als Alexander die Augen öffnete, sah er im Spiegel, wie ein weißer SUV vorbeirauschte. Juri parkte in der zweiten Reihe, direkt vor dem Haus. Das hieß, dass er sich nicht lange bei dem Alten aufhalten wollte. Als hätte er das Gefühl, beobachtet zu werden, schaute Juri sich um, bevor er zum Haus Nummer 100 hinüberging. Alexander rutschte unters Steuer. Juri trug wieder seinen weiß-grauen Anzug. Irgendwie wirkte er angespannt.

Keine drei Minuten blieb er im Haus verschwunden. Dann kehrte er zu seinem SUV zurück und stieg ein. Seine Miene war reglos. Zufrieden sah er nicht aus, eher nachdenklich. Was hatte der Alte ihm gesagt? Dass Alexander sich nicht hatte einschüchtern lassen? Die eingetretene Tür sprach auch für sich.

Nun kam das Schwierigste, wusste Alexander. Konnte er Juri folgen, ohne dass er erkannt wurde?

Juri fuhr die Eythstraße hinunter und bog dann auf die Kalker Hauptstraße stadteinwärts ein. Er beschleunigte, bremste abrupt und fuhr bei Gelb über eine Ampel. Fast war Alexander sicher, dass Juri ihn gesehen hatte. Doch ein Stück weiter, kurz vor der Hauptpost, hatte er ihn wieder in Sichtweite vor sich. Ein weißer SUV war zum Glück schon aus einiger Entfernung auszumachen. Juri fuhr nach Deutz, Richtung Kölnarena, dann am Bahnhof Deutz vorbei.

Als Alexander schon glaubte, er würde auf die Deutzer Brücke zusteuern, bog der SUV nicht ab, sondern hielt geradeaus auf den Rhein zu. Dann schwenkte er nach rechts. Hier lag das Hyatt – Kölns schönstes Hotel.

Für einen Moment stockte Alexander der Atem. Juri passierte das Hotel und parkte dann. Der Scheißkerl hatte sich tatsächlich im Hyatt einquartiert. Alexander nutzte den kurzen Moment, bevor Juri aus dem SUV stieg, und raste an ihm vorbei.

Zum Glück fand er nach hundert Metern einen Parkplatz. Er stieg aus und wollte schon zum Hotel eilen, als er ihn sah: Der fette, glatzköpfige Waldemar schlenderte vom Rhein heran. Juri hatte sich Hilfe organisiert. Kurz vor dem Hotel trafen die beiden sich. Waldemar umarmte Juri herzlich, als hätten sie sich lange nicht gesehen. Dann nickte er Juri zu, der mit ernster Miene auf ihn einsprach.

Ein Auftrag wurde vergeben – so sah es aus. Langsam und ohne auf Passanten zu achten, gingen sie zur Uferpromenade hinüber. Juri zog schließlich ein Papier aus seiner Jackentasche und gab es Waldemar. Der dicke Glatzkopf nickte wieder und betrachtete das Papier, als könnte er nicht ganz begreifen, was er da in der Hand hielt.

Waldemar hatte nie zu den klügsten Köpfen gezählt. Eine Zeit lang hatte er Autos verkauft und hin und wieder auch einen Wagen nach Polen oder Russland verschoben. War es erneut ein Foto von Nora, das Juri weitergereicht hatte?

Alexander hatte sich zum Aufgang zur Hohenzollernbrücke begeben, er hatte die beiden gut im Blick, doch er war zu weit entfernt, um Genaueres zu erkennen. Waldemar umarmte Juri schließlich wieder, diesmal noch theatralischer, und während Juri zielstrebig auf den gläsernen Hoteleingang zuhielt, schlug der Dicke die Richtung zur Hohenzollernbrücke ein. Alexander zog sich hinter einen Pfeiler zurück und ließ ihn zehn Meter an sich vorbei über die Brücke gehen. Nachdem er ihm etwa fünfzig Schritte Vorsprung gelassen hatte, begann er ihm zu folgen.

Ohne Eile schritt der Dicke an den vielen Schlössern vorbei, die Liebespaare auf der Brücke angebracht hatten, auf den Bahnhof zu.

Was für ein Geschäft hatten die beiden gemacht? Alexander war sicher, dass es mit ihm zu tun hatte. Und er wusste noch etwas: dass der dicke, hässliche Waldemar es ihm bei der nächsten Gelegenheit verraten würde.

Waldemar hatte es nicht eilig. Er gönnte sich eine Bockwurst und ein Dosenbier, bevor er den Bahnhof durch den rückwärtigen Ausgang zum Breslauer Platz verließ. Dann wandte er sich nach links. Nicht ein einziges Mal schaute er sich um.

Auf dem Eigelstein hielt er einen Türken an, der ihm ein wenig ängstlich für seine Zigarette Feuer gab. Vor dem Haus Nummer 72, in dem sich ein Fischladen befand, schnippte der Dicke die Zigarette in die Gosse und zog einen Schlüssel hervor. Dann betrat er, wieder ohne jeden Blick nach rechts oder links, völlig arglos das Haus.

Alexander wartete ein paar Momente ab. Auf dem oberen Türschild stand tatsächlich der Name »Waldemar Orlow«. »Orlow« hieß auf Russisch »Adler« – darauf hatte der Dicke sich immer etwas eingebildet. Drei andere Parteien wohnten noch im Haus. Alexander drückte auf den unteren Knopf – »Belek« stand da. Nach zwei Minuten wurde ihm aufgedrückt. Er betrat einen engen dunklen Hausflur. Der Fischhändler stand in seinem weißen Kittel in der Tür und schaute ihn fragend an.

»Ich suche eine Familie Koslowski«, sagte Alexander. »Wohnen die nicht mehr im zweiten Stock?«

Der Türke furchte die Stirn. »Wohl Irrtum«, schnarrte er unfreundlich. »Polnische Leute? Waren hier nie!«

»Tut mir leid«, erwiderte Alexander und nickte. »Dann habe ich mich wohl geirrt. Ist hier nicht Haus Nummer 91?«

»Musst du richtig lesen – ist auf anderer Seite.«

Der Fischhändler machte kehrt und wartete nicht darauf, dass Alexander das Haus verließ. Vielleicht blickte er durch seinen Laden hinaus, aber dieses Risiko musste Alexander eingehen. Er lief die Stufen hinauf. Der hässliche Waldemar wohnte in der zweiten Etage.

Ein paar Momente verharrte Alexander lauschend im Treppenhaus, um herauszufinden, ob der Dicke allein in seiner Wohnung war. In eine Runde saufender oder Karten spielender Russen zu platzen, hätte ihn in echte Schwierigkeiten gebracht. Er glaubte, eine Wasserspülung zu hören, danach ein lautes Rülpsen, dann begann Waldemar schräg zu pfeifen. Anscheinend war er bester Laune.

Alexander drückte auf den Klingelknopf und eilte die Stufen zur dritten Etage hinauf. Doch in der Wohnung erfolgte keine Reaktion. Waldemar war nicht auf Besuch eingestellt. Er unterbrach nicht einmal sein Pfeifen. Was sollte er tun, um den Dicken herauszulocken? An die Tür pochen und sich zu erkennen geben? Nein, dafür war es zu früh, außerdem konnte er nicht wissen, ob der Dicke dann nicht sofort eine Waffe zog. Alexander klingelte noch einmal, diesmal länger, dann trat er auf die dritte Stufe zur nächsten Etage.

Geduld war nicht Waldemars größte Stärke. Fluchend riss er die Tür auf, während er gleichzeitig auf den Knopf drückte, der unten die Haustür öffnete. Als sich nichts rührte, trat er an das Geländer und spähte ins Treppenhaus hinunter.

»Besuch für dich!«, rief Alexander aus. Er stürzte sich auf den Dicken und bekam dessen linken Arm zu fassen, den er ihm mit einem heftigen Ruck auf den Rücken drehte.

Waldemar ging sofort in die Knie und schrie vor Schmerzen auf.

»Alex … was soll das?«, stieß er stöhnend hervor.

Alexander lächelte. »Ich dachte, ich unterhalte mich mal mit dir darüber, was du heute so gemacht hast.« Er schob den Glatzkopf langsam in die Wohnung und trat die Tür hinter sich zu, die knallend ins Schloss fiel.

»Lass mich los!«, wimmerte Waldemar. »Du renkst mir den Arm aus!« Er fluchte auf Russisch.

»Was hat Juri von dir gewollt?«, zischte Alexander ihm ins Ohr.

»Juri? Ich habe ihn schon eine Ewigkeit nicht mehr gesehen.«

Der Dicke versuchte, den Kopf zu drehen und sich aus dem Griff herauszuwinden, doch Alexander verstärkte mit einer schnellen Bewegung den Druck auf dessen linken Arm.

»Was für eine beschissene Lüge!«

Alexander sah sich in der Wohnung um. Drei Türen wiesen vom Flur ab, von denen eine offen stand, die ins Wohnzimmer führte. Niemand schien sich in der Wohnung zu befinden. Jedenfalls war kein Laut zu hören.

»Gut«, wimmerte Waldemar. »Ich habe Juri neulich kurz gesehen, ganz zufällig.« Er hatte immer noch nicht begriffen, dass er mit seinen plumpen Lügen alles noch schlimmer machte.

Im Wohnzimmer lag neben drei leeren Pizzaschachteln eine Pistole auf einem zerschrammten, niedrigen Tischchen. Die Waffe schien förmlich zu lächeln.

»Ist die Waffe geladen?«, fragte Alexander.

»Ja … Nein …«, stöhnte Waldemar.

An seinem Hals war eine Blutbahn angelaufen und pulsierte hektisch. Angstvoll blickte er zu der Pistole hinüber. Alexander kannte das Modell – eine tschechische CZ 75, die er für seine Aufträge auch benutzt hatte. Er versetzte dem Dicken einen leichten Stoß und griff mit der rechten Hand nach der Waffe. Sie war entsichert und bestimmt geladen.

Er hielt sie Waldemar an die Schläfe, dessen Knie sofort weich wurden.

»Wenn die Pistole nicht geladen ist, kann ich ja auch abdrücken«, flüsterte er dem Dicken ins Ohr.

»Nein …«, hauchte Waldemar. Er hatte zu schwitzen begonnen, die Ader pulsierte immer heftiger. »Nein … bitte nicht.«

Mit einem Ruck ließ Alexander den Glatzkopf los. Waldemar stürzte auf die Knie und fing an, wie ein Kind zu schluchzen. Mit seinen groben Pranken wischte er sich über das Gesicht. Seine Augen waren gerötet. Tränen liefen ihm über die Wangen.

»Was soll das?«, schluchzte er. »Wir sind doch Freunde … waren wir doch immer … früher.« Er kroch zu einem braunen, schmutzigen Sofa, als wäre es eine rettende Insel.

Alexander zielte mit der Pistole auf ihn. »Du solltest so eine Knarre nicht offen liegen lassen. Man weiß ja nie, wer zu Besuch kommt. Hast du noch andere Waffen in der Wohnung?«

Waldemar rieb sich den linken Arm und schüttelte heftig den Kopf. »Nein … Was soll das? Was willst du?«

Alexander setzte sich in den einzigen Sessel im Raum und sah sich um, die Pistole weiter auf Waldemar gerichtet. Der Dicke hatte es sich in seinem Heim richtig gemütlich gemacht.

Neben dem Sofa lagen weitere Pizzakartons. Auf dem Fensterbrett standen jede Menge Dosen und leere Flaschen. In Blickrichtung vom Sofa war auf einem Kühlschrank ein riesiger Flachbildschirm aufgebaut. Neben dem Fernseher befand sich ein Depot von Dosenbier – drei Lagen hübsch übereinandergestapelt. Über einen Holzstuhl hatte er seine billige Lederjacke geworfen.

»Was hat Juri dir gegeben?« Alexander schaute Waldemar an und hielt die Pistole auf ihn gerichtet, als würde er gleich abdrücken.

Der Dicke hatte den Ernst der Lage immer noch nicht erkannt.

»Nichts«, hauchte er. »Nichts … Ja, wir haben uns getroffen. Wir haben auch über dich geredet … ob ich dich gesehen habe … Irgendwie habt ihr wohl Streit …« Er versuchte tatsächlich zu lächeln – jedenfalls verzog er den Mund. Seine gelben Stummelzähne kamen zum Vorschein.

Plötzlich begriff Alexander, wie dumm Waldemar war und was für ein jämmerlicher Verlierer er war.

»Wir waren doch immer Freunde«, schob Waldemar nach, nachdem er bemerkt hatte, dass Alexanders Miene vollkommen reglos geblieben war.

»Wir sind keine Freunde mehr«, erwiderte Alexander. »Und Juri ist auch nicht mehr mein Freund.« Kaum dass er diese Worte ausgesprochen hatte, fühlte er sich plötzlich erleichtert – erleichtert und gestärkt. Er würde Juri fertigmachen, wenn es sein musste.

Langsam stand er auf und ging zu dem Holzstuhl hinüber.

Waldemar folgte ihm mit den Augen. Panik lag in seinem Blick.

»Klar«, sagte er und lachte gekünstelt, »ihr wart die ganze Zeit in Berlin. Wir haben uns nicht mehr gesehen. Weißt du, dass ich neuerdings Partner bin … bei Holger. Wir kaufen alte Autos, schrauben ein wenig daran herum … und dann ab nach Afrika mit den Karren …« Waldemar verstummte abrupt.

Alexander war bei seiner Jacke angekommen. Er griff hinein, ohne hinzusehen, den Blick weiter auf Waldemar gerichtet.

»Sprich ruhig weiter«, sagte er leise. »Interessiert mich sehr, was du in den letzten Jahren so getrieben hast. Irgendwelchen armen Idioten kaputte Autos verkaufen, ja?«

Waldemar nickte heftig, doch er brachte kein Wort mehr heraus. Er atmete hektisch durch den Mund ein, als hätte er eine Bombe in seiner Tasche spazieren getragen, die nun in der nächsten Sekunde losgehen würde. Sein Gesicht war gerötet, dicker Schweiß stand ihm auf der Stirn.

»Scheiße … verdammte Scheiße. Ich hätte es wissen müssen. Du bist ein Killer, Alex, wirklich, warst du früher schon … der verkackte Taxifahrer … und heute …«

Falsch, ganz falsch, dachte Alexander. Auch sein Herzschlag hatte sich beschleunigt. Ich war ein Killer, aber nun will ich keiner mehr sein. Deshalb bin ich so.

Seine Finger ertasteten ein glattes Papier, nein, zwei – ein schmales und ein breiteres. Bei dem breiteren wusste er, worum es sich handelte, bevor er einen Blick darauf geworfen hatte. Das andere jedoch überraschte ihn.

Juri hatte auch Waldemar ein Foto von Nora gegeben – das Motiv aus den Prinzessinnengärten. Ordentlich, wie er manchmal war, hatte er in Druckbuchstaben, damit selbst ein Idiot wie Waldemar es lesen konnte, Noras Adresse auf die Rückseite geschrieben.

Das zweite, schmale war ein Flugschein: Montagmorgen, 7:45 Uhr – Köln–Berlin – one way. Ausgestellt auf den Namen »Waldemar Orlow«.

Alexander spürte, dass sich sein Magen zusammenzog. »Was sollst du tun?«, fragte er leise und schaute Waldemar an. Hass und Wut lagen in seinem Blick. »Du sollst nach Berlin fliegen und sie herbringen, nicht wahr?«

Waldemar sah aus, als könnte er nicht mehr atmen. Er fuchtelte mit den Händen, als müsste er Schläge abwehren. Dann nickte er mit hochrotem Kopf.

»Ja«, hauchte er. »Juri hat mich gezwungen. Er ist wütend. Er meint, du willst ihn verraten … bist durch dieses Mädchen aus der Bahn geraten. Ja …« Er nickte noch energischer. »So hat er es gesagt: ›Alexander ist aus der Bahn geraten, ich muss ihn wieder zur Vernunft bringen, und dazu brauche ich seine kleine Freundin.‹« Waldemar verstummte und sank aufs Sofa zurück. Er wischte sich den Schweiß von der Stirn. Plötzlich wirkte er krank und bleich. Er hatte begriffen, was er eben getan hatte – er hatte Juri verraten und sein Leben verwirkt.

»Ich meine«, begann er hilflos, »ich … Juri und du … ihr solltet euch wieder vertragen.«

Nein, Alexander schüttelte den Kopf. Er schaute Nora auf dem Foto an. Wie schön sie war mit ihren kurzen schwarzen Haaren, dem freundlichen Blick – niemand würde ihr etwas antun.

»Was soll ich mit dir machen?«, fragte er Waldemar flüsternd und hob die Pistole.

Der Dicke hielt die Arme abwehrend vor sein Gesicht – er hatte so viel Angst, dass er sich jeden Moment einpissen konnte.

Im nächsten Moment klingelte es an der Tür.

26.

Der Tote im SUV hieß Juri Michailowitsch Nikulin – Schiller hatte diesen Namen schon einmal gehört, aber er konnte ihn nicht mehr einordnen. Der Mord an einem Taxifahrer, hatte Nele gemeint, aber wer von den Verdächtigen war dieser Nikulin gewesen? Carla lag neben ihm und atmete rhythmisch ein und aus.

Schiller rückte ein wenig von ihr ab. Lediglich die Lampe auf dem Nachttisch neben Carla brannte, aber selbst dieses matte Licht störte ihn. Er war müde und konnte doch nicht schlafen. Nikulin – wer war dieser tote Russe, und warum hatte er die alte Visitenkarte in der Hand gehalten?

Einmal zuckte Carla im Schlaf zusammen, und dann begann sie zu wimmern. Schiller spürte, wie er sich anspannte. Wann würden ihre Alpträume endlich aufhören? Er wusste, dass er ungerecht war, aber am liebsten hätte er sie geschüttelt und angeschrien: Du kannst Hagens Tod nicht ungeschehen machen – verdammt, warum begreifst du das nicht!

Irgendwann glitt er in einen leichten Schlaf, der morgens gegen sechs schon wieder zu Ende war. Lautlos schlich er aus dem Zimmer und zog sich in der Küche an. Einen Moment überlegte er, eine Runde durch Sülz zu laufen, entschied sich jedoch dagegen, stattdessen fuhr er ins Präsidium.

Es war kurz nach sieben, als er ankam. Birte lag über ihren Schreibtisch gebeugt da und schlief. Sie hatte offenbar die Nacht in ihrem Büro verbracht. Schiller setzte sich ihr gegenüber auf einen Stuhl und beobachtete sie. Sie atmete ruhig ein und aus und brachte mit jedem Atemzug die Papiere vor ihr leise ins Flattern. Angestrengt sah sie aus, nicht nur, weil sie erschöpft und in unbequemer Haltung eingeschlafen war.

Er wusste, dass sie unglücklich war – wegen Hinrichs, der sie verfolgte, weil sie ihr Kind verloren hatte, und weil sie noch immer nicht in Köln angekommen war. Die Kölner hielten sich etwas darauf zugute, dass bei ihnen in der Stadt jeder willkommen war – und es stimmte, in den Kneipen bekam man schnell Kontakt, doch das bedeutete nicht, dass man hier ohne Schwierigkeiten heimisch werden konnte.

Nach ein paar Minuten begann Schiller sich einen Kaffee zu kochen, und Birte schreckte auf und sah ihn verschlafen an.

»Wie spät ist es?« Sie wischte sich über die Augen.

»Gleich halb acht.« Schiller hielt ihr seinen Kaffee hin, den sie dankbar annahm. Sie umklammerte den Becher, als würde sie frieren. »Was hast du hier die ganze Nacht gemacht?« Er deutete auf ihren Computer, der angeschaltet und in den Pausenmodus heruntergefahren war.

Birte trank einen Schluck und reckte sich. »Ich habe etwas herausgefunden. Vielleicht hat Hinrichs doch recht. Ich habe die Initialen auf Blascheks Liste mit den Namen der vier Ermordeten verglichen, die man ohne Schuhe aufgefunden hat. Bei drei Toten stimmen die Initialen überein – nur das vergewaltigte Mädchen aus Oldenburg hieß anders.«

Schiller kochte einen zweiten Kaffee. »Du glaubst, es gibt eine Verbindung zwischen diesen drei Toten und Blaschek?«

Birte stand auf und kam mit dem Kaffeebecher in der Hand zu ihm herüber. »Wenn IB Inka Boog bedeutet, sind es sogar vier Ermordete: Hier, Stuttgart 1992, der tote Musiker hieß René Zork, also RZ. Diese Initialen stehen auf der Liste. Bayreuth, 1999 – die Gestalttherapeutin hieß Marie Merten – MM. Und 2001, der Kassierer im Theater trug den hübschen Namen Ewald Schöne – ES. Vier Namen – vier Übereinstimmungen. Das kann kein Zufall sein.«

»Dann müsste es zwischen all diesen Menschen eine Verbindung geben, die bisher niemand erkannt hat. Und was ist mit den anderen Initialen? Wie viele Namen stehen auf Blascheks Liste?« Schiller beobachtete, wie sich der Kaffee schwarz und dampfend aus der Maschine in seinen Becher ergoss.

»Neun«, erwiderte Birte. »Wenn es sich tatsächlich um Initialen handelt, sind es neun Namen.«

»Dann müssen wir die anderen Namen finden – den Zusammenhang.«

Schiller trank den ersten Schluck Kaffee. Zart und zerzaust stand Birte vor ihm. Plötzlich begriff er, dass sie die beste Kollegin war, die er jemals gehabt hatte, und für einen Moment spürte er den Impuls, sie zu küssen, sanft auf die Wange oder auf den Mund.

»Und dann gibt es dieses Foto, das aus dem Büro verschwunden ist«, fuhr Birte fort. »Vielleicht würde es uns weiterbringen, wenn wir wüssten, wer darauf zu sehen ist.«

Schiller beugte sich vor und küsste sie tatsächlich – vorsichtig auf die Stirn.

»Verdammt genial«, sagte er. »Du hast recht.«

»Küsse am Morgen vertreiben Kummer und Sorgen«, rief eine Stimme von der Tür. Nele war auch schon im Präsidium. Anders als Birte sah sie ausgeruht und frisch geduscht aus.

»Birte hatte eine großartige Idee«, erklärte Schiller, und es klang wie eine Entschuldigung. »Wir müssen herausfinden, wer auf diesem verdammten Foto zu sehen ist, und die Namen mit Blascheks Liste vergleichen.«

Nele furchte die Stirn. »Einer kann es uns nicht mehr sagen. Das Krankenhaus hat mich angerufen. Wollschläger ist heute am frühen Morgen seinen schweren Verletzungen erlegen.«

»Ich habe so ein Gefühl, als könnte sich unser Fall gleich in Wohlgefallen auflösen.« Schiller fand einen Parkplatz vor dem Bettenhaus der Uniklinik.

»Du meinst, dass Wollschläger erst Inka Boog und Blaschek tötete und schließlich Selbstmord begangen hat?« Birte schaute ihn skeptisch an. »Dann müsste Blascheks Liste eine andere Bedeutung haben.«

Schiller nickte. »Ich könnte es mir vorstellen. Er hasste Inka Boog, er war von ihr besessen, und vermutlich hat Blaschek das geahnt. Aber bevor wir weiter in diese Richtung denken können, müssen wir mehr über diesen angeblichen Unfall herausfinden. Wissen wir genau, was passiert ist?«

»Laut Polizeibericht ist Wollschläger am Chlodwigplatz einer Bahn ausgewichen und dabei vor ein Auto gelaufen. Er kam wohl aus dem Brauhaus Päffgen und war ziemlich betrunken. – So viel zu seinem Spruch, er trinke keinen Alkohol mehr.«

»Also kein Selbstmord, sondern wirklich ein Unfall.« Schiller war nicht überzeugt.

Sie wiesen sich bei einer diensthabenden Schwester aus und wurden zu dem Toten geführt. Wollschläger hatte sich im Tod vollkommen verändert, als hätte Schiller ihn nicht erst vor ein paar Stunden, sondern vor etlichen Wochen zum letzten Mal gesehen. Sein Gesicht war wächsern, die Lippen waren blau, als wäre er erstickt. Von Lebensgefahr war bei Schillers Besuch am Abend zuvor nicht die Rede gewesen.

Ein junger Arzt, glatt rasiert, mit randloser Brille, eilte herbei und begann über die Todesursache zu dozieren. »Der Patient hatte ein schweres Schädelhirntrauma. Leider sind heute Nacht Gehirnblutungen aufgetreten. Wir haben ihn nicht retten können.«

»Ist er noch einmal aufgewacht?«, fragte Schiller die Krankenschwester. »Hat er vielleicht noch etwas gesagt?«

Sie schüttelte den Kopf, doch bevor sie etwas entgegnen konnte, kam ihr der Arzt zuvor: »Nein, ausgeschlossen. Wir hatten den Patienten, um ihn zu stabilisieren, in einen komatösen Zustand versetzt. Warum interessiert sich eigentlich die Kriminalpolizei für ihn?«

»Herr Wollschläger hätte uns in einem Mordfall wichtige Informationen geben können«, erwiderte Birte. »Hatte er vielleicht Wertsachen oder Dokumente bei sich?«

Während der Arzt sich mit einem beflissenen Nicken verabschiedete, öffnete die Schwester einen schmalen Stahlschrank. An einem Bügel hingen eine Hose und ein Hemd, auf beiden Kleidungsstücken waren Blutflecken zu sehen. Eine braune Cordjacke war achtlos auf die Ablage gelegt worden. Schiller nahm die Jacke hervor und durchsuchte sie. Als Erstes fand er einen iPod, den er Birte reichte. Sie schob sich einen Hörer ins Ohr und stellte das Gerät an. Dann zuckte sie zusammen, als hätte ein Blitz sie getroffen. Schiller konnte eine schrille Stimme vernehmen, die etwas auf Italienisch sang.

»Er hat Maria Callas gehört – brutal laut«, sagte Birte und schaltete die Musik rasch wieder ab.

Die Schwester trat hinzu. »Den iPod hat er noch im Ohr gehabt, als sie ihn eingeliefert haben«, sagte sie. »Ich war zufällig am Eingang und habe mitbekommen, wie man ihn hereingebracht hat. Ich habe ihn ein paarmal im Theater gesehen, früher, als er noch spielen durfte«, fügte sie in einem Tonfall hinzu, der nach echtem Mitgefühl klang.

»Wollschläger hat Maria Callas gehört, als er überfahren wurde?«, fragte Schiller.

»Ja, höchstwahrscheinlich.«

Die Schwester wandte sich wieder ab, und Schiller durchsuchte die andere Tasche. Ein Portemonnaie kam zum Vorschein. Mehr hatte Wollschläger nicht dabeigehabt, und auch in seiner Hosentasche fand sich nichts als ein Schlüsselbund und eine zerdrückte Schachtel Zigaretten.

»Wir müssen seine Wohnung durchsuchen«, meinte Birte. »Ich glaube nicht, dass er der Täter war.«

Schiller sah das Portemonnaie durch. Ein verloren wirkender Zwanzig-Euro-Schein war Wollschlägers letztes Geld gewesen, dazu steckten eine Bahncard, eine EC-Karte, ein Führerschein und ein Personalausweis in der Börse. Und drei kleine, zerknickte Fotos: Inka Boog mit ihrer unmodernen Lockenfrisur, eine alte Frau mit Dauerwelle, die den Gesichtszügen nach Wollschlägers Mutter sein konnte, und ein Passbild der kleinen Merle. Auf die Rückseite der drei Fotos war wie von Kinderhand mit einem roten Stift ein Herz gemalt worden.

»Nein«, sagte Schiller leise vor sich hin, »irgendwie glaube ich das auch nicht mehr.«

Diesmal brauchten sie Wollschlägers Vermieter nicht, um in die Wohnung zu gelangen. Schiller öffnete die Tür mit einem Schlüssel, der ordentlich mit »Tür, 4. Etage« beschriftet war, so, als hätte ihn Wollschläger erst kürzlich entgegengenommen – oder als würde er gelegentlich die Orientierung verlieren und den richtigen Schlüssel nicht mehr finden. Nichts schien sich in der Wohnung verändert zu haben. Wollschläger hatte sie nach ihrem Besuch wahrscheinlich gar nicht mehr betreten.

»Was genau suchen wir?«, fragte Birte.

Sie stieß die Tür zur Küche auf. Die paar Möbel – Schrank, Tisch, drei Stühle, Spüle – machten einen trostlosen Eindruck.

»Einen Hinweis, ob Wollschläger der Täter sein könnte, oder Hinweise auf Inka Boog, auf dieses Jugendfoto von ihr.«

Er trat an den Küchenschrank und öffnete ihn. Neben ein paar Tellern und Tassen lagen da drei Stangen Zigaretten. Der Kühlschrank war auch fast leer: alte, ranzige Butter, eine angebrochene Flasche Ketchup und zwei fast leere Flaschen Korn.

»Keine Ahnung, wie Wollschläger es hier ausgehalten hat«, meinte Birte. »Die Wohnung eines Schauspielers habe ich mir anders vorgestellt.«

»Eines ehemaligen Schauspielers«, verbesserte Schiller sie. »Wollschläger war arbeitslos, und das schon geraume Zeit.«

Sie gingen ins Schlafzimmer hinüber. In einem windschiefen Schrank aus Kiefernholz hingen ein paar Kleider, die aus einer anderen Zeit stammen mochten: drei Anzüge von Hugo Boss, sogar ein Smoking. Aus einem Fach zog Birte einen schwarzen Karton heraus und stellte ihn auf der Matratze ab. Sie nahm den Deckel ab und pfiff leise durch die Zähne.

»Scheint, als hätte Wollschläger alle seine Briefe gesammelt und …« Sie zögerte und griff in den Karton hinein. Sie förderte eine schwarze, abgewetzte Kladde zutage. »Und er hat Tagebuch geschrieben.«

Mehr von Bedeutung als dieser schwarze Karton war in Wollschlägers Schlafraum nicht zu finden. Birte trug ihr Fundstück in die Küche hinüber. Sie setzten sich, und während Schiller den Karton durchsah, blätterte sie in dem Tagebuch.

»Der letzte Eintrag ist von vorgestern … nein, von gestern. Wollschläger hat die Uhrzeit über den Eintrag geschrieben. ›4:43 Uhr. Alles kotzt mich an. IB ist tot, und die blöden Cops wissen nicht, wer dahintersteckt. IB hatte den Tod verdient, ohne Zweifel, doch nun ist da nur noch Leere, die mich irre macht. Ich werde nie mehr auf einer Bühne stehen können. Wie soll ich mir einen verdammten Text merken? Von einer Brücke springen und weg! Das wäre es. Einfach im Rhein ersaufen.‹«

Birte blickte auf. »Hört sich doch ganz nach Selbstmord an, oder nicht?«

Schiller nickte. Zwei Bündel Briefe hatte Wollschläger in dem Karton gesammelt. Die Handschrift auf dem obersten Brief deutete auf eine Frau hin. Schiller öffnete den Umschlag.

»München, im August 1999. Wollschläger«, las er da, »habe

gestern gesehen, dass Du Vollidiot im Englischen Garten hinter mir hergelaufen bist. Was soll das? Ist nicht alles klar zwischen uns? Ich liebe Dich nicht – eigentlich war alles von Beginn an ein Irrtum. Merle ist nicht von Dir. Hör auf mit dieser fixen Idee. Wenn ich Dir einen guten Rat geben darf, such Dir ein Engagement an einer guten Bühne. In Hamburg – Thalia oder am Schauspielhaus. Vielleicht nehmen sie Dich, wenn Du Dich zusammenreißt. Und wenn Du mich bittest, würde ich sogar ein gutes Wort für Dich einlegen und verschweigen, dass Du ein Choleriker und ein notorischer Säufer bist.«

Schiller brauchte nicht viel Phantasie, um zu erraten, von wem der Brief stammte.

Inka Boog hatte nur mit einem geschwungenen, überdimensionalen IB unterschrieben.

Offenbar hatte Wollschläger alle ihre Briefe aufbewahrt, doch es fanden sich auch andere Papiere in dem Karton: zerknickte Gehaltsabrechnungen, vergilbte Zeitungsausschnitte, Postkarten, Programmhefte von Theateraufführungen und sogar ein paar uralte Bahnfahrkarten.

Birte hatte sich weiter in das Tagebuch vertieft. »Der Kerl war höchst depressiv.« Sie schaute Schiller an. »Er hat sich sogar an Gedichten versucht. ›Du schwarzes Gespenst der Nacht, der Trunkenheit – du widerliche Schöne – warum verlässt du mich und bist doch immer da‹ ... Was soll so ein Unsinn?«

»Er war anscheinend wirklich von Inka Boog besessen – eine tiefe Hassliebe. Wahrscheinlich war er bis zuletzt nicht sicher, ob ihre Tochter von ihm war.«

Schiller breitete einige Zeitungsausschnitte vor sich auf dem Tisch aus. Die meisten waren nachlässig herausgerissen worden. Ein Rezension von »Don Carlos«, ein Foto zeigte den jungen Wollschläger, ein Bericht über das Brecht-Stück »Die heilige Johanna der Schlachthöfe«, das Inka Boog inszeniert hatte, sowie ein längerer Artikel mit der Überschrift »Skandal bei Wilhelm-Tell-Aufführung«.

»Er hat über zehn Jahre Tagebuch geführt – mit längeren Pausen allerdings«, erklärte Birte, während sie weiterblätterte. »Wahrscheinlich müssen wir uns das alles genauer vornehmen. Aber von einem Mord …« Sie unterbrach sich. »›War so voller Wut‹«, las sie, »›dass ich früh morgens zum Rhein gelaufen bin und auf Vögel geschossen habe. Geiles Gefühl!‹ – Der Typ war wirklich ziemlich durchgeknallt.«

Schiller entdeckte eine Todesanzeige von Merle Boog, auf der nur die Namen »Inka« und »Edgar« standen.

»Hier steht auch etwas über Blaschek.« Birte blickte auf. »›Habe Blaschek bei Campi im Funkhaus abgepasst. Er sah richtig scheiße aus – IB macht ihn fertig. Dachte, er würde mich fragen, ob er was für mich tun könnte, dann hätte ich nicht Nein gesagt. Stattdessen hat er nur über die Deibler hergezogen und was für ein Arschloch Herterich ist. Fickst du Inka noch manchmal?, habe ich ihn gefragt, da ist er rot angelaufen und abgehauen.‹ – Wirklich ein nettes Völkchen, diese Schauspieler. Der Eintrag stammt aus dem letzten Jahr.« Birte verzog das Gesicht. »Freue mich schon darauf, diesen ganzen Schmus lesen zu müssen.«

»Vielleicht müssen wir das gar nicht alles lesen«, erwiderte Schiller.

Er hatte sich bis zu den letzten Blättern, die in dem Karton lagen, vorgearbeitet. Das vorletzte, schon brüchige Papier trug die Überschrift: »Revolution auf der Bühne«. Darunter: »Das Studententheater ›Die Barfüßler‹ probt ein eigenes Stück.« Ganz unten auf der Seite war ein Foto abgebildet, das jenem ähnelte, das in Inka Boogs Büro gehangen hatte. Elf junge Leute, zu denen auch Inka Boog und Blaschek gehörten, lachten in die Kamera. Ob sie barfuß auf einer Bühne standen, war leider auf dem Bild nicht zu sehen.

Schiller schob den Artikel Birte hin. »Die Barfüßler – Inka Boog und ihr Studententheater.«

»Die Barfüßler – wieso die Barfüßler?« Birte schreckte förmlich aus ihrer Lektüre auf.

Schiller zuckte mit den Schultern. Das letzte Papier war ebenfalls aus einer Zeitung herausgerissen worden. Es enthielt nur eine kleine Notiz: »Premiere abgesagt. Wegen Krankheit einer Darstellerin können die Barfüßler heute nicht auftreten.«

27.

Als sie wieder zu Jan ins Auto stieg, sah Birte, dass sie drei SMS bekommen hatte. Alle waren von Lars und bestanden nur aus fünf Worten. »Wann sehe ich dich wieder?«

Was sollte das? Sie steckte ihr Handy wieder ein. Jan warf ihr einen vielsagenden Blick zu.

»Wer ist es? Hinrichs oder dieser Becker?«, fragte er.

Birte ging nicht darauf ein. »Glaubst du, dass Wollschläger auch zu diesen Barfüßlern gehört hat?«, fragte sie.

»Vielleicht, aber vielleicht hat er auch nur alles Material über Inka Boog gesammelt, das er in die Hände bekommen konnte.« Jan fuhr ins Präsidium zurück.

Birte hielt Wollschlägers Karton auf dem Schoß. »Und was ist mit Lisa Peukert, Blaschecks Freundin? Sie lebte in München. Könnte sie dieser Theatertruppe angehört haben?«

Jan nickte. »Möglicherweise. Ihr Tod könnte der Schlüssel für uns sein. Auf jeden Fall müssen wir herausfinden, wer Mitglied der Truppe war, auch wenn das alles mehr als fünfundzwanzig Jahre zurückliegt.«

»Die alte Frau«, sagte Birte, »die Mutter von Lisa Peukert könnte etwas wissen.«

Jan blickte in den Rückspiegel. »Der Škoda hinter uns«, sagte er. »Ist der Wagen dir schon einmal aufgefallen? Ich glaube, er verfolgt uns.«

Birte wandte sich um. »Nein, noch nie bemerkt«, sagte sie. »Warum sollte uns jemand verfolgen?«

Jan lächelte verlegen. »Manchmal glaube ich schon, dass Carlas Paranoia mich ansteckt. Neuerdings meint sie, dass jemand unser Haus belauert.«

Der Škoda, in dem nur ein Fahrer saß, der lediglich schattenhaft zu erkennen war, bog ab und fuhr nicht auf die Deutzer Brücke.

Im nächsten Moment klingelte Jans Mobiltelefon. Nach einem kurzen Blick auf das Display reichte er es ihr.

»Therese – wahrscheinlich will sie mir wieder etwas über ihre seltsame Befreiungsfront erzählen – wann und wo sie ihre Parolen aufsprühen wollen.«

Birte nahm das Gespräch an und meldete sich.

»Was ist mit Jan?«, fragte Therese mit ihrer schnarrenden Stimme. »Will er nicht mehr mit mir reden?«

»Er sitzt am Steuer«, erwiderte Birte. »Soll ich ihm etwas ausrichten?«

Therese kicherte. »Ich wollte nur wissen, welche Strafe auf Geldfälschen steht. Wir haben uns überlegt, ob wir nicht neues Geld drucken müssen, wenn wir Deutz befreit haben.«

Im Präsidium rief Jan ihr kleines Team zusammen, Nele, Bert Cremer sowie drei Kriminalassistenten. Kurz berichtete er über ihren Fund in Wollschlägers Wohnung und führte dann die Zeitungsartikel vor.

»Nele, zuerst müssen wir herausfinden, wer alles zu dieser Theatergruppe ›Die Barfüßler‹ gehört hat. Ich schlage vor, dass du Kontakt zu den Kollegen in München aufnimmst. Vielleicht kann uns auch ein alter Kritiker einer Zeitung weiterhelfen, der die Theaterszene in München kennt. Dann …« Jan blickte Cremer an. »Dann sollten wir uns um die Toten von Blascheks Liste kümmern. Wir müssen mehr über ihre Biografie herausbekommen. Haben sie in den achtziger Jahren auch in München gelebt und dort Theater gespielt?«

Cremer nickte den drei Assistenten auffordernd zu, und sie verließen den Raum.

Birte sah, dass schon wieder eine SMS eingegangen war. »Warum meldest du dich nicht?«, schrieb Lars Becker.

Einen Moment dachte sie daran, eine wütende Antwort zurückzusenden, als Hinrichs in ihr Büro stürmte. Sein Gesicht war gerötet, das Haar hing ihm strähnig im Gesicht. Er hatte keine gute Nacht verbracht. Er baute sich vor Jan auf, als wäre sie gar nicht im Raum.

»Was soll das?«, rief er. »Warum werde ich nicht informiert, wenn es neue Erkenntnisse gibt?«

Jan schaute ihn gleichmütig an. »Welche neuen Erkenntnisse? Wollschläger ist tot, ein tragischer Autounfall, aber er hat ohnehin nicht auf der Liste unserer Verdächtigen gestanden. Wir sagen dir sofort Bescheid, wenn es etwas Neues für die Presse gibt.«

»Und was ist mit dem toten Russen?« Hinrichs wagte es nun doch, ihr einen Blick zuzuwerfen. »Gibt es da Neuigkeiten?«

»Wir warten auf den Bericht von Schultke«, erwiderte Jan tonlos. »Dann kümmert sich Cremer wieder um den Fall.« Er blickte an Hinrichs vorbei und lächelte Birte an. »Wir müssen nun wieder arbeiten, Rainer«, fuhr er mit spöttisch freundlicher Stimme fort. »Ein wichtiges Telefonat ... Ich möchte, dass Birte mithört, wenn ich jemanden befrage, der uns wichtige Hinweise geben könnte.«

Hinrichs atmete tief ein. Birte erwartete, dass er sich nicht so einfach abservieren ließ, doch er eilte mit einem unterdrückten Fluch auf den Lippen aus dem Zimmer. Jan hatte bereits das Telefon genommen und wählte.

»Du rufst die Mutter von Lisa Peukert an?«, fragte Birte.

Er nickte und reichte ihr einen zweiten Hörer. »Es kann wirklich nicht schaden, wenn du mithörst. Pass genau auf, wie sie reagiert. Bei Nele war sie total abweisend.«

Ein erstes Tuten war zu hören, dann ein zweites. Jan furchte angespannt die Stirn. Er hätte besser mich sprechen lassen sollen, dachte Birte. Manchmal war er einfach zu direkt und fiel mit der Tür ins Haus.

Das dritte – das vierte Tuten. Offenbar war niemand zu Hause, oder die alte Dame saß bereits beim Mittagessen.

Jan jedoch behielt die Geduld. Dann, nach dem sechsten Tuten, wurde abgehoben.

Eine erkennbar greisenhafte und nicht sehr freundliche Stimme stieß ein krächzendes »Ja?« hervor.

»Jan Schiller, Kriminalpolizei Köln, spreche ich mit Frau Elsa Peukert?« Er bemühte sich um einen entspannten und freundlichen Tonfall.

Die Stimme zögerte, dann sagte sie: »Rufen Sie wieder wegen meiner Tochter an? Ich möchte nicht belästigt werden.«

»Liebe Frau Peukert«, entgegnete Jan, »ich habe nur eine Frage an Sie, die Sie sicherlich ganz leicht beantworten können. Hat Ihre Tochter in München einer Theatergruppe angehört, die den

Namen ›Die Barfüßler‹ getragen hat? Eine Auskunft wäre für unsere Ermittlungen in einem Mordfall sehr wichtig.«

Wieder zögerte die alte Dame. Birte hörte sie tief einatmen. Im Hintergrund war klassische Musik zu vernehmen.

»Hören Sie«, sagte Elsa Peukert dann, »ich bin zweiundachtzig Jahre alt. Den Tod meiner Tochter habe ich nie verwunden, und nun kommen Sie und reißen alte Wunden auf.«

Jan verzog das Gesicht. Birte lächelte ihn besänftigend an. Er durfte nun nicht zu ungeduldig werden. Da saß eine alte Dame in einer noblen Seniorenresidenz am Starnberger See und wurde mit quälenden Dingen aus ihrer Vergangenheit konfrontiert.

»Ja, es mag schmerzhaft sein, wenn ich Sie nach Ihrer Tochter frage, aber wir sind bei unseren Ermittlungen auf eine Theatergruppe in München gestoßen. Hat Ihre Tochter Theater gespielt – mit Inka Boog und Edgar Blaschek?«

Die alte Frau holte wieder tief Luft. Dann stöhnte sie auf, und es klang, als hätte sie bisher gestanden und hätte sich nun setzen müssen.

»Junger Mann«, sagte sie schwerfällig, »meine Tochter hat studiert, Germanistik und Romanistik. Sie wollte Lehrerin werden – die beste Lehrerin der Welt. Sie hat Kinder über alles geliebt, und ich hätte mir Enkel gewünscht, drei oder vier Enkel …«

»Hat sie also kein Theater gespielt?«, fragte Jan, nun doch ein wenig gereizt.

»Nein«, erwiderte Elsa Peukert und unterbrach die Verbindung.

Fehlanzeige.

Jan knallte den Hörer auf. »Verdammt, was für eine störrische alte Frau!« Er schaute Birte an.

»Na, das wäre auch zu einfach gewesen«, sagte sie. »Aber eine Spur bleibt es trotzdem. – Blascheks Liste … Es muss keinen Zusammenhang zwischen den beiden Morden und Blascheks Kränzen für Lisa Peukert geben.«

»Nein«, sagte Jan. »Natürlich nicht.« Er ging in Richtung Kaffeemaschine. »Ich habe mich in diesem Fall schon so oft geirrt. Ich dachte tatsächlich, Wollschläger könnte unser Mann sein … oder Herterich.«

Jemand räusperte sich an der Tür. Birte spürte, dass sie zusammenzuckte. Doch es war nicht Hinrichs, der da im Türrahmen lehnte. Schultke schaute sie ernst und wortlos an und wedelte mit einem Papier.

»Habt ihr den SUV des toten Russen untersucht?«, fragte Birte.

Schultke begann zu lächeln. »Endlich ein Treffer«, sagte er. »Wir haben eine wunderbare DNA-Spur gefunden, Haare auf der Kopfstütze. Jetzt müsst ihr den Mann nur noch finden, dem die Haare gehören. Er heißt Alexander Lebek und war vor sieben Jahre verdächtig, einen Taxifahrer umgebracht zu haben.«

»Wir ermitteln in einem Fall rund um die Uhr«, sagte Jan, »und einen anderen löst uns die Kriminaltechnik im Vorbeigehen, wenn wir Glück haben. Dann kriegt Hinrichs ja doch noch seine Schlagzeile.«

Er nahm seinen Kaffeebecher und verließ das Zimmer, offenbar um eine Fahndung herauszugeben und Hinrichs zu informieren.

»Wenn du willst, können wir morgen reden«, schrieb Birte und wollte die SMS schon an Lars abschicken. Dann fiel ihr ein, dass er vielleicht etwas über Inka Boogs Theatergruppe wissen konnte. Sie löschte den ersten Text und tippte: »Weißt du, wer oder was die Barfüßler sind?« Ohne einen Gruß schickte sie die SMS ab.

Die Antwort kam prompt. »Vielleicht. Können wir uns sehen?«

»Vielleicht« – was sollte das bedeuten?

»Ja«, schrieb Birte, »komm ins Präsidium.« Es war sicherer, Lars nicht wieder im Fonda oder in einem anderen Café zu treffen.

Kaum hatte sie die SMS abgeschickt, stand Nele in der Tür.

»Wir haben noch eine andere Möglichkeit, etwas über diese Theatergruppe herauszufinden«, sagte sie. »Ich habe versucht, Inka Boogs Eltern zu erreichen. Sie haben sich vor ein paar Jahren getrennt und leben beide in einem Altenheim in Hamburg. Leider geht niemand ans Telefon. Wahrscheinlich haben bei ihnen schon ein paar Journalisten zu viel angerufen, aber unten beim Pförtner steht Percy Blaschek.«

»Blascheks Vater?«, fragte Birte und sah, wie die Antwort von Lars eintraf – ein schlichtes »Danke«.

»Cremer hat gestern mit ihm gesprochen und mir seine Handynummer gegeben. Ich habe ihn vorhin im Domhotel erreicht«, erklärte Nele. »Er ist angereist, um sich um die Beerdigung seines Sohnes zu kümmern.«

»Großartig!« Birte eilte auf den Gang hinaus. Aus dem Fahrstuhl kam ihr bereits ein alter Mann mit langen, wallenden weißen Haaren entgegen, der sich auf einen Stock stützte und sich suchend umblickte.

»Herr Blaschek?«, fragte Birte.

Der Alte nickte. Er war bis auf einen weißen Schal, den man bei diesen milden Temperaturen nicht brauchte, ganz in Schwarz gekleidet.

»Jemand ... eine nette Dame hat mich hergebeten«, sagte er. Sein Gesicht legte sich in Falten.

Ein Künstler, dachte Birte, zweifellos. Martin hatte zwei alte Geiger als Kunden gehabt, die ähnlich ausgesehen hatten. Voller Stolz auf ihre Mähne hatten sie sich jeden Tag ihr Haar gewaschen. Sie bat den alten Mann in ihr Büro.

»Mir tut sehr leid, was mit Ihrem Sohn passiert ist«, sagte sie ein wenig unbeholfen.

Der Greis nickte wieder, dann wehrte er mit der Hand ab. »Kann ich Ihnen helfen? Ich verstehe das alles nicht. Wer erschießt meinen Sohn? Wer tut so etwas? Edgar war ein schwieriger Charakter, aber doch kein schlechter Mensch ...«

Die Stimme des Alten begann bedenklich zu schwanken. Birte schob ihm einen Stuhl hin. Das Angebot, einen Kaffee zu bekommen, lehnte er mit einer flüchtigen Geste ab.

»Ich hatte in den letzten Jahren nicht viel Kontakt mit Edgar«, begann er unaufgefordert zu erklären. »Natürlich habe ich mich für seine Arbeiten interessiert. Habe manchmal heimlich im Parkett gesessen. Ich bin schließlich auch vom Fach ...« Er zog ein benutztes Taschentuch aus seiner Manteltasche und wischte sich über die Stirn, als könnten da Schweißtropfen perlen. »Ich war über dreißig Jahre lang erfolgreich Erster Kapellmeister und Vertreter des Generalmusikdirektors am Stadttheater Osnabrück. Leider hat Edgar seine musischen Fähigkeiten recht früh vernachlässigt, und nach einem Streit mit Inka war ich nicht mehr so gern gesehen.«

Der Alte verzog das Gesicht und lächelte freundlich. In seinen Augen jedoch standen Trauer und Nichtbegreifen. »Ist der Mörder am Theater zu suchen?«, fragte er.

»Wir ermitteln noch«, erwiderte Birte. Der alte Mann tat ihr leid, und obwohl er so ganz anders aussah, erinnerte er sie mit seiner vornehmen Zurückhaltung an ihren Vater. »Ihr Sohn hat in München studiert, nicht wahr? Hat er da Inka Boog kennengelernt?«

»Ja.« Wieder ein höfliches Lächeln. »Osnabrück war ihm zu klein. Das konnte ich gut verstehen. Wir hatten damals ja nur eine recht unbedeutende Universität und ein eher mittelmäßiges Konservatorium. Edgar wollte hinaus aus der Enge, also München, gut ... Und gleich in seinem ersten Monat hat er sich verliebt.«

»In Inka Boog?«

»Nein, in die kleine hübsche Lisa. Sie war auch im ersten Semester, sie stammte aus München und hat ihm die Stadt gezeigt. Eine traurige Geschichte.« Percy Blaschek griff an seinem Taschentuch herum. Auf einmal traten ihm doch Tränen in die Augen, fast, als würde er nun um Lisa Peukert trauern. »Ich habe sie nur einmal gesehen, aber ich mochte sie, ein hübsches Wesen. Dann hat sie sich vor den Zug geworfen. Edgar hat sich danach sehr verändert, er wollte auch kein Schauspieler mehr werden, und dann hat er ziemlich überraschend Inka, die Schlange, geheiratet. Ja, so habe ich sie immer genannt – Inka, die Schlange, schön, aber giftig.« Er seufzte und schaute Birte beinahe hilfesuchend an, als müsste sie ihm das alles erklären. »Wir kamen von Anfang an nicht gut miteinander aus, Inka und ich. Sie mochte es nicht, wenn ich von meiner Arbeit sprach, dabei bin ich doch vom Fach.«

»Sagt Ihnen der Name ›Die Barfüßler‹ etwas?«, fragte Birte. Sie wunderte sich, wo Jan blieb.

»Gewiss.« Der Greis tupfte sich die Tränen aus den Augen. »Eine Theatergruppe, die Edgar und Lisa gegründet haben – da war er noch voller Enthusiasmus. Eigene Stücke wollten sie aufführen. Edgar hat auch eines geschrieben. ›Zimmerschlacht‹, hieß es, glaube ich, zwei junge, sehr gegensätzliche Liebespaare in einer WG. Nach Lisas Tod wurde das Stück aber nie aufgeführt, wenn ich mich nicht irre.«

»Sind Sie sicher, dass Lisa Peukert auch zu der Gruppe gehörte?«

»Ja, das weiß ich genau. Inka hat später so getan, als wäre das alles ihre Idee gewesen, aber das stimmte nicht. Edgar hat sie als Regisseurin geholt. Außerdem hatte sie schon damals gute Verbindungen in München.«

»Woher kam eigentlich der Name der Truppe?«, fragte Birte. Sie bedauerte, dass sie das Gespräch mit Percy Blaschek nicht mit ihrem Diktiergerät aufgenommen hatte.

Der alte Mann lächelte. »Ganz einfach. Lisa liebte es, barfuß zu gehen, und sie wollte auch auf der Bühne barfuß sein. Das ging natürlich nur bei den Proben.«

»Wissen Sie, wer noch dabei war? Wie viele Mitglieder hatte die Gruppe?« Aus den Augenwinkeln nahm sie wahr, dass Hinrichs auf dem Gang vorbeischlich. Sie tat, als hätte sie ihn nicht gesehen.

»Nein, leider. Einen Namen habe ich nicht.« Der Alte neigte bedauernd den Kopf. »Doch mit einem Mann habe ich manchmal gesprochen – er hieß Ewald und hat ein paar Wochen mit Edgar zusammengewohnt. Am Telefon konnte ich die beiden nie richtig auseinanderhalten.«

Birte holte nun doch ihr Diktiergerät hervor und schaltete es an. »Ewald? Vielleicht Ewald Schöne?«

Percy Blaschek runzelte die Stirn. »Bedaure, aber an den Nachnamen kann ich mich nicht mehr erinnern.« Er lächelte plötzlich voller Wehmut. »Ich hatte nur diesen einen Sohn. Meine Frau ist vor zwanzig Jahren gestorben – Leberkrebs, aber nie hätte ich gedacht, dass ich irgendwann meinen einzigen Sohn würde beerdigen müssen. Er wird in unserem Familiengrab in Osnabrück bestattet werden.«

Birte spürte für einen Moment einen Kloß im Hals, und unvermittelt hatte sie den toten Edgar Blaschek vor Augen, wie er zusammengekrümmt und barfuß vor ihrer Tür lag. Hatten sie versagt – hätten sie ihn schützen müssen?

»Hatte Ihr Sohn Angst vor etwas?«, fragte sie. »Wissen Sie, ob er Feinde hatte?«

Der alte Mann starrte an ihr vorbei zum Fenster.

»Der Dom gefällt mir gut«, sprach er wie in Gedanken versunken vor sich hin. »Eine beeindruckende Kirche. Man sollte überhaupt viel häufiger in Kirchen gehen, denke ich in letzter Zeit oft. Wenn nicht, um zu beten, dann um Musik zu hören. Bach, natürlich vor allem Bach, aber auch Mozart … diese natürliche Heiterkeit bei Mozart.« Er unterbrach sich und kniff die Augen ein wenig zusammen, als müsse er sich konzentrieren. »Nach Lisas Tod war Edgar ein anderer. Wir haben nie darüber gesprochen, aber ich glaube, er hat sich die Schuld an ihrem Tod gegeben. Es muss da etwas vorgefallen sein, kurz vor der Premiere, irgendetwas … Ich habe es nie herausfinden können.«

»Was für ein Vorfall?« Birtes Handy klingelte wieder, doch sie achtete nicht darauf.

»Ich weiß nicht.« Der alte Mann seufzte. »Ich habe an Drogen gedacht, dass sie irgendwelche Drogen benutzt haben. Edgar hat mal so eine Andeutung gemacht. Vielleicht war die kleine Lisa drogensüchtig. Ach, ich weiß es nicht. – Darf ich jetzt gehen? Ich bin müde.«

Fahrig griff er nach seinem Stock und erhob sich stöhnend. »Finden Sie den Mörder«, flüsterte er, dann schritt er hinaus.

Drogen – wieso kam der alte Mann auf Drogen? War in den achtziger Jahren die große Zeit von Heroin und LSD nicht längst vorbei gewesen?

Nele kam herein. »Ich habe jemanden am Theater in Senftenberg erreicht«, erklärte sie ein wenig atemlos. »Ewald Schöne hat tatsächlich in München Schauspiel studiert. Er war auch mit Inka Boog bekannt, hat sich eine Zeit lang jedes Jahr wieder bei ihr beworben, aber sie hat ihn nicht einmal zu einem Vorsprechen einbestellt. Er hat mit seinem Hass auf sie nicht hinter dem Berg gehalten.«

»Wo ist Jan?«, fragte Birte. »Hat er sich wieder verdrückt, um irgendwo in Ruhe einen Kaffee zu trinken? Lisa Peukert hat auch zu der Truppe gehört. Entweder hat ihre Mutter es nicht gewusst, oder sie hat es uns nicht verraten wollen. Tote, die barfuß aufgefunden werden – wir haben unsere Spur. Aber was ist mit den beiden anderen Toten? Und mit dem Rest der Truppe? Wir müssen alle ihre Namen herausfinden.«

Hinter Nele schob sich ein Mann heran. Zuerst sah sie nur seinen schwarzen Haarschopf, dann eine einzelne rote Rose. Ihr Magen zog sich schmerzhaft zusammen.

»Herr Becker«, sagte sie eine Spur zu schrill, »was führt Sie hierher?«

Lars verzog das Gesicht. Er trug ein weißes T-Shirt mit einem gelben Smiley, sein Haar war zerzaust und glänzte schmutzig.

»Tut mir leid«, stammelte er. »Ich wollte … ich bin hier …«

Nele zog sich zurück. »Ich versuche, Jan zu erreichen«, sagte sie.

Birte nickte, dann schloss sie die Tür hinter Lars.

»Was soll das?«, fragte sie scharf. »Für wen soll die Rose sein? Bist du komplett verrückt geworden?«

»Verrückt, ja!« Er lachte laut und falsch. »Verrückt trifft es. Ich denke den ganzen Tag an dich. Herterich will mich auf der Probe nicht mehr sehen. Zum Glück glaubt er, der Tod von Inka geht mir so nahe, dass ich mich nicht mehr konzentrieren kann, dabei …« Er legte die Rose auf dem Schreibtisch ab. »Wenn das alles vorbei ist, dann könnte ich mir vorstellen …«

»Ich will nicht wissen, was du dir vorstellen kannst, wenn …« Birte spürte, wie sie wütend wurde – auf Lars und auf sich. Sie hatte zum zweiten Mal einen Fehler gemacht und sich zu etwas hinreißen lassen, das nicht gut gehen konnte. Erst Hinrichs, nun Becker. »Was sagt dir der Name ›Die Barfüßler‹?«, fragte sie förmlich.

Lars schaute sie verletzt an. Er hatte tatsächlich geglaubt, er könne hier mit einer Rose auftauchen, ein paar schöne Worte verlieren, und sie würde ihm zu Füßen fallen.

»›Die Barfüßler‹? Klingt wie ein Tier – eine Nacktschnecke, die man mit einem Tausendfüßler gekreuzt hat.«

»Du weißt es nicht?«

»Tut mir ehrlich leid!« Er hob die Arme und lächelte, ein oft erprobtes, herzerweichendes Lächeln, auf das er sich immer verlassen konnte, auf der Bühne und im richtigen Leben. Dann kam er auf sie zu, doch sie stieß ihn zurück.

»Verdammt«, sagte sie, »ich dachte, du könntest etwas zur Aufklärung unseres Falles beitragen, aber stattdessen ziehst du hier eine verliebte Psychonummer ab.« Sie öffnete die Tür. »Ich habe nun leider keine Zeit mehr für dich.«

Langsam ging Lars hinaus. Sie wusste, dass er sich noch einmal umdrehen würde, wie ein Schauspieler auf der Bühne, der seinen letzten, wichtigsten Satz noch nicht losgeworden war, doch bevor er etwas sagen konnte, hatte sie die Tür schon wieder geschlossen.

Dann nahm sie die Rose und warf sie in den Papierkorb.

28.

Es klingelte noch einmal. Waldemar starrte ängstlich zu ihm herüber, ohne ein Wort zu sagen. Er hatte den Mund leicht geöffnet und hechelte wie ein alter, lahmer Hund.

»Wir warten einfach ab«, sagte Alexander ruhig. »Dein Besuch wird schon wieder gehen.«

»Nein«, flüsterte Waldemar. »Es ist meine Mutter. Sie kommt immer um diese Zeit. Sie weiß, dass ich da bin.«

Ein drittes, längeres Klingeln.

»Was will sie von dir?« Alexander wurde nun doch unruhig.

»Sie putzt bei mir, bringt mir etwas zu essen.« Waldemar lauschte.

Plötzlich wurde gegen die Wohnungstür geklopft. Anscheinend hatte die alte Frau den Fischhändler aus seinem Laden geholt, um ins Haus zu gelangen.

»Wlady!«, rief eine heisere Stimme. »Mach auf. Ich weiß, dass du da bist!« Sie klopfte noch einmal. »Bist du besoffen, oder was?«

Waldemar ruckte auf dem Sofa unruhig hin und her.

»Wenn du nur einen Laut von dir gibst, erschieße ich dich«, sagte Alexander. Er hörte, wie die alte Frau etwas vor sich hin murmelte, dann ertönte ein heftiger Schlag, als hätte sie sich voller Zorn gegen die Tür geworfen. Aber offenbar trat sie den Rückzug an.

»Wo wohnt deine Mutter?«, fragte Alexander. Wenn sie auch am Eigelstein lebte, könnte sie in einer halben Stunde wieder zurück sein.

»In Porz«, erwiderte der Dicke. Er sah aus, als würde er gleich ohnmächtig werden. Doch dann straffte er sich. »Wenn du meiner Mutter etwas angetan hättest …«

Alexander sprang auf und richtete die Pistole auf Waldemars Kopf.

»Sei still«, flüsterte er. »Was genau solltest du in Berlin? Nora herholen, damit Juri mich erpressen kann, nicht wahr?«

Waldemar verschränkte die Arme und lehnte sich auf dem Sofa zurück. Er schloss die Augen. Sein Brustkorb hob und senkte sich. Alexander wartete darauf, dass er so etwas Wahnsinniges tat, wie aufzuspringen und ihn anzugreifen, doch der Glatzkopf schnaufte lediglich. Sein Gesicht hatte sich gerötet.

»Ja, ich sollte deine Freundin herbringen«, sagte er leise. »Nichts sonst. Juri wollte dir noch eine Chance geben. Ich weiß nicht genau, was ihr da in Berlin für Geschäfte gemacht habt, aber es ist klar, dass du nicht aussteigen kannst. Du bist ein Killer – Killer können nicht aussteigen.«

Doch, dachte Alexander, ich steige aus, ich will dieses Leben nicht mehr. Gleichzeitig verspürte er den Drang, Waldemar in den Kopf zu schießen und zu verschwinden. Was für ein erbärmliches Leben führte dieser Scheißkerl! Seine Mutter kam zum Putzen? Was putzte sie in diesem Dreckloch?

»Ruf Juri an!«, sagte er und trat Waldemar mit dem Fuß, damit er seine Augen wieder öffnete. »Sag ihm, er soll herkommen. Du musst ihn noch etwas fragen wegen Nora und Berlin. Hol ihn her!«

Waldemar sah ihn an. Eine Art Aufsässigkeit lag plötzlich in seinem Blick. Er schnaufte erneut.

»Du bist ein Idiot, weißt du das? Wir sind deine Freunde. Andere Freunde hast du nicht. Wir haben dir geholfen, als du diesen Taxifahrer umgebracht hast. Und nun stellst du dich gegen deine Freunde, wegen einer deutschen Frau, die nicht einmal richtig hübsch ist.«

»Halt dein Maul!« Alexander spürte, dass sein rechter Zeigefinger zitterte. Noch eine winzige Bewegung, und Waldemar würde mit einem Loch im Kopf auf dem Sofa zusammensinken.

»Wir sind deine Freunde«, wiederholte der Dicke deutlich kläglicher.

»Hol Juri her!« Alexander ging zu seinem Sessel zurück und setzte sich wieder. Er musste die Ruhe bewahren. Wenn er zu unüberlegt vorging, würde er mit Juri nicht fertig werden können.

»Ich glaube nicht, dass ich ihn stören darf. Er wollte nach Bad Neuenahr ins Kasino. Da ist er schon früher häufig hingefahren.«

»Ruf ihn an!«, stieß Alexander hervor.

»Mein Smartphone … in der Jacke …«, stammelte Waldemar.

Alexander tastete den Stoff ab und zog schließlich das Smartphone hervor. Selbst der Dicke besaß nun schon so ein Gerät.

»Frag ihn nur, ob ihr euch noch einmal sehen könnt, bevor du fliegst. Heute oder morgen – und wehe, dir kommt ein einziger falscher Ton über die Lippen.« Alexander wusste, dass er seine Ungeduld bezwingen musste. Am liebsten hätte er Juri sofort vor den Lauf seiner Pistole bekommen.

Waldemar wählte, dann verharrte er. »Mailbox«, sagte er mit einiger Erleichterung. »Wahrscheinlich sitzt er schon im Kasino und will nicht gestört werden.«

»Also gut«, sagte Alexander.

Er stand langsam auf und ging auf den Glatzkopf zu. Waldemar war nie sein Freund gewesen. Eigentlich hatte er vor Nora gar nicht gewusst, was Freundschaft wirklich war. Er holte aus und schlug ihm den Knauf der Waffe gegen die Schläfe. Waldemar kippte sofort zur Seite und verlor das Bewusstsein.

In welchem Moment hatte er beschlossen, sein Leben zu verändern? Es war ihre Hand gewesen, Noras Hand auf seinem Bauch, während sie sanft und seelenruhig neben ihm schlief. Der Anblick dieser unschuldigen, schönen Hand hatte etwas in ihm ausgelöst. Er hatte noch nie eine Freundin gehabt, etliche Mädchen und Frauen, ja, »Schlampen« hatte Juri sie genannt. »Ich brauche eine Schlampe heute Nacht.«

Juri würde Nora nichts tun, schwor Alexander sich wieder, während er in Waldemars Schlafzimmer einen Bettbezug zerriss, dann begann er den ohnmächtigen Glatzkopf zu fesseln. Er musste Zeit gewinnen, Waldemar durfte ihm nicht in die Quere kommen.

An Händen und Armen verschnürt, setzte er den Dicken aufrecht hin und wartete, dass er wieder zu sich kam. Weil es ihm zu lange dauerte, ging er in die Küche und füllte ein Glas Wasser, das er Waldemar ins Gesicht schüttete.

Mit glasigen Augen, eine blutige Beule an der Schläfe, blickte der Dicke ihn schließlich an.

»Juri wird dich umbringen«, nuschelte er und versuchte vergeblich, seine Hände zu bewegen.

Alexander nickte. »Klar«, sagte er, »so ähnlich wird es wohl ablaufen.«

Aus der Küche holte er noch ein Glas Wasser und eine Schachtel Streichhölzer, die auf dem Tisch neben einem Aschenbecher lagen.

»Wenn du Juri auch nur ein Wort erzählst, bringe ich dich um«, sagte er und hielt dem Dicken das Wasser an die Lippen. »Trink! So schnell wirst du nichts mehr kriegen.«

Mit Verzweiflung im Blick sah Waldemar ihn an. »Du machst einen großen Fehler«, hauchte er, dann trank er gehorsam und schluckte, dass sein Adamsapfel hüpfte.

Als das Glas leer war, stellte Alexander es ab. Er nahm ein Streichholz und steckte das Ticket nach Berlin an. Eine freundliche Flamme loderte auf und fraß das Papier.

»Wird nun leider nichts mit deinem Ausflug«, sagte er und warf das brennende Flugticket Waldemar auf den Schoss. Mit einiger Mühe streifte er es ab. Auf dem Boden erlosch es und zerfiel zu Asche.

»Kriegst jetzt ein bisschen Zeit, um nachzudenken«, sagte Alexander. Er packte den Kopf des Dicken, der sich unter seinem Griff versteifte, und legte ihm einen breiten Streifen Stoff auf den Mund, den er hinter seinem Kopf verschnürte.

»Genieß die Ruhe!«, sagte er und steckte die Pistole ein. Dann verließ er die Wohnung.

Auf der Straße befiel ihn Müdigkeit. Er hatte bestenfalls verhindert, dass Waldemar, dieser Trottel, Nora nach Köln entführte, aber was sollte er als Nächstes tun? Er dachte an den Polizisten. Jan Schiller würde eine Entführung nicht verhindern können. Nein, er musste Juri selbst unschädlich machen.

Er lief in Richtung Bahnhof, und als er die Anzeige »Berlin Ostbahnhof« sah, befiel ihn Sehnsucht. Samstagnachmittag – er könnte mit Nora in den Gärten sitzen, den Bienen zusehen, sie könnten Bier trinken und reden. Nora hatte viel zu erzählen – sie hatte die halbe Welt bereist, hatte Länder gesehen, die er nicht einmal mit Namen kannte. Sri Lanka, Myanmar, Vietnam – drei Monate hatte sie in Hanoi gelebt. Sie war eine Abenteurerin, sie würde sich sogar für Kasachstan interessieren. Er hatte sie angelogen, er sei Automechaniker, hatte er ihr gesagt, aber irgendwie wolle er etwas anderes tun.

Er lief über die Brücke nach Deutz. Er musste herausfinden, in welchem Zimmer Juri abgestiegen war. An den Schlössern der Liebespaare vorbei steuerte er auf das Hyatt zu. Vielleicht ging es am besten mit Frechheit.

Ohne sich umzusehen, strebte er auf die jüngste Frau an der Rezeption zu. Maria Schädlich, wie auf ihrem Schild stand, mochte eben zwanzig geworden sein, ein junges, wie er hoffte, unbedarftes Mädchen, das sich die Haare blond gefärbt hatte, damit es erwachsener und selbstbewusster wirkte. Sie lächelte ihn gekünstelt höflich an. Ein paar Pickel auf der Wange hatte sie mit Makeup verdeckt.

»Was kann ich für Sie tun?« Ihre Zähne waren makellos weiß.

»Es ist mir peinlich«, sagte Alexander. »Ich bin hier Gast. Juri Nikulin mein Name.« Er betonte den Namen so, dass er wirklich russisch klang. »Ich habe meine Karte irgendwo verloren und muss dringend auf mein Zimmer, wichtige Unterlagen für einen Termin holen.«

»Oh!« Die Frau lächelte. »Kein Problem, Herr Nikulin. Ich fertige rasch eine neue Karte aus, kein Problem.« Sie erneuerte ihr Lächeln und verließ kurz den Schalter.

Alexander war sicher, dass sie nun jemanden um Rat fragte, einen älteren Kollegen, aber nein, drei Atemzüge später reichte ihre perfekt manikürte Hand ihm eine neue Karte.

»Die Nummer«, sagte er und versuchte, seiner Stimme besonders viel Festigkeit zu verleihen. »Ich habe auch die Nummer vergessen.«

»Kein Problem«, wiederholte sie. »Sie haben die 337.«

Mit einem Gefühl, etwas völlig Unwirkliches erlebt zu haben, näherte Alexander sich dem Aufzug. So einfach konnte es nicht sein, in ein Zimmer in einem Luxushotel einzudringen. Doch niemand hielt ihn auf.

Er fuhr hinauf und war keine Minute später in Juris Zimmer. Es war nicht sehr groß, rechts das Bett, vor dem Fenster ein schmaler Schreibtisch mit einem Stuhl, daneben ein Sessel. Atemberaubend war aber der Blick auf den Dom und die Hohenzollernbrücke.

Alexander hatte keine Ahnung, wie lange er so dastand, den Blick auf den Dom gerichtet. Wenn man das Bauwerk so sah, konnte man fast glauben, dass es einen Gott gab.

Plötzlich war wieder die Stimme seiner Mutter in seinem Kopf. »Es ist richtig, was du tust«, sagte sie. »Beschütze Nora!«

Beschütze Nora! Er musste sich auf Juri vorbereiten. Er begann sich im Zimmer umzusehen. Juri war nur mit leichtem Gepäck gereist. Im Kleiderschrank stand eine weiße Segeltuchtasche.

Als Alexander sie durchsuchte, wusste er, dass er alles richtig gemacht hatte. Heute war sein Glückstag. Juri hatte ein Hemd, eine Boxershorts, ein Unterhemd und sogar einen Pyjama eingesteckt, und er hatte es nicht gewagt, seine SIG Sauer, ohne die er nie aus dem Haus ging, mit ins Kasino zu nehmen. Die Waffe steckte in einem schmalen Seitenfach. Er zog sie heraus, überlegte, ob er das Magazin entfernen sollte, schob die Pistole aber zurück in die Segeltuchtasche.

Dann legte er sich aufs Bett und wartete. Irgendwann würde Juri kommen, und er würde vorbereitet sein.

29.

Nikulin und Lebek – Schiller versuchte sich zu erinnern. Dieser tote Taxifahrer vor sieben Jahren. Der letzte Gast hatte ihn in der Nähe des Straßenstrichs in der Geestemünder Straße, ziemlich genau an der Stelle, wo nun auch der weiße SUV gestanden hatte, überfallen und dann den Wagen in Brand gesetzt, sodass sie keine brauchbaren Spuren gehabt hatten, nur den Ausgangspunkt der Fahrt, eine Kneipe in Ehrenfeld.

Dieser junge, unbeholfene Russe, ein bleicher, muskulöser Junge mit großen, fragenden Augen, war ihm gleich merkwürdig vorgekommen, nein, Alexander Lebek war kein Russe, sondern er war als Kind mit seinen Eltern aus Kasachstan eingewandert und hatte sich in Deutschland nie richtig zurechtgefunden. Schiller hatte ihn sogar nach Hause gefahren.

Warum sollte Lebek Nikulin getötet haben? Und warum war der Tatort derselbe wie vor sieben Jahren? Waren sie sich bei irgendwelchen Geschäften in die Quere gekommen? Nein, einer von beiden war der Mörder des Taxifahrers gewesen, deshalb die alte Visitenkarte.

Schiller beschloss, zwei Beamte nach Kalk zu schicken, zu der Adresse, an der Lebek immer noch gemeldet war. Vielleicht wohnte er noch da, oder jemand im Haus wusste, wo er sich aufhielt. Selbst hinfahren konnte er nicht, solange sie die Morde an Inka Boog und Blaschek noch nicht aufgeklärt hatten.

Schiller klopfte an Hinrichs Zimmertür und trat ein, ohne auf eine Aufforderung zu warten. Hinrichs lehnte am Fenster und blickte hinaus.

»Wir haben nun einen Verdächtigen im Falle des toten SUV-Fahrers«, sagte Schiller. Er wollte versöhnlich klingen. Hinrichs war ein mieser Scheißkerl, was Birte betraf, doch er war ein guter Polizist und Pressesprecher. »Alexander Lebek, polizeilich gemeldet in Köln-Kalk, Johann-Classen-Straße … Wir haben eine Fahndung herausgegeben. Die DNA-Spuren lassen vermuten, dass er …«

Hinrichs drehte sich nicht nach ihm um. »Was ist mit diesem

Schauspieler?«, sagte er leise und mehr zu sich selbst. »Hat Birte etwas mit ihm? Warum kommt der Typ mit einer Rose ins Präsidium?«

Was soll das, Rainer?, wollte Schiller entgegnen. Lass Birte endlich in Ruhe! Doch dann ging er zum Fenster und blickte auf den Platz vor dem Präsidium hinunter. Lars Becker war offenbar vor ein paar Momenten aus einem Taxi gestiegen, das soeben wendete. Er hatte tatsächlich eine Rose in der Hand und strebte mit ernster Miene auf den Eingang zu. Hatte Birte ihn einbestellt? Was hatte diese Rose zu bedeuten?

»Becker ist ein durchgeknallter Schauspieler – vielleicht will er Birte irgendwie beeindrucken«, entgegnete Schiller, um Hinrichs zu beruhigen. Sollte irgendetwas über ihre Nacht mit Becker herauskommen, wäre Birte erledigt, und zwar nicht nur bei der Kölner Polizei.

Schiller war im Begriff, sich abzuwenden, als ihm etwas auffiel. Auf dem Radweg, direkt vor dem Präsidium, parkte der dunkelblaue Škoda, der ihm am Morgen gefolgt war. Er nahm sein Handy hervor und machte ein Foto von dem Wagen, dann eilte er an dem verblüfften Hinrichs vorbei auf den Gang hinaus.

Sollte er sich dem Wagen beiläufig nähern oder auf ihn zulaufen? Paranoia, dachte Schiller, während er den Aufzug verließ und auf den Ausgang zuhielt, Carlas Verfolgungswahn hat nun auch mich erfasst, aber nein, da stand dieser Wagen. Ein einzelner Mann saß hinter dem Steuer. Im nächsten Moment wurde der Motor angelassen.

Schiller begann zu laufen, er rannte an zwei uniformierten Beamten vorbei auf die Straße zu. Der dunkelblaue Škoda wendete und raste dann zur Kalker Hauptstraße. Er bog in Richtung Deutz ab und verschwand aus dem Blickfeld. Von dem Kennzeichen hatte Schiller nur eine Zwei sowie die ersten beiden Buchstaben gesehen: DN für Düren. Ein Mietwagen vermutlich – in Köln gab es eine Menge Autovermietungen, die ihre Autos in Düren zuließen.

Auch auf dem Handyfoto war das Kennzeichen nicht zu erkennen, und der Mann hinter dem Steuer war nur ein vager Schemen. Carla hatte also vielleicht doch recht. Doch warum sollte jemand ihr Haus beschatten und ihm sogar vor dem Präsidium auflauern? Das alles ergab keinen Sinn.

Schiller ging zurück, als ein Taxi langsam, als wäre der Fahrer unschlüssig, wohin er wollte, auf den Eingang zurollte. Die hintere Tür wurde geöffnet, und jemand rief seinen Namen, was Schiller kurz irritierte, bevor er erkannte, wer da ausstieg. Es war Barbara Stahl, die Therapeutin. Sie hob die Hand zum Gruß, in der anderen hielt sie eine kleine schwarze Ledertasche. Sie wirkte abgehetzt und aufgeregt.

»Herr Schiller«, sagte sie. »Kann ich Sie kurz sprechen? Es geht um Ihre Frau. Sie hat mich vor einer halben Stunde angerufen. Sie klang sehr verwirrt. Ich mache mir ernsthaft Sorgen, sie könnte sich etwas antun, wenn wir nicht handeln.«

30.

Kaum hatte Lars Becker das Zimmer verlassen, wurde die Tür aufgerissen. Hinrichs stand da, schnaufend, mit gerötetem Gesicht. Sein Blick wirkte beinahe hasserfüllt.

»Was soll das?«, fragte er, während er langsam näher kam. »Warum war dieser Schauspieler hier? Und wieso hatte er eine Rose dabei?«

Birte setzte sich. Sie versuchte ruhig zu bleiben, obwohl sie spürte, wie sich ihr Herzschlag beschleunigte. Sie blickte auf ihren Computer, statt Hinrichs anzusehen.

Mittlerweile hatte er die Rose im Papierkorb entdeckt. Er stürzte vor und zog sie heraus, als hätte er damit ein Beweismittel in der Hand.

»Eine rote Rose für die schöne Kommissarin! Macht der Kerl dir Avancen? Habt ihr etwas miteinander?« Aufgebracht wedelte er mit der Blume herum.

»Du bist wirklich krank«, sagte Birte leise. »Überwachst du mich den ganzen Tag? Vielleicht solltest du dich versetzen lassen. Woanders braucht man auch gute Pressesprecher – zum Beispiel irgendwo am Nordpol.«

Hinrichs warf die Rose vor sie auf den Schreibtisch, dann packte er ihr Handgelenk, um sie zu zwingen, ihm ins Gesicht zu schauen, doch sie wehrte sich und schlug ihn gegen die Brust. Er war so überrascht, dass er zurückwich. Das Haar hing ihm strähnig im Gesicht.

»Wenn du mich noch einmal anrührst, breche ich dir den Arm«, stieß sie hervor. »Und ich zeige dich an – wegen Belästigung.«

Hinrichs lachte auf, aber es klang jämmerlich und dumm. Seine Augen funkelten, dann drehte er sich um und verließ das Zimmer.

Im nächsten Augenblick klingelte ihr Telefon.

»Verzeihen Sie, Frau Hauptkommissarin«, sagte eine ältliche Männerstimme betont höflich. »Percy Blaschek hier. Mir ist doch noch etwas eingefallen – wegen dieser Theatergruppe, nach der Sie mich gefragt haben. Einen Namen weiß ich doch noch. Michael Löhr, er nannte sich Mike, er gehörte auch zu dieser Truppe. Er hatte einmal einen Gastauftritt bei uns in Osnabrück, ein merkwürdiger Mensch, mochte es gar nicht, dass ich ihn nach Edgar gefragt habe, und wollte auch nicht über seine Zeit in München reden.«

»Wissen Sie, wo ich diesen Schauspieler erreichen kann?«, fragte Birte. Sie nahm einen Zettel und schrieb sich den Namen auf.

Percy Blaschek räusperte sich. »Leider gar nicht mehr. Er ist tot. Ein Autounfall im Jahr 2004 … Sein Wagen ist von der Straße abgekommen und gegen einen Baum geprallt. Eine große Tragödie.«

»Hat Ihr Sohn Ihnen davon erzählt?«

»Nein, über die Barfüßler hat Edgar nie mehr ein Wort verloren. Löhr sollte wieder einmal bei uns an den städtischen Bühnen auftreten – eine Gastrolle im ›Faust‹. Er war als Mephisto vorgesehen, aber dann kam von seiner Agentur die Nachricht seines Todes. Tut mir leid, dass mir das nicht eher eingefallen ist.«

Birte bedankte sich bei dem Alten. Michael Löhr – ML; auch diese Initialen fanden sich auf Blaschek's Liste. Ein weiterer Todesfall, diesmal aber offensichtlich kein Mord. Ein Fluch schien über den Barfüßlern zu liegen; sechs von elf Mitgliedern waren tot, nein, verbesserte Birte sich, bei sechs wussten sie es mittlerweile definitiv, und irgendwie ahnte sie, dass von den übrigen fünf auch nicht mehr alle am Leben waren.

Was hatte der Mörder geschrieben? »ENDE. DAS WAR ES!!!« Ein ungeheuerlicher Verdacht beschlich sie. Konnte es sein, dass Inka Boog und Blaschek die letzten lebenden Barfüßler gewesen waren? Hatte Inka deshalb eine Waffe gehabt, weil sie wusste, was mit den anderen geschehen war? Lief ein Mörder in der Welt herum, der sich zum Ziel gesetzt hatte, alle Mitglieder dieser Studententruppe nach und nach auszulöschen? Aber warum war niemand von ihnen zur Polizei gegangen?

Sie nahm sich Neles Bericht über Ewald Schöne vor. Er war in seiner Zwei-Zimmer-Wohnung in einem Plattenbau gestorben, erstickt, weil ihm jemand eine Plastiktüte über den Kopf gezogen hatte. Vorher hatte der Mörder ihm ein starkes Beruhigungsmittel verabreicht. An Händen und Füßen war er gefesselt gewesen.

Ein grausamer Foltermord, doch Hinweise auf den Täter hatte es keine gegeben. Nicht einen Verdächtigen hatte die Polizei in Senftenberg präsentieren können. Auf die Verbindung zu den Barfüßlern war niemand gekommen.

Birte nahm sich einen Kaffee. Sie hatte Hunger und war müde. In der nächsten Nacht würde sie wieder zu Hause schlafen. Trotz der Müdigkeit hatte sie ein gutes Gefühl. Sie waren endlich auf der richtigen Spur. Der Schlüssel zu allem war Lisa Peukert. Sie war der erste Todesfall in der Gruppe – ein offenkundiger Selbstmord. Warum hatte sie sich umgebracht, und warum war Edgar Blaschek danach so verändert gewesen?

Mit ihrem Kaffee ging sie zu Nele hinüber.

»Wo ist eigentlich Jan abgeblieben?«, fragte Birte.

Nele saß vor ihrem Computer. Sie, die nie Zeichen von Anspannung zeigte, wirkte angegriffen und erschöpft.

»Ich habe eben mit ihm gesprochen«, sagte sie. »Es ist etwas mit seiner Frau. Carla geht es nicht gut.«

Ein Problem mit Carla also. Birte hätte es sich denken können. Sie kannte Jans Angewohnheit, sich zu allen möglichen und unmöglichen Zeiten einen Kaffee zu besorgen, aber dass er einfach so aus dem Präsidium verschwand, kam eigentlich nie vor.

»Ich habe etwas herausgefunden, was uns vielleicht weiterhilft«, erklärte Nele. »Dieses tote Mädchen … Lisa Peukert … Ihr Vater ist schon 1987 gestorben, aber sie hat noch eine ältere Schwester, die wir befragen können. Barbara Stahl, geborene Peukert … und die Frau wohnt sogar in Köln, an der Dürener Straße. Leider ist sie nicht zu Hause. Ich habe ihr aber auf den Antwortbeantworter gesprochen und sie gebeten, sich bei uns zu melden.«

31.

Die Zeit schlich dahin.

Er lag auf dem Bett. Manchmal schaltete er den Fernseher an, zappte durch die Programme, doch nichts konnte seine Aufmerksamkeit fesseln. Juri würde kaum vor Mitternacht kommen, wenn er erst einmal am Roulettetisch saß, also hätte Alexander sich noch gut in der Stadt umsehen können, aber wo sollte er hingehen? Nein, er beschloss zu warten.

Einmal nahm er das Telefon zur Hand und war drauf und dran, Nora anzurufen. Die Nummer ihres Handys kannte er mittlerweile auswendig.

Ich liebe dich, würde er sagen, und ich muss leider noch etwas erledigen, bis ich zurückkomme.

Oder er sollte ihr seine ganze Geschichte erzählen. Wie er, ohne ein Wort Deutsch zu sprechen, aus Kasachstan gekommen war, dieses Gefühl der Fremdheit, das ihn erst bei ihr verlassen hatte. Wie er Juri kennengelernt hatte, dann die Begegnung mit dem Taxifahrer und dass er danach Juris Sekretär geworden war. Verflucht, Sekretär klang viel zu harmlos. Er musste endlich einmal die Wahrheit sagen. Er hatte Leute umgebracht – vier Menschen, drei hatte er in den Kopf geschossen, weil sie ihre Schulden bei Juri oder dessen Auftraggebern nicht bezahlt hatten.

Mit geschlossenen Augen lag er da. Es war unmöglich, jemandem das alles zu erzählen. Zumindest nicht Nora, die er liebte. Diesem Polizisten … Jan Schiller könnte er seine Taten gestehen … In seinem Portemonnaie hatte er noch dessen Visitenkarte – ein freundlicher Mann, dem er bereits damals beinahe alles gestanden hätte, wenn sein Vater nicht nach Hause gekommen wäre. Wie anders wäre sein Leben dann verlaufen.

Irgendwann schlief Alexander ein, und als er erwachte, war es dunkel. Schritte waren auf dem Gang zu hören, die sich aber nicht näherten. Er stand auf, holte ein Bier aus der Minibar und trank es auf einen Zug aus. Der Radiowecker neben dem Bett zeigte zweiundzwanzig Uhr sieben. Wenn der Abend nicht gut verlaufen war, würde Juri in der nächsten halben Stunde zurückkehren. Hatte er jedoch eine Glückssträhne, könnte es noch ein, zwei Stunden dauern.

Je länger er warten musste, desto mehr Wut überkam ihn. Er würde Juri sofort in den Kopf schießen, ohne lange zu zögern. Nein, vorher würde er noch Nora erwähnen, damit Juri ganz genau wusste, warum er starb.

Alexander wurde ungeduldig. Die ganze Zeit hielt er Waldemars Pistole in der Hand. Konnte es sein, dass der Dicke sich befreit und Juri gewarnt hatte?

Er versuchte, sich auf die Geräusche im Hotel zu konzentrieren. Gelegentlich Schritte, dumpfe Stimmen, Türen, die geschlossen wurden, eine Wasserspülung, nichts, was auf Juri hindeutete.

Die Anzeige sprang auf zweiundzwanzig Uhr achtzehn um. Die Zeit wollte nicht vergehen.

Verflucht, während er hier in einem kleinen, düsteren Hotelzimmer hockte, saß Juri in einem noblen Kasino und scheffelte Geld. Das Geld würde er ihm auch abnehmen, war vermutlich auch klüger, damit es nach einem Raubmord aussah. Den Mord an Juri würde er nicht gestehen, dafür würde er keine Sekunde im Gefängnis absitzen.

Gegen halb elf hörte er Schritte auf dem Gang. Eine Frau lachte, dann ein Geräusch ganz nah am Gang. Jemand machte sich am Türschloss zu schaffen. Alexander sprang auf. Wieder das betrunkene Kichern einer Frau, dann ein gezischter Fluch.

»Diese Scheißtür …«

Juri … Seine Karte funktionierte nicht. Das Mädchen an der Rezeption hatte einen neuen Code eingegeben.

Hektisch überlegte Alexander, was er tun konnte. Juri war nicht allein, er hatte sich ein Mädchen aus dem Kasino mitgebracht, eine Zeugin.

Das Mädchen wurde ungeduldig. »Nun mach schon«, quengelte sie. »Bist du zu betrunken, um eine Tür aufzumachen?«

»Halt's Maul, Schlampe!«, erwiderte Juri ungehalten. Noch immer hantierte er an der Tür herum. Darauf, dass hier etwas nicht stimmte, kam er nicht.

Alexander spürte, wie ihm pures Adrenalin durch den Körper

schoss. Er presste sich gegen den Wandschrank, dann drückte er leicht die Klinke herunter, und die Tür sprang auf. Sofort wurde sie aufgestoßen.

»Na endlich!«, stöhnte das Mädchen. »Ich muss auch mal …«

Alexander verharrte hinter der Tür, sein Herz klopfte einen harten Beat. Er nahm sich vor zu schießen, sobald Juri ihn nur ansah, dann würde er verschwinden.

Zwei Schatten strichen an ihm vorbei.

»Du geile Schlampe«, rief Juri lachend. Nun war er wieder besserer Laune. »Ich kann es dir gleich im Bad besorgen.«

Die beiden bogen nach rechts ins Bad ab. Licht flammte auf. Die Tür wurde zugeworfen. Die Frau kicherte abermals, dann gab sie einen künstlichen Schrei von sich. Wasser wurde angedreht, und Juri schrie: »Ich zeig's dir, geile Schlampe.«

Alexander wischte sich den Schweiß von der Stirn. Wie leicht wäre es, Juri nun, während er sich über eine Frau hermachte, zu erschießen! Doch statt die Tür zum Bad aufzustoßen und nur für den einen winzigen Moment in die Helligkeit zu treten, den er brauchte, um zu zielen, drückte Alexander geräuschlos die Klinke hinunter und schlich auf den Gang hinaus.

Das Mädchen … die Kleine hatte Juri noch einmal für ein paar Stunden gerettet. Sollte er den letzten Fick seines Lebens genießen.

Es gelang ihm, ungesehen an der Rezeption vorbeizugelangen. Draußen war es so kühl geworden, dass er nach drei Schritten zu frieren begann. Schweißtropfen bedeckten seine Stirn. So nervös war er bei keinem seiner Aufträge gewesen. Alles war schiefgelaufen. Wohin sollte er jetzt gehen?

Er lief zu seinem Auto, hüllte sich in seine Jacke ein und versuchte zu schlafen. Es war zweiundzwanzig Uhr siebenunddreißig.

Was sollte er tun? In das besetzte Haus an der Moselstraße zurückkehren und sich in das Bett legen, als wäre nichts geschehen? Nein, so einfach würde er keinen Schlaf finden. Er war wütend – auf Juri, auf das Mädchen und sich selbst.

Ziellos fuhr er durch die Stadt, und plötzlich stand er in der Sülzburgstraße, vor dem Haus, in dem Jan Schiller wohnte. Eine

Stimme in seinem Kopf sagte ihm, dass er klingeln und zu ihm hinaufgehen sollte, jetzt sofort, reinen Tisch machen, bevor er erneut zum Mörder wurde.

Alexander fand eine Parklücke und beobachtete die Haustür im Rückspiegel. Vielleicht wohnte Schiller gar nicht mehr da, dachte er plötzlich. Die Stimme auf dem Anrufbeantworter hatte jedenfalls nicht ihm gehört.

Als er überlegte auszusteigen, sah er, wie die Haustür geöffnet wurde und eine Gestalt in Läufermontur heraussprang und auf die Zülpicher Straße bog. War das der Polizist gewesen? Aber warum lief er nachts durch die Straßen? Vorsichtig öffnete Alexander die Autotür und stieg aus.

Die Nummer 198 lag genau an der Ecke. Irgendwie hatte er das Gefühl, er würde beobachtet, als er sich dem Eingang näherte. Er suchte das Klingelbrett ab. Wo war Schillers Name? Er fand ihn nicht sofort – doch da: Schiller/Mohn. Der Polizist hatte eine Freundin, vermutlich die Frau mit der Sonnenbrille, die ihn am Dom begleitet hatte.

Für einen Moment war Alexander versucht zu klingeln, um alles zu gestehen, dem Polizist oder dessen Freundin, ganz egal, aber dann dachte er an Juri, der vermutlich immer noch mit dem Mädchen im Hyatt vögelte.

Plötzlich bremste ein Wagen mit quietschenden Reifen, und ein Schatten flog heran, genau auf ihn zu. Alexander hob instinktiv die Arme, als erwartete er einen Angriff, dann sprang er auf die Straße und duckte sich an der Gestalt vorbei, die auf den Eingang zuhielt.

Ein Mann, der eine Mütze und eine Lederjacke trug, rempelte ihn an. Ein Graffitisprayer, erkannte Alexander, der Kerl hatte vor, etwas an die Hauswand zu sprühen. Mit eingezogenem Kopf hastete er weiter, an einem Mercedes vorbei, aus dem ihn drei Leute beobachteten.

Gegen sieben Uhr erwachte Alexander. Von der Sülzburgstraße war er zurück zum Hotel gefahren. Köln war nicht mehr seine Stadt, war es vermutlich nie gewesen. Er hatte plötzlich keine Ahnung mehr gehabt, wo er unterschlüpfen sollte.

Er hatte die Nacht im Auto am Hotel verbracht, weil es ihm sicherer erschien, den weißen SUV nicht aus den Augen zu lassen. Der Rücken tat ihm weh. Es war Sonntag, fiel ihm ein. Seine Laune war am Nullpunkt. Er öffnete die Wagentür und erleichterte sich hinter einem weißen Porsche.

Dann blickte er zum Hyatt hinüber. Da, in der dritten Etage, lag Juri selig neben einem Mädchen und schlief. Er hätte ihn sofort erschießen sollen, dann müsste er jetzt nicht wie ein Idiot auf der Lauer liegen.

Während er zum Wagen zurückging, dachte er an Waldemar und musste unwillkürlich lächeln. Wenigstens dieser Scheißkerl hatte es nicht so bequem gehabt.

Im Kofferraum des Škoda fand er einen kleinen, noch vollkommen unbenutzten Werkzeugkasten. Er nahm einen Schraubenzieher heraus und ging zu Juris stolzem SUV. Niemand war zu sehen. Köln ruhte im Sonntagsschlaf. Mit einer harten, schnellen Bewegung stieß er den Schraubenzieher in den hinteren linken Reifen und zog ihn wieder hervor. Dann beobachtete er erfreut, wie der SUV langsam einknickte. Gut so. Sollte Juri sich ein wenig Mühe geben, um seinen Wagen flottzukriegen.

Als Alexander über die Brücke zum Bahnhof ging, hatte sich seine Laune deutlich gebessert. Zwei leere Züge rumpelten vorbei, trotzdem kam ihm die Stadt still und friedlich vor. Wie lange würde Juri wohl noch bleiben? In den meisten Hotels musste man bis zwölf Uhr auschecken. Viel früher würde Juri kaum aufstehen.

Alexander trank bei einem Bäcker im Bahnhof einen Kaffee, dann ging er zum Dom hinüber. Er setzte sich in die letzte Reihe und genoss die Stille. Nur wenige Menschen waren um diese Zeit schon in der Kathedrale. Wenn er sich stellte, würde er die nächsten zehn Jahre im Gefängnis verbringen. Sehnsucht überfiel ihn.

Wäre es nicht besser, auf der Stelle zu Nora nach Berlin zu fahren? Aber nein, er wusste es besser. Er musste für seine Taten einstehen – anders ging es nicht mehr.

Um zwölf Uhr stand der SUV immer noch in der Parkbucht. Alexander war so wütend, dass er den zweiten Reifen am liebsten auch noch zerstochen hätte. Vom Aufgang der Brücke behielt er das Hotel im Auge. Der Himmel war blau, die Temperatur angenehm. Nun herrschte ein reges Kommen und Gehen. Die Brücke mit den Tausenden Schlössern von Liebespaaren war eine echte Attraktion geworden.

Gegen zwei Uhr kam Juri mit dem Mädchen aus dem Hotel. Sie war blutjung, erkannte Alexander, und hatte lange rote Haare. Ganz wie ein Liebespaar hielten sie sich an den Händen. Juri deutete zum Dom hinüber, als wäre er ein Fremdenführer, und lächelte. Das Mädchen schmiegte sich ein wenig an ihn. Es sah nicht so aus, als wären sie in Eile und würden gleich aufbrechen.

Alexander folgte ihnen in einigem Abstand. Sie gingen in Richtung Deutzer Brücke. Einmal telefonierte Juri und steckte sich dabei eine Zigarette an. Als er sich kurz von dem Mädchen abwandte, konnte Alexander sehen, dass sich sein Gesicht verdüstert hatte.

Waldemar, dachte er sofort, der Dicke hatte sich befreit und rief nun seinen Boss an, um zu berichten, dass es Schwierigkeiten gab, aber schon nach zwei Minuten war das Gespräch beendet. Juri ging mit dem Mädchen weiter. Wenn man ihn so aus der Ferne beobachtete, konnte man ihn tatsächlich für einen harmlosen, netten Mann halten.

Auf der Brücke lehnte ein alter Mann in einer blauen Joppe am Geländer, den Alexander sofort erkannte. Sein Vater schien auf Juri gewartet zu haben. Die beiden Männer umarmten sich, dann stellte Juri die Rothaarige vor. Alexander beobachtete, wie sein ewig mürrischer Vater ihr die Hand reichte und höflich den Kopf senkte, während Juri seine Brieftasche hervorzog.

Alexander griff nach der Pistole in seiner Hosentasche. Wut flammte in ihm auf. Am liebsten hätte er nun am helllichten Tag geschossen – auf Juri und auf seinen Vater. Der Alte kassierte Geld, weil er seinen Sohn verraten hatte.

Der Alte war ein Verräter. Juri hatte ihn für ein paar Informationen bezahlt. Alexander zog sich auf die Terrasse eines griechischen Lokals zurück und ließ Juri und seine blutjunge Geliebte an ihm vorbeigehen.

Allzu besorgt sah Juri nicht aus. Er telefonierte schon wieder, ganz wie ein Geschäftsmann, der auch an einem Sonntag ein paar Deals machen musste.

Alexander gab seinem Vater fünfzig Meter Vorsprung und folgte ihm. Der Alte schlurfte nach Kalk zurück. Eilig schien er es nicht zu haben, an seinem Handgelenk baumelte eine Plastiktüte, vermutlich mit einer halb vollen Wodkaflasche oder ein paar Dosen Bier.

Am Bahnhof Deutz bog Alexander ab und setzte sich in eine Kneipe. Auf einem großen Bildschirm lief ein Fußballspiel, das ihn aber nicht interessierte. Statt auf das Spiel zu achten, hielt er eine stumme Zwiesprache mit seinem Vater.

Was führst du nur für ein sinnloses, ödes Leben, alter Mann? Ich könnte dich ohne Skrupel töten, weißt du das? Gibt es einen einzigen Menschen auf der Welt, dem du Glück und Freude gebracht hast?

Sein Vater hatte nicht viel mehr als Gestammel zu seiner Verteidigung vorzubringen.

Alter Mann, beschimpfte Alexander ihn stumm, du kannst dich freuen, wenn ich dich nicht auch erschieße.

Gegen sechs Uhr, als er schon halb betrunken war, brach Alexander auf. Er musste dreimal lange klingeln, bis sein Vater öffnete. Misstrauisch lugte der Alte durch den Spalt der billigen Sperrholztür, die man eingesetzt hatte. Alexander schob blitzschnell einen Fuß vor und hielt dem Alten die Pistole ins Gesicht.

»Ich habe noch etwas vergessen«, zischte er und stieß seinen Vater zurück.

Der Alte begann sofort loszuwimmern. Er war betrunken und roch nach Wodka. In Wohnzimmer lief der Fernseher. Auf dem Tisch standen drei leere Flaschen. Er bedeutete seinem Vater mit der Waffe, sich aufs Sofa zu setzen.

Glasig schaute sein Vater ihn an.

»Was willst du?«, fragte er dann erstaunlich nüchtern.

Alexander lächelte. »Ich glaube, du bist gar nicht mein richtiger Vater. Ein richtiger Vater würde niemals seinen eigenen Sohn für ein paar Euro verraten.«

Der Alte sagte nichts, er hatte den Mund geöffnet und atmete laut ein und aus.

Er wird bald sterben, dachte Alexander ohne Rührung, ein Alkoholiker, der sich zu Tode gesoffen hat.

»Du rufst Juri an«, sagte er. »Du bedankst dich noch einmal für das Geld, und dann bestellst du ihm Folgendes: ›Alexander hat sich gemeldet. Er will morgen um neun vorbeikommen, er hat noch einen Pass hier, er will seinen Pass abholen.‹ Hast du das kapiert?«

Sein Vater zuckte unter seinen letzten Worten zusammen.

»Kapiert?«

»Ja«, flüsterte sein Vater.

Alexander nahm das Telefon aus der Ladestation und hielt es ihm hin. »Juri hat dir doch seine Nummer gegeben, nicht wahr?«

Der Alte nickte, dann ergriff er das Telefon mit den Fingerspitzen, als wäre es ein gefährlicher Gegenstand. Umständlich, mit einem vorwurfsvollen Blick auf Alexander, kramte er einen Zettel aus seiner Hosentasche und wählte. Fast ohne zu stocken, bekam er das Telefonat hin.

Alexander hörte, wie Juri grob nachfragte. »Morgen um neun will der Bastard kommen?«

»Morgen um neun«, wiederholte sein Vater, dann unterbrach er die Verbindung und fing an zu weinen.

»Wollen wir reden?«, fragte sein Vater.

»Nein«, sagte er. Worüber hätte er mit seinem Vater auch reden sollen? Darüber, dass er alle in seiner Umgebung gequält hatte? Ihn, seine Mutter?

Alexander holte ein Bier aus dem ansonsten leeren Kühlschrank und nahm auf einem Sessel Platz. Am liebsten wäre er noch einmal durch die Stadt gefahren, aber es war besser, auf den Alten achtzugeben, damit er Juri nicht noch einmal anrief und ihn warnte.

Der Alte saß da und starrte auf den stumm geschalteten Fernseher. Sein Kiefer mahlte, als würde er an irgendwelchen Worten kauen, die er nicht aussprechen konnte.

»Wo bist du die ganze Zeit gewesen?«, flüsterte er. »Ich hätte es so gerne gewusst.«

Alexander funkelte ihn an, dann nahm er eine Flasche Wodka vom Tisch und hielt sie ihm hin.

»Trink!«, stieß er hervor. »Besauf dich, aber lass mich in Ruhe.«

Der Alte griff sogar nach der Flasche, er setzte sie an seine Lippen und kippte die Flüssigkeit herunter, als wäre sie Medizin.

Alexander schloss die Augen. Die Waffe hatte er wieder eingesteckt. Der Alte würde sich nicht auf ihn stürzen – und wenn würde er spielend mit ihm fertigwerden.

Irgendwann, als es bereits dunkel geworden war, registrierte er, dass der Alte sich aus dem Zimmer schlich. Eine Wasserspülung rauschte. Der Alte verschwand im Bett.

Ich hasse ihn, dachte er, dann legte er sich aufs Sofa und schlief ein.

Gegen halb neun wachte er auf, weil es an der Tür klingelte. Er sprang auf. Der Alte saß im Bademantel in der Küche. Leise Musik aus dem Radio spielte. Es klingelte noch einmal.

Juri – er war zu früh, weil er auf Nummer sicher gehen wollte.

»Du lässt ihn in die Wohnung«, sagte Alexander, »und führst ihn ins Wohnzimmer. Und mach keinen Fehler!«

Der Alte nickte.

Juri klingelte ein drittes Mal.

Und wenn er nicht allein käme, sondern sich ein paar Männer mitgebracht hatte? Daran hatte Alexander nicht gedacht. Ein grober Fehler, der ihm da unterlaufen war.

Juri konnte sich in Köln mit Leichtigkeit Leute organisieren, die ihm die Drecksarbeit abnehmen würden.

Der Alte war schon an der Tür. Alexander zeigte ihm wie zur Drohung seine Waffe.

Mit einem Ruck riss sein Vater die Tür auf. Alexander verschwand im Wohnzimmer und lugte durch den Türspalt. Juri war allein. Er schob den Alten beiseite und betrat lauernd die Wohnung.

»Alex ist noch nicht da, nicht wahr?«, fragte Juri.

Er trug immer noch seinen weiß-grauen Anzug, aber sein

Teint wirkte dunkler, als hätte er den halben Sonntag auf der Sonnenbank verbracht.

Der Alte schüttelte den Kopf, doch dann verharrte Juri, als wäre er ein Hund, der Witterung aufgenommen hatte.

»Alter Mann«, sagte er und packte Alexanders Vater am Kragen seines Bademantels, »wenn du mich anlügst, bist du tot.«

Der Alte zuckte zusammen und murmelte etwas. Alexander spürte, wie ihm der Schweiß ausbrach, nicht vor Angst um sich oder seinen Vater, sondern vor Respekt. Juri war ein ernst zu nehmender Gegner, nicht wie die anderen, denen er eine Kugel in den Schädel gejagt hatte.

Mit einem Ruck stieß Juri den Alten von sich.

»War nur Spaß«, sagte er grinsend. »Weiß ja, dass du vernünftig bist.« Er blickte auf seine protzige goldene Uhr. »Könntest noch einen Kaffee machen, bevor dein Sohn kommt, und wir reden.«

Der Alte nickte beflissen und huschte barfuß in die Küche voraus. Juri folgte ihm und lachte über etwas, das er gesagt hatte und das Alexander nicht verstehen konnte. Ihm war nicht wohl dabei, seinen Vater mit Juri allein in der Küche zu wissen. Er traute dem Alten nicht. Leise schlich er auf den Flur, die Pistole im Anschlag.

»Ich werde Alex nichts tun«, sagte Juri in einem Tonfall, als spräche er zu einem Kind. »Jedenfalls nicht, wenn er mich nicht dazu zwingt. Ich habe Geschäfte gemacht, und ich möchte nicht, dass er etwas darüber ausplaudert. Verstehst du?«

»Sehr wohl«, erwiderte sein Vater.

Alexander hörte, wie er in der Küche hantierte. Er kochte Kaffee, die Tür war nur angelehnt.

»Dein Sohn hat sich verliebt«, fuhr Juri fort, »deshalb spielt er ein wenig verrückt, aber er wird schon zur Vernunft kommen. Das werde ich ihm beibringen.« Er lachte. Ein Stuhl wurde verrückt.

Alexander gab der Tür einen leichten Stoß. Juri war sich seiner Sache so sicher, dass er sich mit dem Rücken zur Tür hingesetzt hatte.

Sein Vater verharrte, eine Kaffeedose in der Hand, als er Alexander bemerkte.

»He, beeil dich ein bisschen«, sagte Juri. Er hatte, ganz wie ein argloser Gast, die Beine übereinandergeschlagen. »Ich brauche einen Kaffee. Ich habe die halbe Nacht eine schöne rote Stute gebumst.«

Er lachte erneut und bemerkte viel zu spät, dass etwas nicht stimmte. Bevor er aufspringen und seine Waffe ziehen konnte, hatte Alexander ihm schon die Pistole an den Hinterkopf gesetzt und ihm ins Ohr geflüstert: »Ganz ruhig! Der Besuch ist schon da!«

Es war zu einfach, dachte Alexander zwischendurch: Juri entwaffnen, die Wohnung verlassen, ohne dass er Ärger machte, unbehelligt hinüber zum SUV gehen, Juri durch die Beifahrertür einsteigen lassen und losfahren.

»Was hast du mit Waldemar gemacht?«, fragte Juri, während er den Motor startete. »Hast du ihn umgebracht? Was soll dieser Scheiß?« Er grinste, als würde er das Ganze nicht allzu ernst nehmen.

»Wir machen eine kleine Spazierfahrt«, sagte Alexander ernst. »Ich will dir etwas zeigen, und dann lasse ich dich in Ruhe, wenn du dich benimmst.«

Juri schnaufte. »Du willst mir sagen, wie ich mich zu benehmen habe? Gerade du! Ohne mich wärest du nichts. Da würdest du noch mit deinem versoffenen Vater in diesem Loch hausen.«

Ohne dich wäre ich kein Mörder geworden, dachte Alexander. »Ich will dir etwas zeigen«, wiederholte er. Es war besser, Juri noch ein wenig Hoffnung zu lassen, dass er davonkommen würde.

Sie fuhren über die Deutzer Brücke, bogen dann auf die Rheinuferstraße. Juri fuhr unauffällig.

»Was ich dir wirklich übel nehme«, sagte er leichthin, »dass du dich an meinem Wagen vergangen hast – hast du doch, nicht wahr, du Dreckskerl?«

Alexander streckte seine Waffe ein wenig vor.

»War nur ein kleiner Gruß von mir«, sagte er.

»Was hast du mit Waldemar gemacht?« Juri blickte zu ihm herüber.

Zum ersten Mal meinte Alexander, Unruhe an ihm wahrzunehmen – eine gewisse Fahrigkeit, die völlig untypisch für Juri war.

»Ich hätte deiner kleinen Nora schon nichts getan, aber …« Er verstummte, dann schluckte er. »War vielleicht ein Fehler, nicht direkt mit dir zu sprechen. Wir waren doch ein gutes Team, nicht wahr?«

Alexander nickte. Waldemars Pistole in seiner Hand war ein heißes Stück Eisen, das er am liebsten losgelassen hätte. Nein, er musste die Sache durchziehen. Juri hatte den Tod verdient.

»Die Kleine ist ja ganz süß, aber wenn Männer sich den Kopf verdrehen lassen, sind sie verloren«, erklärte Juri weiter. »Und bei dir war es fast so weit, habe ich gespürt … Ich habe sogar geglaubt, du würdest zur Polizei gehen, weil diese Kleine für dich so eine Art Engel war, ganz unschuldig, und plötzlich wolltest du auch wieder unschuldig werden. Na, so etwas in der Art. – Blödsinn!«

Er schlug auf das Lenkrad und schnaufte. Dann blickte er Alexander an. »Und jetzt tu mir den Gefallen und steck die Knarre weg. Vergessen wir unseren Streit einfach und machen wieder Geschäfte. Okay?«

Sie fuhren durch Riehl, den Rhein hatten sie hinter sich gelassen. Es waren noch fünf, sechs Kilometer, schätzte Alexander, dann würde Juri sterben. Er hatte immer noch keine Ahnung, wohin die letzte Reise ging.

»Ich glaube nicht, dass deinem Mädchen gefallen würde, wenn sie herausbekommt, dass du einen Freund umgebracht hast«, sagte Juri unvermittelt.

»Nein«, sagte Alexander. »Aber vielleicht ist dieser Freund gar kein Freund.«

»Ich war der beste Freund, den du jemals hattest«, erwiderte Juri und klang ehrlich empört. Eine Schweißperle war auf seine Stirn gekrochen. »Das hättest du längst kapieren müssen.«

Alexander beobachtete, wie Juris Augen hin und her zuckten. Er blickte in den Rückspiegel, als erwartete er von irgendwoher Hilfe.

»Fahr einfach geradeaus weiter!«, sagte Alexander und hob die Pistole ein wenig. »Vielleicht geht ja alles gut.«

Juri lachte abschätzig.

Sie fuhren durch Niehl, die breite Schnellstraße entlang.

»Ich könnte mir auch eine Partnerschaft vorstellen«, sagte Juri, während er geradeaus starrte. »Wir teilen alles, und für die schmutzigen Aufträge, die dann und wann anfallen, besorgen wir uns einen dreckigen Ukrainer oder einen Georgier. Die sind billig zu kriegen und stellen keine Fragen.«

Er war der dreckige Kasache gewesen, dachte Alexander, aber gleich war dieses Leben zu Ende.

»Was war der schönste Moment in deinem Leben?«, fragte er.

»Der schönste Moment?« Juri nahm kurz die Hände vom Lenkrad. Alexander wappnete sich dafür, dass Juri auf einen Unfall aus war, aber dann ergriff er das Steuer wieder.

»Ja, dein schönster Augenblick im Leben.«

Juri lächelte versonnen. »Mein erster Fick war grauenhaft – das war es jedenfalls nicht. Schön war, wie ich zum ersten Mal einen Tausend-Mark-Schein in der Hand gehalten habe, da war ich sechzehn. Aber …« Er verstummte und schien ernsthaft nachzudenken. »Nein, ich glaube, richtig glücklich war ich, als ich das erste Mal das Meer gesehen habe. In Belgien, De Haan, so ein langweiliges Scheißkaff. Ich war sieben Jahre alt, wir waren gerade aus Russland gekommen, mein Vater hielt mich an der Hand, als wir zum Strand gingen, und da lag plötzlich das endlose blaue Meer vor mir. Ein Anblick, den ich nie vergessen werde – so viel Weite und die warme Hand meines Vaters.« Er zögerte und blickte Alexander ein wenig beschämt an. »Ja, wenn du mich fragst, das war der glücklichste Moment.«

Alexander nickte. »Mein glücklichster Moment kommt noch«, sagte er.

Auf einmal fiel ihm etwas ein. Ohne Juri aus den Augen zu lassen, nahm er sein Portemonnaie hervor und zog die alte Visitenkarte von Jan Schiller heraus. Konnte nicht schaden, wenn der Polizist vorbereitet war.

Sie schwiegen und bogen in den Militärring ein, dann in die Neusser Landstraße.

»Allmählich könntest du sagen, wo du hinwillst«, sagte Juri.

Er schien nicht mehr auf die Pistole zu achten. Nach der Geschichte mit dem Meer wirkte er ein wenig gelöster.

»Gleich«, sagte Alexander. Er deutete mit der Pistole an, dass Juri erneut abbiegen sollte. In die Geestemünder Straße. Juri ahnte noch immer nichts. »Noch hundert Meter, dann kannst du stehen bleiben. Ich werde aussteigen und gehen.«

»Aussteigen und gehen?«, fragte Juri ungläubig.

Alexander nickte wortlos.

Juri bremste. Er schaute sich um, als würde er vermuten, dass irgendwo jemand auf sie wartete.

»Denk an das Meer!«, sagte Alexander, während er Juri die Pistole an die Schläfe drückte. Dann schoss er.

Ein dreckiges, schuldbeladenes Leben war zu Ende.

32.

»Wie kommen Sie darauf, dass Carla sich etwas antun könnte?«, fragte Schiller aufgeregt. Der Fall der »Barfüßler«, der tote Blaschek, alles war in den Hintergrund getreten. Er liebte Carla – in diesem Moment der Angst um sie war es ihm nur allzu bewusst. »Ich dachte, sie wäre auf einem guten Weg … nachdem sie an Gabriels Grab war.«

Barbara Stahl saß auf dem Beifahrersitz im Passat. »Das habe ich auch geglaubt, aber ich war zu voreilig. Sie hat mich angerufen, hat ganz undeutlich geredet, als hätte sie getrunken. Sie meinte, sie müsse den toten Gabriel ausgraben, um ihn zu retten. Im Hintergrund habe ich Wasser rauschen gehört.«

»Carla badet gern. Das ist ihre Art, sich zu entspannen.« Schiller versuchte sich zu beruhigen, aber es gelang ihm nicht. Wenn selbst die Therapeutin aufgeregt war – eine Therapeutin musste für Notfälle ein besonderes Gespür haben.

Er bemerkte, dass Barbara Stahl ihn musterte. Sie sah fahl aus, beinahe krank und irgendwie verkniffen. Zum ersten Mal dachte er, dass mit ihr etwas nicht stimmte. Sie wirkte altjüngferlich, freudlos in ihren altmodischen Klamotten, mit ihrer Pagenfrisur. Eine Ader an ihrem Hals pulsierte heftig.

»Sollte ich auch einen Streifenwagen hinschicken?«, fragte Schiller. »Die könnten vor uns da sein. Glauben Sie, es kommt auf Minuten an?«

»Nein, ein paar Minuten werden keinen Unterschied machen«, sagte Barbara Stahl. Sie umklammerte die Griffe ihrer Handtasche.

Dann klingelte sein Telefon. Carla, dachte er, und der Gedanke durchfuhr ihn wie ein Blitz. Ohne auf das Display zu blicken, nahm er das Gespräch an.

Nele meldete sich. »Wo bist du?«, fragte sie.

»Im Auto – auf dem Weg zu Carla. Es geht ihr nicht gut«, erwiderte Schiller. Er hatte den Neumarkt erreicht und musste vor einer Ampel halten.

»Es gibt Neuigkeiten«, sagte Nele. »Vielleicht haben wir jemanden gefunden, der uns mehr über diese Theatergruppe sagen kann. Lisa Peukert hatte eine Schwester – und diese Frau lebt mittlerweile in Köln. Ich habe ihre Adresse ausfindig gemacht. Sie heißt Barbara Stahl, Dürener Straße. Leider war sie nicht zu Hause …«

»Was …?«, brachte er stammelnd hervor. Dann sah er, wie die Therapeutin sich vorbeugte, eine Pistole in der Hand, die sie aus ihrer Tasche gezogen hatte.

»Bitte beenden Sie höflich das Gespräch«, sagte sie leise und nickte ihm zu.

»Nele«, sagte Schiller, »tut mir leid, Kleines. Ich melde mich wieder.«

Barbara Stahl streckte ihm ihre linke Hand entgegen. »Es ist jetzt wohl besser, wenn Sie mir Ihr Telefon geben … falls noch jemand anruft.«

Schiller hielt ihr das Handy hin.

»Sie …«, sagte er. »Es hat gar nichts mit Carla zu tun. Sie wollten herausfinden, ob ich Sie schon verdächtige. Ihre Mutter … Sie hat Ihnen erzählt, dass wir sie angerufen und nach den Barfüßlern gefragt haben.«

Die Ampel sprang auf Grün. Hinter ihm hupte jemand.

»Fahren Sie!«, sagte Barbara Stahl. »Und kommen Sie nicht auf dumme Gedanken. Ich kann mit einer Waffe umgehen.«

Schiller nickte. Die Gedanken rasten durch seinen Kopf. Die Therapeutin … die Schwester von Lisa Peukert.

»Warum?«, fragte er dann leise. »Warum das alles?«

Barbara Stahl lachte auf, schief und furchterregend. Sie schüttelte den Kopf, lachte wieder und wedelte mit der Pistole herum.

»Was glauben Sie?«, schrie sie, und ihr Gesicht verzerrte sich wie vor Schmerzen. »Was glauben Sie?«

Schiller bremste abrupt, aber sofort hatte die Therapeutin sich wieder in der Gewalt.

»Fahren Sie, oder ich erschieße Sie auf der Stelle.«

Er nickte. Ihm brach der Schweiß aus, sein Herz raste. Eine kurze Bewegung ihres Zeigefingers, und es würde ihn zerreißen.

»Lassen Sie es mich verstehen«, sagte er und bemühte sich um eine feste Stimme. »Geht es um Rache – Vergeltung für etwas?«

»Ja«, erwiderte Barbara Stahl. »Darum geht es wohl.« Sie starrte geradeaus, aber er wusste, dass sie ihn im Blick hatte.

»Ich habe es meiner Mutter versprechen müssen – dass wir uns an allen rächen werden, die unsere kleine Lisa getötet haben.«

»Und das haben Sie getan«, sagte Schiller.

Die Therapeutin bedeutete ihm, geradeaus in die Aachener Straße zu fahren.

»Ganz recht«, erwiderte sie. »Es sind alle tot. Ich habe es Ihnen doch geschrieben.«

»›ENDE. DAS WAR ES!!!‹« Schiller zitierte das Schreiben, das hinter seiner Windschutzscheibe geklebt hatte.

»Ja«, sagte Barbara Stahl. »Ich bin froh, dass es vorbei ist. Jeder wurde bestraft – und jeder auf seine Weise.« Sie brachte ein hohles Lachen hervor. »Wir, meine Mutter und ich, haben darauf geachtet, dass kein Todesfall wie der andere aussah. Jeder bekam seinen Tod. Den schönsten habe ich Inka Boog geschenkt – mit ihrer eigenen Armbrust. Aber sie hatte es besonders verdient. Sie hat bis zuletzt nichts von ihrer Schuld begriffen – sie hatte sogar noch dieses Foto von Lisa und den anderen an der Wand.« Die Therapeutin verstummte. Nur ihre Kiefer mahlten noch, als würde sie nun in sich hineinsprechen. Dann machte sie eine fahrige Handbewegung mit der Waffe und starrte Schiller feindselig an. »Die Morde mussten sein, aber es war eine Qual, und Blaschek hätte ich vielleicht am Leben gelassen. Doch der Schwachkopf wollte zu dieser blonden Polizistin rennen, um alles zu erklären.«

Schiller bog auf die Innere Kanalstraße ein. Fieberhaft überlegte er. Konnte er sich an einer Ampel aus dem Auto werfen? Oder sollte er einen Unfall arrangieren?

»Wir fahren noch eine Weile«, sagte Barbara Stahl, als hätte sie seine Gedanken erraten. »Wir haben also Zeit, sodass ich Ihnen ein paar Dinge erklären kann.«

Er nickte. Sein Telefon klingelte. Carla, dachte er, nun war sie wirklich am Apparat. Wie gern hätte er mit ihr gesprochen.

»Ihre Schwester«, sagte Schiller, »sie hat sich nicht umgebracht.«

»Doch«, erwiderte Barbara Stahl schneidend, »sie hat sich umgebracht. Sie hat sich kurz vor Schondorf vor einen Zug geworfen, einen Triebwagen, so nannte man das früher.« Sie holte tief Luft. »Aber warum? Das Warum ist entscheidend.«

»Sagen Sie es mir!«

Schiller bog von der Kanalstraße auf die Autobahn ab. Er hatte keine Ahnung, wohin Barbara Stahl wollte. Über Neuss in Richtung Holland? Sollte das eine Entführung werden?

»Es war der letzte Abend vor ihrer Premiere. Das erste Stück der Barfüßler – ich habe damals schon Psychologie studiert und habe mich nicht sonderlich dafür interessiert, was für einen Unsinn Lisa aufführen wollte. Irgendjemand hatte irgendein Kraut mitgebracht, keine Ahnung, ich kenne mich mit Drogen nicht aus. Inka Boog und Ewald Schöne haben die Sache ausgelöst – das ist ziemlich sicher. Sie fingen an, Blaschek aufzustacheln, ob er überhaupt schon mal gefickt habe – zum Beispiel mit seiner kleinen Freundin Lisa. Die andern fielen mit ein: Löhr, Zork, Marie Merten, Frank Baum – alle. Lisa hat erst gelacht, aber dann hat sie begriffen, dass es gar kein Spaß war. Sie musste sich ausziehen, Bluse, Hose, Schlüpfer, ganz nackt, und Blaschek auch. Und dann mussten sie sich aufeinanderlegen. Die anderen haben gegrölt und geklatscht. Blaschek musste sich einen runterholen, damit es überhaupt funktionierte. Der geile Ewald Schöne hat Fotos gemacht, und Inka Boog hat Regieanweisungen geschrien. Selbst als Lisa einen Weinkrampf kriegte, haben sie nicht aufgehört, sondern …« Barbara Stahl verstummte, als müsste sie ihren eigenen Worten lauschen.

»Die anderen Barfüßler haben Edgar Blaschek gezwungen, Ihre Schwester zu vergewaltigen«, sagte Schiller, so ruhig er konnte.

»So muss man es ausdrücken: Es war eine brutale, widerliche Vergewaltigung vor den Augen der ganzen Theatergruppe.« Barbara Stahl streckte die Pistole vor, als wolle sie schießen. »Am nächsten Tag hat Lisa sich vor den Zug geworfen – aus Scham, vor Kummer und Ekel und … Wir haben ihren Brief gefunden, und dann haben wir einen Schwur getan.«

»Niemand sollte am Leben bleiben«, sagte Schiller.

Die Therapeutin nickte. »Jeder war schuldig und musste bestraft werden. Wir haben uns Zeit gelassen. Meine Mutter war bei den drei ersten Morden dabei, und ich habe geheiratet, einen eitlen Psychiater aus Berlin, weil es für meine Tarnung wichtig war.«

»Aber nun ist der Weg zu Ende.« Schiller sah die Therapeutin an. »Sie sind am Ende. Wir haben Sie überführt. Sie hätten dieses Foto nicht mitnehmen sollen. Das war ein Fehler.«

Sie lachte und warf den Kopf hin und her. »Die Verbindung zu mir kennen nur Sie, Herr Schiller. Niemand sonst. Und dabei soll es auch bleiben.«

Sie verstummte abrupt. Die Pistole blickte Schiller mit ihrem schwarzen Auge an. Er hatte das Gefühl, keinen klaren Gedanken mehr fassen zu können. Er musste etwas tun – irgendetwas. Den Wagen in die Böschung steuern … mitten auf der Autobahn wenden …

Barbara Stahl wies ihn mit einer kurzen Bewegung der Pistole an abzufahren. Ausfahrt Köln-Chorweiler. Sie gelangten auf eine vierspurige Straße. Also doch kein Ausflug nach Holland.

»Lisas Tod hat auch mein Leben zerstört«, sprach sie vor sich hin. »Jetzt bin ich endlich frei – alles ist gerächt. Jetzt möchte ich mein Leben genießen. Meine Mutter wird bald sterben und mir ein beträchtliches Vermögen hinterlassen.«

Schiller fiel ein, dass er die Mutter sogar schon gesehen hatte – vor Blascheks ausgebranntem Haus – die alte, streng aussehende Frau im Rollstuhl. Sie war gar nicht im Urlaub gewesen, sondern hatte ihre Tochter in Köln besucht, die ihren letzten, nein vorletzten Mord verübt hatte.

»Ich glaube nicht, dass Sie sich damit einen Gefallen tun«, sagte er. »Vor Gericht wird man Ihnen …«

»Hören Sie auf!«, unterbrach sie ihn barsch. »Ich kenne mich aus. Ich bin Therapeutin, wie Sie wissen. Ich habe viele Gutachten verfasst, bin x-mal vor Gericht aufgetreten …« Ihr Gesicht verzerrte sich wieder, als hätte sie Schmerzen. Mit der freien linken Hand wischte sie sich über die Stirn.

Sie würde ihn töten. Dieser Gedanke stand plötzlich glasklar vor ihm. Sie hatte zehn Menschen auf dem Gewissen – eine skrupellose Mörderin. Er überlegte, den Wagen herumzuziehen, so heftig, dass sie gegen ihn geschleudert wurde. Dann könnte er mit dem Ellbogen zuschlagen, genau in ihr Gesicht. Wenn er sie traf, könnte er sie entwaffnen. Falls er allerdings zu langsam war, würde sie schießen.

Wieder klingelte sein Telefon. Birte, dachte er, nun hatten sie mitbekommen, dass sein Verschwinden nichts mit Carla zu tun hatte. Carla saß zu Hause, sie war nicht irre, wollte keine Toten ausgraben, sondern war vielleicht auf dem Weg, gesund zu werden, doch nun würde ausgerechnet ihre Therapeutin ihn erschießen.

Versuchsweise zog er den Wagen nach rechts, angedeutet nur.

»Lassen Sie das«, sagte Barbara Stahl. »Ich bin keine Idiotin.« Sie lächelte dünn. »In fünfzig Metern können Sie anhalten.«

Anhalten? Schiller blickte sich um. Die hässlichen Hochhäuser von Chorweiler hatten sie rechter Hand passiert. Nun befanden sie sich auf einer zweispurigen Landstraße. Es herrschte wenig Verkehr. Rechts war die Einfahrt in einen Ort namens Blumenberg, links nur ödes Ackerland.

»Fahren Sie gleich da rüber!«, befahl die Therapeutin und deutete auf die andere Straßenseite. »Stellen Sie den Wagen aus und legen Sie den Zündschlüssel auf das Armaturenbrett!«

Schiller schaltete den Motor aus. Die Stille, die eintrat, klang seltsam tief und gefährlich. Die Stille vor dem Schuss.

Mit einer schnellen Bewegung ergriff Barbara Stahl den Schlüssel. »Während ich aussteige, bleiben Sie sitzen. Die Hand an das Lenkrad gelegt. Ich schieße sofort, wenn Sie sich bewegen.«

Sein Herz trommelte in der Brust. Schweißnass umklammerten seine Hände das Steuer. Barbara Stahl öffnete die Beifahrertür. Die Pistole blieb die ganze Zeit auf ihn gerichtet. Ein Lastwagen kam ihnen entgegen, rauschte vorbei. Durch die Windschutzscheibe blickte die Therapeutin ihn an, die Waffe durch ihren Körper verdeckt.

Dann stand sie neben dem Wagen, in sicherer Entfernung, und bedeutete ihm auszusteigen.

Er hatte keine Idee. Nichts fiel ihm ein, was er tun konnte. Jämmerlich, dachte er, ich lasse mich wie ein dummes Lamm zur Schlachtbank führen.

Langsam öffnete er die Tür und stieg aus. Nun wurden ihm sogar die Knie weich.

Verdammt, was hatte die Therapeutin vor?

»Wir gehen ein Stück – Sie bitte drei Schritte vor mir.«

Die Waffe wies ihm den Weg – über einen Betonweg, der zwischen den Äckern entlangführte, mitten hinein in die Einsamkeit. Hier würde ihnen niemand entgegenkommen. Die Straße befand sich hinter ihnen. Jeder Autofahrer, wenn er sie denn überhaupt wahrnahm, würde sie für harmlose Spaziergänger halten.

»Gehen Sie ruhig ein wenig schneller!«, sagte Barbara Stahl hinter ihm. »Wir haben es gleich geschafft!«

Wollte sie ihn hier mitten in dieser Ödnis erschießen?

Nein, plötzlich brach der Weg ab, eine Böschung tat sich auf, und er begriff, was sie vorhatte.

Gleise – zwanzig Meter vor ihnen kamen zwei Eisenbahnlinien aus einem Tunnel wieder ans Tageslicht. Auf dem Beton dieses Tunnels waren sie hierhergegangen.

»Sie wollen doch nicht …«, sagte er heiser.

Barbara Stahl nickte. »Eine Kurzschlusshandlung – wäre besser, wenn ich einen Abschiedsbrief von Ihnen hätte, aber nun … Man kann nicht alles haben. Die unlösbare Mordserie, der tägliche Stress, die tragische Krankheit Ihrer Frau … Plötzlich wurde Ihnen alles zu viel, und Sie sind auf den Gleisen spazieren gegangen. War es ein Unglücksfall? Ein Spiel mit dem Schicksal oder ein eindeutiger Suizid? Wir werden es nie erfahren.« Ihre Stimme klang nüchtern, so als würde sie schon aus einem Bericht vorlesen.

Sie ist klug, dachte Schiller, deshalb ist sie nie erwischt worden. So viele Morde ohne eine erkennbare Handschrift. Man hätte fast eine Art Hochachtung bekommen können.

»Gehen Sie langsam voraus!«, sagte Barbara Stahl, »aber passen Sie auf, dass Sie nicht stolpern. Wenn wir Glück haben, wird es nicht allzu lange dauern, bis ein Zug kommt. Er kündigt sich mit einem kräftigen Rauschen an – wir können es nicht überhören.«

Schiller stieg den Hang zu den Gleisen hinunter und wäre beinahe gestürzt. Sein Körper begann zu begreifen, dass er tatsächlich verloren war. Selbst wenn er sich weigern würde, die Gleise zu betreten, könnte sie ihn hier mit Leichtigkeit erschießen, ohne dass jemand etwas mitbekam. Danach könnte sie ihn auf die Gleise legen. Vermutlich würde niemand nach einer Kugel in seinem Körper suchen.

»Ich bin verloren«, murmelte er vor sich hin. Er war schon oft in Gefahr geraten, aber noch nie war es so endgültig gewesen.

Last Exit Chorweiler – kein Ausweg mehr möglich.

Einen Schritt vor den Gleisen blieb er stehen. Er blickte in die Röhre zu seiner Linken und lauschte. Nichts. Noch war kein Zug zu hören. Auch von der anderen Seite schien sich nichts zu nähern.

Als er den Kopf wandte, sah er, dass auch die Therapeutin an den Gleisen angekommen war. Sie stand fünf Schritte von ihm entfernt, die Pistole weiter auf ihn gerichtet.

»Sie töten einen Polizisten«, sagte er und merkte, wie sinnlos seine Worte waren. Er hatte keine Mittel, um sie aufzuhalten – weder Worte noch Taten.

»Ich bin der Tod«, erwiderte Barbara Stahl völlig ernst. »Oder ich bin es gewesen – bis zum heutigen Tag. Morgen werde ich nach Mallorca fliegen, in die Sonne. Vielleicht kann ich mit meinem Leben doch noch etwas anfangen.«

Plötzlich hörte er es – ganz leise, als würde ein zaghafter Wind sich nähern.

»Noch einen Schritt weiter, wenn ich bitten darf«, sagte die Therapeutin. Sie hatte das leise Rauschen also auch gehört.

Schiller war unfähig, sich zu bewegen. Nein, er würde keinen Fuß auf die Gleise setzen. Er wandte sich um – und da … Er glaubte zuerst, seine Augen würden nicht mehr funktionieren, eine Halluzination im Angesicht des Todes.

Ein leibhaftiger Schutzengel stand oben an der Böschung. Aber kein ätherisches Wesen mit Flügeln oder in einem weißen Gewand; ein blasser Mann mit kurz geschorenen Haaren blickte mit unbewegter Miene zu ihnen herunter. Schiller erkannte den Mann nicht sofort, dann fiel es ihm ein: der junge Kasache, den er vor sieben Jahren vernommen und der den Mann im SUV getötet hatte. Alexander Lebek hatte sich verändert, war breiter, muskulöser geworden, seine Gesichtszüge waren kantiger.

Was tat der Junge hier?

Schiller starrte ihn an und nickte ihm zu. Die Therapeutin lächelte ihn an.

»Herr Schiller, mit Verlaub«, sagte sie lächelnd, »das ist ein uralter Kindertrick – so tun, als wäre da jemand. Ihre Kollegen haben keine Ahnung, wo wir sind.«

»Ja«, sagte Schiller tonlos. »Meine Kollegen haben wirklich keine Ahnung.«

Das Rauschen verdichtete sich, es klang nun lauter, lebendiger, als würde sich ein gefährliches Wesen nähern.

»Bitte!«, sagte die Therapeutin. »Stellen Sie sich auf die Schienen! Es wird nicht wehtun – das verspreche ich Ihnen.«

Fast hätte Schiller gelacht. Er ließ den Kasachen nicht aus den Augen. Immer noch starrte er zu ihnen herunter. Barbara Stahl hätte seinen Blick in ihrem Rücken eigentlich spüren müssen.

»Wenn Sie nicht wollen!« Sie hob die Pistole.

Das Rauschen wurde lauter – gleich würde der Zug aus der Röhre ans Tageslicht kommen.

Schiller machte einen Schritt vor. Warum tat der Junge nichts? Er war der Mann in dem Škoda gewesen, er hatte vor ihrem Haus gestanden und ihn verfolgt.

»Schiller!«, sagte die Therapeutin. Nun lag ein Hauch von Panik in ihrer Stimme.

Er spannte sich an. Wenn sie schoss, wollte er nicht auf die Gleise stürzen.

Das Rauschen aus der Röhre ging in ein Rattern und Rumpeln über. Schon war ein Lichtstrahl zu sehen, die Scheinwerfer des Zuges … noch sechs, noch fünf Sekunden.

Plötzlich, wie in Zeitlupe, beobachtete Schiller, wie Alexander Lebek den Arm hob. Erst sah es so aus, als wollte er ihm zuwinken, ein freundlicher Abschiedsgruß. Dann, in dem Moment, als ein roter S-Bahn-Waggon aus der Röhre herausfuhr, erklang ein Schuss.

Die Therapeutin sackte in die Knie, und Schiller stürzte auf sie zu und riss ihr, während sie fiel, die Waffe aus der Hand.

Epilog

Samstagmorgen. Es war kurz nach sieben, als sie an der Frankenwerft vorfuhren. Schiller hatte immer noch nicht verstanden, warum er sein altes Motorboot wieder flottmachen sollte. Therese war richtig aufgekratzt.

»Gleich werdet ihr etwas ganz Besonderes sehen«, sagte sie und kicherte.

Carla hatte sich bei ihr eingehakt, und auch Birte war richtig guter Laune. Eigentlich hätte auch Schiller sich freuen müssen. Im Express war auf der ersten Seite ein Foto mit ihm erschienen, daneben die Schlagzeile: »Kölns bester Kommissar – 15 Morde aufgeklärt«. Die Zahl stimmte nicht ganz, aber fast hätte er selbst den Überblick über die Zahl der Opfer verloren.

Barbara Stahl und ihre Mutter hatten offenbar neun Mitglieder der Theatergruppe »Die Barfüßler« ermordet. Eine Frau, die auch Zeugin der Vergewaltigung gewesen war, war an Krebs gestorben, bevor die Therapeutin sie hatte töten können. Nur bei drei Morden hatte die Polizei zuvor ermittelt, ohne jedoch einen Zusammenhang festzustellen.

Vier andere Todesfälle hatten – trotz der fehlenden Schuhe – keinerlei Aufsehen erregt. Ein Autounfall, bei dem der Fahrer geblendet worden war, ein weiterer Unfall wegen gelöster Schrauben am Rad eines alten Jeeps; ein Sturz aus einem Fenster und ein Unglücksfall in den Bergen bei Nebel und Eis.

Die Therapeutin war in allen Fällen sehr geschickt vorgegangen. Nun lag sie wegen ihrer Schusswunde im Gefängniskrankenhaus in Fröndenberg, aber Lebensgefahr bestand nicht. Man würde ihre greise Mutter und sie vor Gericht stellen können. Die Schuhe, die sie den Opfern abgenommen hatte, waren, ordentlich in Kartons verpackt, in einer antiken Truhe in ihrem Wohnzimmer gefunden worden.

Schiller fuhr mit dem Boot auf den Rhein hinaus. Carla hatte sich neben ihn postiert und drückte sich an ihn. Sie hatte die Enthüllungen über ihre Therapeutin sehr nüchtern aufgenommen.

»Eine gequälte Person«, hatte sie lediglich gesagt, als Schiller ihr alles berichtet hatte. Und dann lächelnd: »Ich brauche jetzt sowieso keine Therapie mehr.«

In der nächsten Woche wollte sie sich um ihren ersten neuen Patienten kümmern; ein dreizehnjähriges Mädchen, das nach einem Reitunfall aufgehört hatte zu sprechen.

»Hier, mein bester Polizist der Welt!« Birte hielt ihm einen Becher mit Kaffee hin und lächelte ihn spöttisch an. »Wahrscheinlich kriegt Jan bald einen Verdienstorden und wird befördert«, sagte sie an Therese gewandt, die ihren babyblauen Wollmantel fest um sich geschlungen hatte.

Schiller trank den Kaffee, ohne etwas zu entgegnen. Es war kalt auf dem Rhein. Ihn fröstelte im Fahrtwind. Die Heldennummer in der Zeitung hatte ihm ganz und gar nicht behagt. Wenn Alexander Lebek ihm nicht gefolgt wäre, läge er jetzt in einem schattigen Grab auf dem Melatenfriedhof.

Der Kasache hatte ihn gerettet, um ihm dann, kaum dass er die angeschossene Barbara Stahl mit zitternden Händen entwaffnet hatte, zu gestehen, dass er nicht nur Juri Nikulin und den Taxifahrer, sondern drei weitere Menschen getötet hatte. Ein Auftragskiller hatte Schiller aus einer ausweglosen Situation gerettet, und eigentlich hatte er den genauen Grund immer noch nicht verstanden: eine Frau in Berlin, die Lebek liebte, mit der er aber wegen seiner großen Schuld nicht zusammenleben konnte.

Die ganze Wahrheit würde der Prozess ans Tageslicht bringen. Lebek saß in der Justizvollzugsanstalt Ossendorf, die er so bald auch nicht mehr verlassen würde. In einer anderen Zelle hockte Waldemar Orlow – ihn hatten sie gefesselt und ziemlich dehydriert in seiner Wohnung gefunden und als Mitwisser des Mordes an dem Taxifahrer auch gleich eingesperrt.

»Du musst langsamer fahren!«, rief Therese ihm zu. Sie hatte es sich auf der schmalen Rückbank im Boot bequem gemacht. »Gleich werden wir es sehen.«

»Habt ihr auch den Dom mit euren Parolen beschmiert?«, erwiderte Schiller. »Das Ganze hat doch mit eurer Befreiungsfront zu tun, oder nicht?«

Therese beachtete ihn nicht. »Wir müssen Fotos machen«, sagte sie zu Carla. »Denk bitte dran.«

Carla hatte ihre Sonnenbrille abgenommen. Sie trug zum ersten Mal seit Wochen einen weißen Trenchcoat. Vielleicht war die Zeit der Finsternis ja wirklich vorbei. Schiller seufzte, er streckte seine Hand nach ihr aus, doch sie entzog sich ihm lächelnd und nahm eine kleine Kamera hervor, um ihn zu fotografieren.

»Wir müssen Urlaub machen«, raunte sie ihm zu. »Was hältst du von Madeira oder Kapstadt?«

Er lächelte. Kapstadt – wieso kam sie auf Kapstadt?

Mittlerweile schaukelten sie mehr auf den Wellen, als dass sie sich fortbewegten. Ein Kahn, der Schrott geladen hatte, schipperte ihnen entgegen, sonst herrschte kein Betrieb auf dem Fluss. Schiller blickte zum Dom hinüber, doch da war nichts Auffälliges zu entdecken. Keine Parolen oder Spruchbänder.

»Was soll das Ganze nun?«, fragte Schiller und sah Therese an.

»Schon als kleiner Junge war er sehr ungeduldig«, sagte Therese zu Carla und kicherte wieder. »Wir haben übrigens wirklich Geld gedruckt«, fuhr sie fort. »Den Deutz-Dollar – werden wir nachher verteilen, umsonst natürlich, wie ein Werbeblatt für unsere Aktion. Dann ist es auch kein Falschgeld, und wir kriegen keinen Ärger.«

»Was genau will denn eure Organisation?«, fragte Birte.

Ihr schien es nun auch auf dem Schiff ein wenig ungemütlich zu werden. Soweit Schiller wusste, hatte sie ihren Schauspieler endgültig in die Wüste geschickt und abgelehnt, auch nur einen Automatenkaffee mit ihm zu trinken.

»Wir möchten den Kölnern den Spiegel vorhalten«, antwortete Therese völlig ernst. »Dass es so nicht weitergehen kann – alle reden nur und gucken zu, wie die Stadt vor die Hunde geht. Gibt es einen Einzigen in der Stadtverwaltung, der den Leuten erklärt, wer Schuld am Einsturz des Archivs hat? Gibt es einen, der sagt, was das die Bürger alles kosten wird? Nein, keinen Einzigen.«

Therese begann sich richtig in Rage zu reden. »Klar wissen wir auch, dass Deutz nicht eine eigene Stadt werden kann, aber wir wollen sagen: He, Leute, manche Dinge kann man ändern.«

Birte lächelte ihm zu, und Carla machte noch ein paar Fotos.

»Können wir jetzt umkehren?«, fragte Schiller.

Der Kaffee hatte ihn kaum aufgewärmt. Das alte Boot schaukelte hin und her. Er würde es verkaufen, sagte er sich, solche Touren waren nichts mehr für ihn.

»Wie spät ist es?«, fragte Therese.

»Gleich halb acht«, entgegnete Carla. Ihr machte die Kälte offenkundig nichts aus.

»Dann muss es gleich so weit sein.« Therese erhob sich, doch statt zum Dom blickte sie zum LVR-Hochhaus hinüber. Schiller folgte ihrem Blick und meinte, auf dem Dach Bewegungen auszumachen. Ja, da liefen Leute hin und her, und dann … Plötzlich begannen sich drei, nein vier Gestalten an der Fassade abzuseilen.

»Großer Gott!« Birte stöhnte auf. »Was passiert da? Sind die lebensmüde?«

»Gar nicht«, erwiderte Therese völlig ruhig. »Broder hat ein paar Jungs von Greenpeace gefragt, ob sie ihm bei der Planung helfen. Er hat alles im Griff.«

Mit stockendem Atem beobachteten sie vom Boot aus, wie die Gestalten eine riesige silberfarbene Leinwand an dem Gebäude herabließen. Stück für Stück wurden sie von oben abgeseilt, wo sie von acht oder neun Personen unterstützt wurden. Schiller musste unwillkürlich lächeln. Thereses Befreiungsfront war also doch kein Verein von Gruftis und Greisen, und Broder konnte mehr als blöde Parolen an Hauswände sprühen.

»Steht da was auf der Leinwand?«, fragte Carla. Ihre Stimme war so freudig und leicht wie schon lange nicht mehr.

Nein, erkannte Schiller, die Leinwand bestand nur aus einer Art Silberfolie. Immer weiter glitt diese Folie herab, geführt von den vier Männern, die ruckartig an der Fassade herabglitten. Nun waren auch die ersten Sirenen zu hören.

Therese stand plötzlich neben Schiller.

»Sieht doch schön aus, oder?«, meinte sie. Und dann, als die Sirenen lauter wurden: »Na, ganz legal ist unsere Aktion natürlich nicht.«

Erst als die Leinwand bis zur Mitte des Hochhauses ausgerollt war und die Männer an der Fassade Schwerstarbeit leisteten, damit sich nichts verdrehte, begriff Schiller den Sinn der Aktion.

»Der Dom …«, rief er staunend. »Der Dom soll sich auf der Folie spiegeln.«

Therese legte ihm die Hand auf den Arm. »Du hast es endlich erfasst, Jung. Hat ja ein bisschen gedauert.« Sie lachte lauthals. »Wir halten den Kölnern den Spiegel vor und holen den Dom auf die Schäl Sick. Und nun, macht noch ein paar Fotos. So etwas Schönes kriegt ihr so schnell nicht wieder zu sehen.«

Carla drückte Birte die Kamera in die Hand, dann zog sie Schiller zu sich.

»Ein Foto nur mit dir«, flüsterte sie ihm zu. »Und hinter uns der Dom, der auf der falschen Seite steht.«

Schiller nickte, dann legte er den Arm um Carla und küsste sie.

Reinhard Rohn
KÖLNER LICHTER
Broschur, 208 Seiten
ISBN 978-3-89705-869-9

»Um sich über Nachrichten von einem guten Bekannten zu freuen, braucht man nicht unbedingt Mitglied bei facebook zu sein. ›Kölner Lichter‹ lässt die Fans von Kommissar Schiller wieder teilhaben an dessen Leben.«
Rheinische Post

»Viele brisante, auch gesellschaftskritische Themen werden in diesem Köln-Thriller angeschnitten. Viele Seiten spannende Unterhaltung.« Lesart